W0343142

LES CHATS D'HEMINGWAY

LINDSEY HOOPER

LES CHATS D'HEMINGWAY

Traduit de l'anglais
par Eve Vila et Sylvie Del Cotto

EDITIONS PRISMA

Titre de l'édition originale :
Hemingway's Cats
Copyright © 2021 by Lindsey Hooper

© 2022 Éditions Prisma / Prisma Media
ISBN : 978-2-8104-3660-6

Pour Gary Goldstein, mon éditeur génial,
marrant et incroyablement patient,
qui a fait tellement plus pour moi qu'éditer mon livre.
Je ne te remercierai jamais assez, Gary.

Et pour mes merveilleux amis, ma famille
et les félins qui m'ont inspirée de bout en bout.
Vous vous reconnaîtrez.

En 2017, le monde entier s'est enthousiasmé quand les fameux chats à six doigts de la maison-musée d'Ernest Hemingway à Key West, en Floride, se sont courageusement retranchés à l'intérieur et ont survécu avec bravoure aux vents infernaux et aux pluies diluviennes de l'ouragan Irma. Ce roman est une œuvre de fiction qui s'inspire librement de ces événements. Il ne s'agit pas d'une description littérale de cet ouragan, de la maison-musée ou de ses employés. Les personnages (et les chats) ne se basent pas sur de véritables personnes (ou chats), mais sont nés de l'imagination de l'autrice.

Partie I

Bienvenue à Key West

« J'adore aller au zoo. Mais pas le dimanche. Je n'aime pas voir les gens se moquer des animaux, alors que ce devrait être l'inverse. »

Ernest Hemingway

Chapitre 1

Une chatte se lève aussi

Tous les matins, juste avant l'aube, il se passe une drôle de chose en Floride, sur l'île la plus au sud de l'archipel des Keys.

Le soleil refuse de se lever.

Comme un touriste ensommeillé qui aurait forcé sur les margaritas la veille, le soleil enfouit son visage sous une couverture de nuages et essaie d'atténuer les bruits occasionnés par les lève-tôt.

Le premier debout, c'est le chevelu qui occupe la fonction de gardien du phare. Il siffle un classique du rock tout en balançant sur la route des poignées de graines aux oiseaux. *À table !* Ensuite, il y a le caquètement frénétique des poulets sauvages, qui engloutissent avec acharnement leur petit déjeuner en mode premier arrivé, premier servi. C'est le *spécial lève-tôt !* Enfin, il y a le roi : plumage majestueux, couronne rouge. Le Père de tous les Coqs de Key West. *Qui a besoin d'un réveil ?* Ce vieux volatile vous indiquera (que vous soyez prêt ou pas) qu'il est temps de vous lever.

Quand ce gallinacé lance son cocorico, tout le monde écoute.

Même le soleil.

Certains surnomment ce coq le « Vieux Fidèle ». D'autres se montrent plus créatifs et pondent des surnoms tels que « Ce Maudit Oiseau », voire des appellations plus imagées encore. Le coq s'en moque. Il lève la tête vers le ciel, cligne des yeux une fois, puis deux, afin d'estimer la lumière matinale. *C'est le moment.* Il étend son cou cramoisi, le gonfle, ouvre le bec et éructe à pleins poumons un *co-co-ri-coooo* à percer les tympans ! Ce chant follement syncopé, un brin décalé, sonne tout à fait juste (on ne sait par quelle magie)… un peu comme l'archipel des Keys en soi.

Ce chant ne peut pas, ne pourra pas, être ignoré.

Dans les chambres avec air conditionné de l'*Hôtel du Phare*, les vacanciers réveillés en sursaut remuent dans leur lit, soulèvent la tête et murmurent :

– *Co-co-ri*-quoi ? C'est sérieux, là ?

Ce n'est pas le réveil téléphonique auquel ils s'attendaient. Dans les jardins aux clôtures basses, entourant des pavillons aux couleurs acidulées, de minuscules lézards verts se précipitent vers les buissons les plus proches pour se dissimuler aux yeux d'un potentiel prédateur. Et, là-bas, à l'horizon, le soleil se décale à peine et roule sur sa couche, très légèrement, comme s'il cherchait à appuyer sur un bouton pour roupiller encore un peu et qu'il se rendait enfin compte qu'il est temps de se lever.

Avec lenteur, paresse (voire à contrecœur), le soleil se lève sur Key West.

Au début, il prend tout son temps. Pas besoin de se presser. Puis, soudain, sans traîner, il se lève au-dessus des palmiers, répand son or jaune sur l'île tout entière. L'éclat de ses chauds rayons transperce les boutiques aux volets baissés et les bars de Duval Street, les bateaux de croisière et les voiliers qui tanguent doucement contre les quais et la maison d'Hemingway, au charme majestueux, avec, à l'étage, ses balcons aux balustrades en fer forgé et aux volets vert rétro. Absolument tout ce qui se trouve sous le soleil reçoit le message :

Debout, Key West. Il est temps de se lever et de briller.

Une chatte se lève aussi. Allongée telle une reine sur la galerie en façade de la maison Hemingway (son endroit préféré), ce magnifique félin tigré aux rayures dorées bouge ses oreilles et ouvre ses yeux vert d'eau sous les premiers rayons du soleil. Elle bâille. Elle étend ses pattes de devant, agite ses doigts (six à chaque patte), étire tout son corps jusqu'à ce qu'il atteigne sa taille maximale. Elle est grande, mais pas trop, âgée de six années environ, et d'une sagesse intemporelle.

Son nom officiel est Ernestine Hemingway.

Tout le monde l'appelle Nessie.

Nessie fait partie des cinquante-six chats qui déambulent dans la demeure, le musée et les jardins ombragés de palmiers de la célèbre maison d'Ernest Hemingway. De par sa condition de chatte, Nessie n'a jamais lu un seul roman ni aucune nouvelle pourtant si célèbre du lauréat du Nobel. De par sa condition, elle n'a jamais compté le nombre de félins qui rôdent sur le domaine d'Hemingway (parce que les chats ne savent pas compter). Néanmoins, Nessie connaît chacun d'eux personnellement. Elle les connaît comme le dos de sa patte à six doigts… ou quel que soit le nombre de doigts.

Souvenez-vous, les chats ne savent pas compter.

Le soleil s'élève encore plus haut dans le ciel. Aux yeux de Nessie, il ressemble à une luciole géante qui grimperait jusqu'au sommet d'un palmier. Elle plisse les yeux, tandis que des éclats de soleil entaillent le feuillage. Elle se lève avec peine et se déplace jusqu'à un coin plus ombragé de la véranda. *Beaucoup mieux.* Elle s'étire à nouveau, bâille à nouveau, et envisage de replonger dans le sommeil. Mais, alors, un bruit sourd (suivi de bruits frénétiques de pattes) lui annonce l'évidence : le sommeil n'est plus au programme.

Les chatons sont réveillés.

Et prêts pour la bagarre.

Les premiers debout sont les jumeaux, Machouille et Whisky. Ils sont un peu plus vieux que les autres (et deux fois plus turbulents, comme deux adolescents qui viendraient d'avoir leur permis de conduire). Ils traversent la véranda à toute vitesse telles des voitures de course à l'allure de chats et comme une tache de fourrure gris et blanc, ils passent en flèche devant Nessie.

Double dose d'ennuis, comme toujours.

Puis vient Tournillon. Une préadolescente dégingandée aux rayures grises et noires, aux yeux pailletés d'or et dotée de quatre pattes à six doigts d'une grosseur comique, bien trop grandes pour son corps. Elle ne contrôle pas encore ses pattes surdimensionnées, et parfois on dirait que ce sont elles qui la contrôlent. Elle tourne à l'angle de la véranda et tente un virage serré (mais ses pattes continuent tout droit). Avec un miaulement de chaton, elle glisse et sillonne le plancher en tournant comme une toupie à fourrure grise, sa queue tourbillonne dans l'air jusqu'à ce que la minette ralentisse, puis s'arrête tout à fait.

D'où son nom de Tournillon.

Nessie observe la petite chatte alors qu'elle essaie de recouvrer son équilibre. Hébétée et désorientée, Tournillon secoue sa petite tête, redresse ses pattes et se précipite derrière les jumeaux. Tandis qu'elle détale sous le nez de Nessie, elle trébuche sur ses propres pattes et manque de tomber de la véranda. Si Nessie pouvait rire fort (comme un humain), elle ne pourrait se retenir. Elle préfère remuer sa queue touffue.

La version de Nessie pour LOL.

Ensuite arrivent les bébés : Larry, Curly, et Moe. Trois paquets pleins de fougue, tout en moustaches et fourrures, les chatons bondissent, sautillent et culbutent à travers la véranda dans un grand bazar de chutes (comme trois pelotes de laine qui dégringoleraient d'un panier de tricot). Plus jeunes que Tournillon, ils apprennent encore les fondamentaux de la marche, de la course et de l'orientation sur des pattes à six doigts.

Le simple fait de regarder leurs singeries fatigue Nessie.

Il est trop tôt pour un petit somme ?

Le trio de chatons la dépasse en zigzaguant. Enfin, ils parviennent à atteindre l'extrémité de la véranda. Mais, alors, Moe rentre de plein fouet dans Larry, qui se fracasse contre Curly, qui tombe, roule et finit au pied d'un tas de chatons qui se tortillent.

Nessie fend l'air de sa queue. *LOL.*

La pauvre petite Curly essaie de repousser ses frères pour les faire tomber, mais elle n'y arrive pas… Alors, elle se met à geindre et à pleurnicher à l'aide.

Nessie, au secours !

Bondissant de son refuge ombragé, Nessie file à travers la véranda et d'un coup de museau, éloigne les chatons de

Curly. Enfin libre, la petite chatte tigrée se remet sur ses pattes et se secoue. Nessie lui donne un petit coup. Curly saisit l'allusion et se lance à la poursuite de ses frères, tandis qu'ils descendent les marches de la véranda. Nessie miaule derrière eux. Ensuite, elle retourne à son refuge à l'ombre… toujours ensommeillée, mais complètement réveillée.

Qui a besoin d'un petit somme de toute façon ?

En tant que « responsable » non officielle des chats d'Hemingway, Nessie ne chôme pas. Relever des chatons maladroits après une chute, séparer des combattants turbulents, chasser les félins qui grimpent sur la palissade pour aller terroriser les chiens d'en face : Nessie est prête à tout. Ce n'est pas comme si elle *devait* s'occuper de chaque chat de la maison. C'est sa nature. Et en tant que chatte, elle se doit de suivre sa nature.

C'est ce que font les chats.

Nessie contemple les chatons qui jouent dans l'herbe. Ils vont bien. Satisfaite, elle glisse ses pattes sous son corps doré et ferme les yeux.

C'est sa dernière chance de profiter de la paix et du calme matinaux.

Avant que les touristes ne pointent leur nez.

Et que le chaos ne commence.

Miaouuuuu !

Un cri strident résonne de l'autre côté de la pelouse, suivi d'un chœur de cris et de miaulements. Les plaintes s'intensifient à une vitesse folle jusqu'à se faire intenses et effrénées jusqu'au paroxysme. Dans un soupir, Nessie rouvre les yeux.

Qu'est-ce qui se passe encore ?

– Les enfants ! Les enfants ! Une voix féminine puissante et grave retentit.

Le regard de Nessie se porte au-delà de la pelouse et rencontre une brune d'âge mûr, debout au beau milieu d'une mêlée de chats.

– Cessez de vous battre ! Cessez de vous battre !

La femme (Margarita Bouffet) est la directrice générale de la maison d'Hemingway. Elle est très compétente dans son travail. Mais pas très douée pour gérer les chatons.

– Cessez de vous battre, j'ai dit !

Nessie pense à Margarita en termes de « Première Dame », car c'est le premier être humain à arriver chaque matin. En cette matinée, Margarita porte des talons de cha-cha-cha, des lunettes de soleil Jackie O et une robe d'été jaune à fleurs qui virevolte autour de ses jambes, alors que les chatons lui encerclent les chevilles.

– Oh ! Ça chatouille !

Les jumeaux, Machouille et Whisky, se pourchassent autour des jambes de Margarita, et encore autour… tandis que Larry, Curly et Moe tentent de les rejoindre. Les chatons trébuchent, dégringolent et percutent les jumeaux, qui jouent à se faire coucou derrière la robe de Margarita, avant de repartir dans de nouveaux cercles. Bien sûr, Tournillon se doit de s'intégrer au groupe. Elle ajoute sa pirouette singulière à la poursuite circulaire, mais en se mettant dans les pattes de tout le monde.

– Arrêtez, les minous ! Vous mettez des poils sur mes nouvelles chaussures !

Margarita se penche pour séparer les jumeaux et les repousse loin des plus petits. Machouille s'élance sur la pelouse, Whisky sur ses talons. Tournillon se rue à leurs trousses. Les trois jeunes chats disparaissent à l'angle de la maison et laissent les bébés chats tout seuls, yeux écarquillés, regards perdus.

Hé ! Où sont-ils partis ?

Margarita pouffe en voyant leur expression. Elle offre à Larry et à Curly quelques douces caresses derrière les oreilles. Puis, elle tend la main vers Moe, mais c'est trop tard. Il est déjà parti à la recherche des plus âgés. Ses sœurs bondissent sur leurs pattes pour le suivre. Margarita lâche un petit rire et secoue doucement la tête tout en ôtant les poils de ses chaussures. Elle se redresse avec un gémissement, puis fait face à la maison.

Nessie la fixe. De ses grands yeux verts.

– Eh bien, regarde-toi ! Sa Majesté Ernestine !

Nessie ne réagit pas. Fixe seulement.

– Tu vas rester assise sur ton trône et me laisser faire tout le boulot, hein, Nessie ?

Nessie bâille.

Margarita quitte la pelouse pour l'allée.

– Oh, je te taquine, ma belle. Je sais que tu gardes un œil sur les enfants. Qu'est-ce que je ferais sans toi ? Nessie, ma meilleure amie !

Nessie paraît satisfaite. Sa queue (qui évoque un plumeau duveteux) fouette l'air de droite à gauche, faisant sursauter un minuscule gecko dissimulé derrière un pot de fleurs. Nessie bâille à nouveau. Puis elle soulève son arrière-train et étire son corps de toute sa longueur. Derrière en l'air, menton baissé, pattes vers l'avant : on dirait sa posture de yoga quotidien.

Mais Margarita y voit clair. Elle sait exactement ce que Nessie manigance.

Elle *implore* quasiment des caresses.

Bien sûr, en tant que chatte, Nessie est beaucoup trop fière pour implorer. Elle ne supplierait jamais ni ne donnerait la patte pour avoir de l'affection (comme les chiens indécents d'en face). Non. Elle se contente de présenter son dos au pelage doré et sa queue voluptueuse à une humaine sensible et de feindre la surprise quand les caresses commencent.

Margarita n'est pas dupe.

– Je sais ce que tu veux, ma douce, roucoule-t-elle en montant les marches de la véranda. Ses talons de cha-cha-cha claquent sur les marches comme de petits pétards.

Clac ! Clac ! Clac !!!

Nessie bondit.

Margarita s'arrête et rit.

– Tu n'aimes pas mes nouvelles chaussures, Nessie ?

Nessie observe les escarpins rouges d'un air suspicieux.

– Il faut que je les casse avant d'aller danser, explique Margarita.

Elle avance une chaussure rouge, puis l'autre. Margarita se lance, *deux-trois cha-cha-cha*. Elle fredonne un air cubain à voix basse, balance en rythme ses hanches tout en rondeur. Après quelques tournoiements et claquettes, elle sourit et adresse un clin d'œil à Nessie (qui fixe avec appréhension les talons qui claquent), puis elle termine la danse par un vif *un-deux, piétiner*.

Nessie feint de ne pas être impressionnée. Elle bâille et fait le dos rond.

Margarita éclate de rire.

– OK, je saisis l'allusion.

Elle se baisse et passe les doigts dans la fourrure dorée de la chatte.

Cette dernière ronronne de contentement, un œil rivé sur les chaussures de Margarita (juste au cas où elles se remettraient à claquer).

– Ça, c'est une gentille fille, roucoule Margarita.

Elle s'accroupit, fait courir sa main des oreilles à la queue, jusqu'à ce que Nessie fonde tout à fait et devienne une flaque de fourrure sans défense.

– J'ai une surprise pour toi, Nessie. Aujourd'hui, nous accueillons une nouvelle guide ! C'est excitant, tu ne trouves pas ?

La chatte est trop transportée pour réagir. Elle ferme les yeux, pendant que Margarita lui frotte les oreilles.

– Elle s'appelle Laura et c'est une grande fan d'Hemingway. Elle a même rédigé son mémoire de thèse sur un de ses romans. Quel titre déjà ? Ah oui. *Le Soleil se lève aussi et la Chute de l'Ego masculin*. Va savoir ce que ça veut dire.

Nessie bâille et s'étire.

– Bon, je ferais mieux de préparer la paperasse administrative. Elle ne va pas tarder. Elle a fait tout le voyage depuis Syracuse, dans l'État de New York. Tu imagines !

Nessie ouvre un œil.

– Il fait très froid, là-bas, Nessie. Il neige tout le temps. Pas comme ici. Le soleil vient de se lever et je transpire déjà.

Margarita s'évente le visage de la main.

– J'espère que Laura va supporter l'humidité. Elle est atroce cette année.

Avec un soupir, Margarita se relève et lisse sa robe d'été.

Nessie lève la tête, désorientée et contrariée que les caresses aient cessé.

– Eh bien, Nessie. Si tu vois Laura, accueille-la chaleureusement à la Hemingway et envoie-la-moi. Je serai dans la boutique de souvenirs.

Nessie remue la queue, comme si elle comprenait.

Margarita se dirige vers la boutique. Après quelques pas, elle s'arrête et regarde Nessie.

– Ce sera sympa d'avoir quelqu'un de nouveau, tu ne crois pas ? J'ai le sentiment que quelque chose d'important va se passer. Tu le sens aussi ?

Nessie la fixe en retour, comme si elle y réfléchissait.

– Il y a du changement dans l'air, poursuit Margarita. C'est comme si... quelque chose allait arriver. J'en ai le pressentiment. Quelque chose... Je ne sais pas.

Elle rejette l'idée avec un petit rire.

– Quoi que ce soit, je suis prête pour la rumba !

Sur ce, Margarita fait claquer ses talons de cha-cha-cha et s'éloigne en dansant vers la boutique.

Nessie la contemple. Puis elle reprend position sur son perchoir préféré et s'y installe, pattes soigneusement glissées sous son corps au pelage doré. Une douce brise froisse les feuilles de palmier au-dessus de sa tête. Elle caresse agréablement la truffe de Nessie.

D'autres chats sont éveillés à présent. Certains d'entre eux rôdent lentement dans le jardin comme s'ils traquaient une proie invisible. D'autres gambadent et jouent (profitant de la fraîcheur de ce début de matinée, avant qu'il ne fasse trop chaud pour bouger). Machouille et Whisky sont de retour. De même que les chatons. Curly et Larry se roulent dans l'herbe, donnent des tapes aux mouches. Assis telle une statue sur le chemin principal, Moe fixe avec intensité un minuscule caillou. Il croit que c'est un insecte. Cela *pourrait* être un insecte.

Son immobilité ne veut pas dire qu'il ne s'agit *pas* d'un insecte.

Moe ne tente rien. Il le fixe. D'autres chats évoluent tout autour de lui et l'ignorent totalement. Mais l'une d'entre eux (une femelle à la démarche ondoyante, baptisée Eartha

Katt) s'arrête pour regarder. Très vite, quelques autres les rejoignent, un petit cercle de chats captivés baisse le regard sur un caillou.

Nessie fouette l'air de sa queue. *LOL.*

Elle ferme les yeux, lorsqu'une soudaine rafale de vent balaie l'île. Elle ébouriffe les palmiers avec une force surprenante, détruit les feuilles et fait ployer les troncs jusqu'à ce qu'ils se balancent d'avant en arrière comme des danseurs de *hula* hypercaféinés. Le soleil disparaît derrière un gros nuage gris et l'île entière plonge dans l'obscurité. Nessie reporte son regard sur le jardin. La plupart des chats se sont immobilisés, figés sur place. Certains courent se mettre à couvert. Nessie se rapproche de la maison, elle se tient prête.

Le vent monte en puissance, déchire le feuillage des palmiers. Une partie s'effondre sur le toit de la boutique souvenirs avec un fracas retentissant.

De l'intérieur de la boutique, une voix résonne :

– C'est quoi ce bazar… ?

La porte s'ouvre à la volée. Margarita sort, jette un coup d'œil aux arbres qui s'agitent follement, aux tourbillons de nuages courroucés et aux premières grosses gouttes d'une pluie torrentielle, avant de retourner à l'intérieur.

Il y a du changement dans l'air.

Margarita sort à nouveau la tête et regarde vers la maison. Elle peut à peine distinguer Nessie à travers le rideau de pluie soudain : une forme de chat doré au pelage duveteux est pelotonnée contre la porte d'entrée. Le vent accouche d'une autre bourrasque oppressante. Les palmiers se penchent à l'unisson. La pluie redouble d'intensité.

Quelque chose approche.

Margarita baisse les yeux sur ses nouvelles chaussures de cha cha-cha rouges et se demande si elle prend le risque de les abîmer pour filer jusqu'à la maison. Peut-être qu'elle pourrait y aller pieds nus ? Alors qu'elle passe en revue ses options, une drôle de chose se produit.

La pluie cesse.

Le vent faiblit, se transforme en douce brise et le soleil réapparaît de derrière les nuages. Presque aussitôt, les chauds rayons assèchent les flaques au sol. Les palmiers se redressent d'un coup, comme si de rien n'était. Une minute plus tard, les chats sortent de leurs cachettes.

Eh bien, c'était bizarre, songe Margarita. Elle avait assisté à de nombreux orages d'été auparavant, mais jamais d'aussi fugaces, brefs, intenses.

– Tu vas bien, Nessie ? hurle-t-elle à travers le jardin.

Nessie lui répond par un miaulement.

Le soleil monte un petit peu plus haut dans le ciel. Les chatons retournent dans le jardin, levant haut les pattes à chaque pas, pendant qu'ils arpentent le sol détrempé. Larry et Moe lèchent les gouttes de pluie qui perlent sur des brins d'herbe. Curly les rejoint. Tout semble se calmer maintenant, alors Margarita rentre dans la boutique et Nessie regagne son endroit préféré.

Il est l'heure de faire ce petit somme.

Nessie ferme les yeux. Une douce brise caresse son visage et ébouriffe doucement sa fourrure. C'est agréable. À l'intérieur de la boutique, Margarita fredonne une chanson folklorique datant de son enfance à Cuba. Dans la rue, de l'autre côté de la palissade, les poulets sauvages caquettent doucement à la recherche de miettes abandonnées par le gardien du phare. À deux pâtés de maison, une voiture avance sur

Whitehead Street (probablement la nouvelle vague de touristes qui arrivent à l'*Hôtel du Phare*).

Tout va bien sur Key West.

Nessie peut se détendre maintenant. Mais elle n'arrive pas à se débarrasser du pressentiment qu'il va se passer quelque chose. Comme Margarita, elle le sent. Du bout de ses moustaches. Quoi qu'il en soit, elle ne peut rien faire à part attendre. Elle va rester allongée ici, profiter de cette brise, faire une petite sieste et...

Scriiiiiiich !

Une voiture pile net dans un crissement de pneus. Une portière s'ouvre et claque. Quelque chose (ou quelqu'un) tombe sur la route avec un bruit sourd et un grognement.

Han !

Les poulets sauvages deviennent dingues, ils caquettent et gloussent comme si c'était la fin du monde.

Cot cot cot ! Coooooot !

Une jeune femme crie :

– À l'aide !

Et c'est ainsi que tout commence.

Chapitre 2

Tu n'es pas allergique aux chats, au moins ?

Laura Lange savait qu'il ferait chaud en Floride.

Mais pas *aussi* chaud.

Elle avait à peine fait trois pas hors de l'aéroport international de Key West que sa chemise blanche toute propre était déjà trempée. Bien sûr, le vol dans ce minuscule avion de dix places ne l'avait pas aidée à rester calme, détendue et sereine. Ni le fait de traîner derrière elle une grosse valise à roulettes, un bagage cabine, un sac à dos et un sac à bandoulière pour aller attraper un taxi sur le trottoir.

– Je te dépose quelque part, mademoiselle ?

Laura leva les yeux sur une femme coiffée de dreadlocks et vêtue d'un tee-shirt de Bob Marley en concert, sa voix avait un accent jamaïcain chantant. La conductrice était appuyée contre un taxi rose. Elle lui adressa un sourire si grand qu'on aurait probablement pu le voir sur Google Earth. Sur le toit, son taxi affichait une pancarte jaune vif (*Taxi Marley : Le meilleur de Key West*) et les portières étaient décorées de notes de musique et de palmiers.

Laura sourit tout en bataillant avec ses bagages.

– Oui ! Merci !

– Laisse-moi t'aider, proposa la femme en ouvrant le coffre avec un bruit sec.

Elle marcha vers Laura et souleva la plus grosse et la plus lourde des valises.

– Ouah, grogna-t-elle. Tu ne rigoles pas, toi. Tu as prévu de rester un moment ?

Laura éclata de rire.

– Oui. Quelques mois au moins.

La femme chargea la valise dans le coffre avec un grognement et tendit la main vers le bagage cabine, tout aussi lourd.

Laura lui adressa un sourire d'excuse.

– Désolée. J'ai beaucoup de bagages.

– Comme nous tous, ma belle.

La femme referma le coffre et jeta un œil à sa chemise trempée de sueur.

– Tu aimes bien l'humidité ?

– Euh, non, pas vraiment. Je viens du nord de l'État de New York. Il neige, genre, neuf mois de l'année là-bas. Je pensais que ce serait un changement sympa.

– En parlant de truc sympa, j'aime bien ton soutien-gorge. Très joli.

Laura baissa les yeux sur sa poitrine et grimaça. *Oh, punaise, c'est pas vrai ?* À cause de la transpiration, sa chemise blanche était devenue quasiment transparente. Laura grommela.

– Bienvenue en République des Conques, déclara la femme avec un grand sourire.

D'un geste, elle désigna une grande pancarte accrochée au-dessus de l'aéroport. Il y était écrit : *Bienvenue en République des Conques*.

L'espace d'une seconde, Laura se demanda si elle avait embarqué sur le mauvais vol. La femme s'expliqua.

– Dans les années 1980, des locaux ont tenté de faire de Key West une micronation. La République des Conques. Ça n'a pas marché, mais le nom est resté.

– Oh, c'est intéressant. Vous êtes une Conque ? demanda Laura.

Elle avait lu qu'on surnommait les natifs de Key West les « Conques », d'après le nom du mollusque en spirale très populaire sur l'île. Puis elle repensa à l'accent de la conductrice.

– Ou vous êtes de la Jamaïque ?

– Non. Chicago, dit-elle en abandonnant l'inflexion dans sa voix. Ma grand-mère venait de la Jamaïque. C'est comme ça que j'ai appris l'accent. Je m'en sers pour les touristes. Ça m'aide pour les pourboires. Mais comme tu vas rester un moment…

Elle haussa les épaules et tendit la main.

– Mon nom est Mama Marley, mais il n'est pas vrai non plus. Je serai ta conductrice ce matin. Voici ma carte.

Laura sourit en prenant la carte rose vif.

– Je m'appelle Laura. Laura Lange, et c'est mon vrai nom. Je crois. À moins que ma mère ne m'ait menti.

– On ne sait jamais. Pour m'empêcher d'emménager en Floride, ma mère m'a dit que j'étais allergique au soleil.

– Ma mère n'était pas ravie non plus que je vienne ici.

Laura se fit un mémo intérieur : *Appeler maman. L'informer que tu n'es pas morte dans un accident d'avion.*

Elle se faufila sur le siège arrière avec son sac à dos et son sac en bandoulière. Mama Marley se glissa derrière le volant et fit vrombir le moteur.

– On va où ? Un hôtel ? Une pension de famille ? Un Airbnb ?

– Non, la maison d'Hemingway.

– Tu vas habiter à la maison d'Hemingway ?

– Non, je vais y travailler. Je commence aujourd'hui.

– Tu n'es pas allergique aux chats, au moins ?

– Non. Mais je n'ai jamais bossé dans un endroit avec des animaux avant. Ça va être marrant. J'adore les chats.

Mama Marley émit une sorte de *hmmmm.*

– D'accord, mais fais attention à toi, ma belle. Ces chats d'Hemingway ne sont pas normaux. Ils sont un brin bizarres, tu sais. Ils ont tous ces orteils. Beaucoup trop d'orteils pour des chats. Et tu sais ce que ça veut dire du coup. Plus de griffes.

Laura éclata de rire.

– Oui, je sais. Ils sont polydactyles. Ce sont les descendants du chat à six orteils d'Hemingway, Blanche-Neige. Ils sont censés porter chance.

– Si tu ne te fais pas griffer, tu auras du bol.

– J'ai l'impression d'entendre ma mère.

– On ne m'appelle pas Mama pour rien.

Elle enfonça la pédale de l'accélérateur et prit la direction du sud, sur la A1A.

– Mama a plus de jugeote.

Par la fenêtre, Laura contempla les eaux scintillantes des Caraïbes. Même sous la lumière matinale, elles paraissaient plus bleues et plus vives que dans son souvenir.

Je l'ai fait. Je suis ici. Je suis vraiment ici. De retour.

Mama Marley continuait de parler.

– Quand j'étais petite, à Chicago, je me suis fait griffer par le chat du voisin. Depuis, ils me fichent la trouille. On ne peut pas leur faire confiance. Surtout ces chats d'Hemingway-là, avec tous leurs orteils tout bizarres. C'est pas normal.

– Mais ils sont si mignons ! plaida Laura en riant. Avec ma famille, on est venus en vacances il y a cinq ans et je n'ai jamais oublié à quel point les chats d'Hemingway étaient mignons. Il y avait une petite chatte magnifique, avec un pelage doré et une grosse queue touffue. Je ne sais pas pourquoi, mais elle m'a adoptée. Elle m'a suivie partout pendant toute la visite et elle s'est même assise sur mes genoux ensuite. Elle avait six orteils à chaque patte. Je n'avais jamais vu un chat aussi joli. Depuis, je suis un peu obsédée par Hemingway et ses chats. J'ai lu tous ses livres. J'ai même écrit ma thèse sur Hemingway. Et je le dois à ses chats. Ils sont trop craquants, en fait.

Mama émit un autre *hmmmm*.

– Charmant, dit-elle, absolument pas convaincue.

Laura se doutait bien qu'elle ne ferait pas entrevoir à Mama le côté adorable des félins à six orteils, donc elle se tut et s'absorba dans le paysage. La vue était époustouflante. Les palmiers d'un côté, l'eau bleu profond de l'autre. L'autoroute s'étirait devant elle, longue page blanche d'infinies possibilités… ou pas.

Subitement, elle fut balayée par une vague de doute. Avant de pouvoir réagir, son cerveau se mit en branle et carbura à plein régime.

Qu'est-ce que je fabrique ici ? Est-ce que je commets la pire bêtise de ma vie ? Gâcher mon diplôme de fac pour un boulot d'été sans avenir ? Et si j'avais tenu bon un tout petit peu plus longtemps ? Et si un poste de prof s'ouvre et que je ne suis pas là pour le prendre ? Et si (je n'arrive pas à croire que je pense ça) ma mère avait raison depuis le début ?

Rhaaa. Trop de questions.

– Ça t'embête si j'allume la radio ?

– Non, pas du tout.

C'était facile de répondre à celle-ci.

Laura se cala dans son siège, tandis que Mama Marley tripotait les boutons. Après quelques brefs grésillements, les rythmes suaves d'une douce musique caribéenne résonnèrent dans l'habitacle.

Reggae. Bob Marley. Bien sûr.

Laura ferma les yeux et s'abandonna à la cadence caressante. Au tempo de la musique, elle sentit fondre son anxiété et grandir son excitation. Elle était là, sur cette île magnifique (la demeure d'Ernest Hemingway connue dans le monde entier !), sur le point d'écrire un nouveau chapitre de sa vie. Pour le meilleur ou pour le pire.

Le pire ? Arrête ça !

La chanson se termina et une voix masculine prit le relais sur les ondes.

– Booooonjour, Key West. C'est Rooster McCloud, le gentil DJ du coin, gardien de phare et nourrisseur de poulets.

Laura sourit. Elle aimait cette voix. Elle était grave et basse, avec une intonation rocailleuse, étrangement apaisante.

– Vous écoutez *Key West After Dark* sur WKEY Radio, le point le plus au sud de votre molette et de votre cœur. J'étais debout toute la nuit, mais c'est la vie. On va pouvoir partager quelques classiques, des potins du coin et quelques scandaleux secrets.

– Des secrets scandaleux ? s'enquit Laura.

– Et comment, déclara Mama. Les gens appellent pour parler de leurs problèmes et certains valent le détour.

– Ça a l'air croustillant. Il faut que j'écoute ça.

L'homme de la radio poursuivit :

– Ça va être une belle journée pour Key West. J'espère que vous allez tous en profiter. Et moi ? Je suis prêt à rendre l'antenne, descendre dans la rue et nourrir ces poulets sauvages affamés.

Par un bref flash-back, Laura se retrouva en vacances avec sa famille. Elle se souvint des poulets sauvages qui erraient en maîtres absolus dans les rues de Key West. Pour elle, c'était aussi bizarre que marrant.

– Et, juste après, retrouvez Shelly pour la météo, continua le DJ. Voilà, votre ami Rooster McCloud rend l'antenne. Au chant du rico, il sera exactement sept heures.

– Du rico ? demanda Laura, qui reçut une réponse immédiate.

Co-co-rico !

Le cocorico perçant d'un coq jaillit de la radio. Grave, limpide… et strident. Laura sursauta sur son siège, ce qui fit rire Mama Marley.

– Sympa, pas vrai ? dit-elle. Ce maudit oiseau me rend dingo.

Laura se décala sur son siège et chercha son reflet dans le rétroviseur. À cet instant, le soleil matinal encore ensommeillé surgit de derrière les nuages et diffusa ses rayons sur l'océan, l'autoroute et… le visage de Laura.

– Oh non, maugréa-t-elle. Je ne ressemble à rien.

Sa longue chevelure châtaine frisottait à cause de l'humidité. En fait, pas entièrement. Quelques mèches emmêlées s'étaient collées à son visage, les extrémités plaquées sur ses joues couvertes de transpiration, on aurait dit une créature sortie d'un film avec des aliens. Elle baissa les yeux sur sa chemise pour voir si elle avait séché. Nan. Toujours transparente. *Beurk.* Elle songea à se changer dans le taxi avant d'arriver à la maison d'Hemingway (puis elle se souvint que ses chemises se trouvaient dans la grosse valise dans le coffre).

À la radio, une femme à la voix nasale présentait la météo :

– La journée sera parfaite !

Parfaite ? se dit Laura. *J'ai visité des saunas moins humides.*

Elle se pencha en avant pour s'inspecter dans le rétroviseur. En passant ses doigts comme un peigne, elle écarta la plupart des mèches de son visage et lissa quelques frisottis. Pas parfait, mais pas si mal. Ses yeux étaient d'un vert brillant, et ses joues présentaient une jolie nuance de rose (à cause de l'humidité), par conséquent, elle n'avait pas besoin de maquillage.

Du rouge à lèvres, peut-être ?

C'était son premier jour, après tout. Elle voulait faire bonne impression. Enfouissant la main dans son sac à dos, elle sortit le premier sac plastique qu'elle put trouver. Ce n'était pas du maquillage. Mais un Chex Party Mix.

Maman.

La mère de Laura avait insisté pour lui préparer un en-cas. Après un changement de vol, une nuit dans un hôtel bon marché près de l'aéroport à Fort Lauderdale et un transfert dans un minuscule coucou de dix places qui vibrait et rebondissait comme un mauvais manège, Laura l'avait complètement oublié. Le trajet l'avait terrifiée, et Laura était bien trop nerveuse pour avaler quoi que ce soit (même le Party Mix de sa mère).

Elle fouilla plus profondément dans son sac. Trouva le rouge à lèvres, le sortit de l'étui, et commença à l'appliquer.

Chhhhhh !

Une énorme bourrasque vint s'écraser contre le taxi. En provenance de la mer, elle se rua à l'intérieur des terres comme un raz-de-marée géant et invisible. Sa puissance réussit à faire dévier la voiture de sa trajectoire.

– Ouah !

Mama Marley agrippa le volant avec fermeté.

– Tiens bon, ma grande !

Une autre bourrasque vint marteler le flanc du véhicule. Mama tira le volant vers la gauche pour stabiliser la voiture sur la route. Laura s'accrocha au siège devant elle.

Puis le ciel s'assombrit. Une masse de nuages tumultueux roula sur l'île, évoquant à Laura un vieux film où une foule en colère prendrait d'assaut un château fort. Elle regarda par la fenêtre et observa les palmiers qui s'agitaient dans le vent. Des gouttes de pluie se mirent à tambouriner sur le pare-brise. En l'espace de quelques secondes, il plut à verse, et Mama dut enclencher les essuie-glaces. Puis l'orage s'intensifia encore : la pluie bombarda plus brutalement et le vent hurla plus fort. Laura était à deux doigts de demander à Mama de se garer, quand...

La pluie cessa.

Aussi subitement qu'elle avait commencé, elle s'arrêta net, le vent cessa de souffler et les nuages ne s'amassèrent plus avec colère. Trente secondes plus tard, le soleil brillait de nouveau. Laura n'en croyait pas ses yeux.

– Euh... C'était bizarre.

Mama Marley haussa les épaules.

– Oui, bon, parfois, on a ce genre d'orages éclairs. Ils durent juste quelques minutes. En général pas aussi tôt, par contre.

Laura laissa échapper un soupir de soulagement et baissa les yeux.

Son rouge à lèvres était cassé.

Le Party Mix était intact.

Attrapant un mouchoir dans son sac, elle essuya le Rose Calypso sur sa main et balança le rouge à lèvres cassé dans son sac à dos. Elle était sur le point de remballer le Party Mix quand un morceau passa à la radio.

Cheeseburger in Paradise, de Jimmy Buffett.

Super. Maintenant j'ai faim, songea-t-elle.

Elle jeta un œil au Party Mix, elle n'avait rien avalé de toute la matinée. Le temps que Jimmy Buffett entame le deuxième refrain rendant hommage au divin cheeseburger, elle était affamée. Incapable de résister plus longtemps, elle déchira le sachet de Party Mix et y plongea la main. Elle en sortit une grosse poignée de céréales croustillantes, de bretzels et de noix. Elle les fourra dans sa bouche, et...

– Tu manges dans mon taxi ?

Laura s'arrêta de mâcher au milieu d'un craquement. Elle ne savait pas quoi dire et, de toute façon, elle ne pouvait prononcer un mot. Bouche pleine.

– Mama Marley aime conduire un taxi propre. La consommation de nourriture et/ou de boissons est strictement interdite conformément à l'article 24 A, partie B, de la réglementation de Floride.

– Je suis désolée, marmonna Laura, la bouche pleine de miettes.

Mama Marley éclata de rire.

– Je te fais marcher, ma belle. Je m'en moque. Tu as faim après le voyage, c'est normal. Qu'est-ce que tu as là ?

Laura mâcha et avala.

– C'est le Chex Party Mix de ma mère.

– Mmm, mmm, ça m'a l'air bon.

– Vous en voulez ?

– Non, merci. J'ai pris un gros petit déjeuner. Ne t'arrête pas, toi.

Mama Marley quitta l'autoroute et s'engagea dans une rue résidentielle calme bordée de hauts palmiers et de pavillons aux couleurs pastel. Totalement sous le charme, Laura contempla les rangées de clôtures aux piquets bien ordonnés et les mignonnes maisonnettes. C'était comme rouler dans une version grandeur nature et caribéenne d'un village jouet installé sous un arbre de Noël. Mais les toits, au lieu d'être recouverts de neige, étaient tachetés par le soleil qui transperçait les palmiers. Les routes avaient pratiquement séché à présent, le soleil faisait refluer les dernières gouttes et créait un nuage de vapeur qui s'élevait des trottoirs. Deux petits lézards traversèrent la rue à toute vitesse devant le taxi. Et, quelque part dans le lointain, un coq lança son cri pour saluer le retour du soleil.

– On y est presque, déclara Mama Marley. On traverse Duval maintenant.

Laura tourna la tête et aperçut des douzaines de restaurants colorés, des bars et des magasins de souvenirs qui s'étendaient vers le nord sur Duval Street, la partie la plus animée de Key West. La nuit, c'était le quartier qui bouge. Mais là, tout de suite, on aurait dit le petit village endormi d'un livre de contes. Quelques restaurants étaient déjà ouverts pour le petit déjeuner, ils attendaient le réveil des touristes. Une paire de moustachus en chemise hawaïenne se promenaient, escortés de deux chihuahuas en laisse qui agitaient la queue. Les hommes firent signe au taxi quand il passa à proximité. Mama Marley les salua d'un geste elle aussi avant de tourner sur Whitehead Street.

– Ce sont les proprios de l'*Hôtel du Phare*, expliqua-t-elle à Laura. Tu vas faire leur connaissance, c'est sûr. Et celle de leurs petits chiens aussi !

Laura éclata de rire et se pencha en avant pour s'imprégner de tout.

– Regarde ! Voilà le célèbre Rooster McCloud.

Mama Marley désigna un homme d'un certain âge sur le bord de la route. Il avait une longue chevelure poivre et sel sous un bandana rouge, il portait un tee-shirt *tie-dye* et un short cargo avec des claquettes. Il balançait des miettes à un groupe agité de poulets sauvages.

– Le gars de la radio ? demanda Laura.

– Et le gardien du phare. Un vrai personnage. Un type adorable, cela dit.

Laura voyait le phare blanc étinceler un peu plus loin, juste après l'entrée de l'*Hôtel du Phare*. De l'autre côté de la rue, dissimulée derrière un mur de briques et une jungle de feuillage, se trouvait la maison d'Hemingway. À travers les palmes, la jeune femme distinguait à peine le balcon de style colonial espagnol qui en faisait le tour ainsi que les volets jaune-vert. Cet aperçu fugace suffit à faire tambouriner son cœur.

Ça y est.

Mama Marley gara le taxi, ses freins grincèrent comme sous la souffrance.

– Nous y voilà, ma belle !

Elle déverrouilla le coffre et bondit hors du taxi.

Laura prit une profonde inspiration. Fourrant le Party Mix dans une poche latérale de son sac en bandoulière, elle saisit une anse du sac à dos et trébucha (gênée) en sortant du taxi. Mama Marley leva la tête de derrière le coffre. Elle jeta un coup d'œil au visage de Laura et éclata de rire.

– Ma fille ! T'es une vraie catastrophe ! s'esclaffa-t-elle. Tu t'es mis du rouge à lèvres partout !

Laura tourna sur elle-même et… se prit les pieds dans l'autre anse du sac à dos. Avec un puissant grognement, elle atterrit fesses les premières sur le trottoir.

Ouch !

Son épaule percuta son sac en bandoulière et propulsa le sac de Party Mix sur son ventre. La fermeture en plastique explosa et des céréales, des bretzels et des noix s'envolèrent dans les airs et jusque sur le trottoir… mais se répandirent en grande majorité partout sur Laura.

En un éclair, les poulets sauvages s'agglutinèrent sur elle, gloussant, picorant, se battant pour attraper la moindre miette.

Sérieusement ?

Laura avait l'impression de se retrouver au beau milieu d'une guerre de gangs rivaux. Une douzaine de volatiles au moins volaient en nuée au-dessus d'elle, battant des ailes dans une frénésie de nourriture poussée à son maximum. Et pour quoi ?

Le Chex Party Mix de sa mère.

Coooooot !

Laura avait du mal à y croire. Elle aurait peut-être ri de l'absurdité de la situation, si ces foutus oiseaux ne s'approchaient pas cruellement de son visage. Quand l'un d'eux lui picora le menton, elle craqua. Ce fut trop.

Au secours !

Avec un cri bref et bruyant, elle repoussa le picoreur de menton de sa poitrine. D'un coup d'œil latéral, elle aperçut Mama Marley paralysée par le choc. Derrière elle, dans la rue, Rooster McCloud avançait dans leur direction à grands claquements de tongs et en agitant les mains. Devant l'*Hôtel du Phare*, les promeneurs moustachus bataillaient avec les laisses de leurs chihuahuas, qui se déchaînaient dans une double explosion de jappements haut perchés.

C'est comme ça que je vais mourir ? se demanda-t-elle. *Sous une attaque de poulets excités à cause d'un mélange Chex ? Dans la grand-rue de Key West ? Devant une foule stupéfaite de badauds impuissants ?*

C'est à cet instant que Laura la vit.

Une superbe chatte tigrée aux rayures dorées... et à l'énorme queue touffue.

Est-ce que c'est possible ?

Elle ressemblait à s'y méprendre au chaton à la grosse queue duveteuse qui suivait Laura partout cinq ans plus tôt. Mais en plus grosse et en beaucoup plus touffue.

Est-ce que c'est toi ?

La chatte avait atterri sur le haut mur de briques qui entourait la maison d'Hemingway. À présent, elle se tenait là, queue dressée, toutes griffes dehors, les yeux étincelant comme une championne de boxe professionnelle qui jauge un adversaire et... qui s'apprête à bondir.

Et bondir, c'est ce qu'elle fit.

Avec un cri de guerre féroce, elle sauta de la clôture, chargea de l'autre côté de la rue et se jeta violemment dans la mêlée emplumée sous l'emprise de Chex. Elle cracha. Elle tapa. Elle cogna.

Elle montra à ces volatiles qui était le boss.

Les poulets sauvages n'avaient aucune chance, bien sûr. Ils s'éparpillèrent et s'envolèrent dans toutes les directions, courant pour sauver leur peau avant que le gros méchant chat ne les réduise en Party Mix. Un poulet percuta Mama Marley, qui hurla et partit comme une flèche. D'autres commirent l'erreur de courir vers les chihuahuas, qui aboyèrent et les envoyèrent dans la direction opposée. La plupart se dirigèrent vers Rooster McCloud, qui balança quelques graines pour les attirer loin de cette pauvre fille au visage couvert de rouge à lèvres. Apparemment, elle avait eu son lot de problèmes pour une seule journée.

Avec un grognement, Laura releva la tête et regarda autour d'elle.

Les poulets étaient partis. Dieu merci.

Non, songea-t-elle. *Merci Nessie.*

Elle observa la chatte à la queue fournie pourchasser les derniers poulets. Une fois les oiseaux bannis, la chasseuse revint vers Laura, s'assit à ses côtés et la regarda fixement.

C'était presque comme si la chatte disait : « *OK, ça, c'est fait. Et ensuite ?* »

Laura regarda la chatte dans les yeux et murmura :

– Nessie ? C'est toi ?

La chatte cligna des yeux et se lécha une patte.

Laura entendit des pas approcher (certainement des secours) couverts par le claquement bruyant de talons. Le fracas des clic-clac augmenta encore avant de s'arrêter à quelques centimètres de sa tête.

– Oh, ma pauvre ! Tu vas bien ?

Laura leva la tête. Une femme d'âge mûr, à la chevelure noir profond, surgit au-dessus d'elle. Elle se pencha en avant, ses énormes créoles pendirent sur ses joues couvertes de blush rose. Ses yeux étaient emplis d'inquiétude, mais Laura ne put s'empêcher de fixer ses créoles follement démesurées.

– Tu dois être Laura, n'est-ce pas ? s'enquit la femme.

Elle reconnut immédiatement Margarita Bouffet, avec qui elle avait passé un entretien vidéo trois semaines plus tôt. Laura se dit qu'elle avait dû faire une super première impression. Elle avait décroché le boulot, pas vrai ?

Et en cet instant, elle était là (allongée dans le caniveau, recouverte de plumes de poulets et de Chex Mix, le visage barbouillé de rouge à lèvres, la chemise trempée de sueur jusqu'au soutien-gorge, les cheveux frisottants, effilés et emmêlés, collés à la peau), d'après les mots de Mama Marley : « une vraie catastrophe ». Un bref instant, elle entendit presque sa mère dire : *Tu n'auras jamais de seconde chance pour faire ta première impression.*

Ah ouais, maman ? Et les secondes impressions absolument atroces ? Alors ?

Elle soupira et afficha un pâle sourire à l'intention de sa nouvelle directrice.

– Oui, je suis Laura. Vous devez être madame Bouffet.

– Appelle-moi Margarita. Comme tout le monde. Viens, laisse-moi te donner un coup de main.

Soudain, Laura prit conscience des personnes attroupées autour d'elle.

– Faites attention ! dit l'un des promeneurs canins. Elle s'est peut-être foulé quelque chose.

– Ou elle a quelque chose de cassé, suggéra l'autre moustachu.

Laura secoua la tête.

– Non, je vais bien, je pense.

Elle essaya de se relever, mais sa jambe était toujours emberlificotée dans l'anse du sac.

– J'arrive, dit un jeune homme.

– Moi aussi, lança un autre.

Laura se sentit soulevée par deux paires de mains solides. Une paire appartenait à un mec incroyablement mignon, cheveux foncés, coupés court, magnifique regard langoureux. Il portait un tee-shirt « Maison d'Hemingway » qui moulait ses bras et son torse de la meilleure des façons. Les autres mains à un mec plus grand et dégingandé, tout aussi mignon. Il avait de longs cheveux blonds emmêlés, une barbe courte mal entretenue et une étincelle malicieuse dans le regard qui fit vaciller Laura sur ses jambes.

Bien sûr, le choc contre le béton pouvait aussi expliquer la mollesse de ses genoux.

Reprends-toi, se dit-elle. *Tu n'es pas en état de draguer, là tout de suite.*

– Tu peux tenir debout ? demanda le mec au tee-shirt.

Laura fit une tentative.

– Oui, c'est bon, répondit-elle. Juste gênée.

Rooster McCloud s'avança vers elle en secouant la tête.

– Ne sois pas gênée. Je nourris ces poulets depuis des années, laisse-moi te dire un truc : ils peuvent se montrer hyperagressifs. Qu'est-ce qu'il y avait dans ce sac ? Ça les a rendus complètement dingues.

Laura rougit.

– Le Chex Party Mix préparé par ma mère.

Rooster acquiesça, l'air songeur.

– Il faudra que tu me donnes sa recette. Je m'appelle Rooster McCloud. DJ du coin et gardien du phare.

Laura sourit.

– Oui, je sais. Je vous ai entendu à la radio en venant, grâce à Mama Marley qui est ici.

Elle regarda tout autour à la recherche de la conductrice, sans parvenir à la repérer.

– Je suis là, ma belle, dans mon taxi !

Mama Marley criait depuis le siège du conducteur. Elle avait repris son faux accent jamaïcain. Laura réprima un rire.

– Pardon de ne pas t'avoir aidée, ma belle, expliqua Mama. Quand j'étais petite, j'ai été pincée par la poule du voisin. Depuis, j'en ai la trouille. On ne peut pas faire confiance à un poulet. Ils sont partis ? Si la voie est libre, je vais sortir tes bagages.

– Je l'ai, dit le mec au tee-shirt en tendant une main vers le coffre.

– Non, je l'ai, dit le mec débraillé, main tendue lui aussi.

Mama Marley fit un clin d'œil à Laura et lui fit signe par la fenêtre.

– Regarde-moi ça, ma fille, chuchota-t-elle. Ces garçons se battent pour toi.

Laura éclata de rire.

– Pas mal pour une vraie catastrophe, non ?

Mama Marley sourit.

– Ouais, ça serait quand même bien que tu te trouves un miroir et… tu vois.

Elle passa sa main devant son visage. Sur ces mots, elle démarra le moteur, attendit le claquement du coffre, enclencha le levier en mode conduire et décolla.

Laura fut tentée de hurler : *Attendez-moi !* Mais, lorsqu'elle vit le taxi rose disparaître à l'angle, elle sut qu'il était trop tard. Elle devait se retourner (le visage chaud, barbouillé et tout) et tenter de faire avec. D'une façon ou d'une autre.

Que ferait Hemingway ?

Il s'en moquerait, pensa-t-elle. Il relèverait ses manches, se servirait un verre bien tassé et continuerait à écrire.

C'était une pensée rassurante. Surtout le verre bien tassé.

– Hello, tout le monde ! lança joyeusement Margarita Bouffet. Voici Laura Lange, notre nouvelle guide ! Elle a fait tout le chemin depuis Syracuse ! Laura, je te présente tout le monde.

Laura sourit l'air penaud et fit un petit signe, en essayant de ne pas remarquer les marques de rouge à lèvres sur sa main.

– Voici Rick et Ricardo, annonça Margarita en désignant les moustachus. Les propriétaires de l'hôtel d'en face.

Rick (ou peut-être Ricardo) sourit à Laura, puis s'accroupit près des chihuahuas.

– Et voici Desi et Lucy. Ils sont heureux de te rencontrer.

Laura baissa les yeux sur les chihuahuas et feignit de ne pas voir que Lucy reniflait l'arrière-train de Desi.

– Euh, tout le plaisir est pour moi.

Ricardo (ou peut-être était-ce Rick) ajouta :

– D'habitude, ils n'aboient pas comme ça. Ce sont des chiens très calmes. Même les chats ne les font pas réagir.

– Pas vrai, objecta l'autre. Ils savent qu'ils sont en sous-nombre, c'est tout. Combien de chats as-tu ici, Margarita ? Cinquante-trois ? Cinquante-quatre ?

Margarita se tourna vers le mec au tee-shirt.

– Je ne sais pas exactement. Combien en avons-nous maintenant, Jake ? Quels sont les derniers chiffres ?

Le mec au tee-shirt haussa les épaules.

– J'en ai compté cinquante-six la semaine dernière, mais le nombre change à chacune de mes tentatives.

Margarita secoua la tête, avant de regarder Laura.

– Laura, voici Jake. C'est le gardien des chats. Il veille à ce qu'ils soient bien nourris et, avec un peu de chance, qu'ils ne s'attirent pas d'ennuis. Pas vrai, Jake ?

– J'y travaille, déclara Jake à Laura avec un sourire chaleureux. Ce n'est pas facile. Ce sont des bagarreurs.

– Et c'est toi qui le dis, ajouta le mec débraillé en se plaçant devant Jake pour saluer Laura. Je m'appelle Mack. Mack McCloud. Rooster est mon grand-oncle. Je l'aide à gérer le musée du phare plus bas dans la rue, ajouta-t-il avec un sourire niais terriblement attachant. Tu me verras pas mal dans le coin.

Jake lança un regard noir à Mack.

Ils sont réellement en train de rivaliser pour moi ? se demanda Laura. *Ils viennent à peine de me rencontrer ! Et je suis une vraie catastrophe ! C'est dingue.*

Au lieu de s'interroger sur les mystères masculins, elle regarda autour d'elle à la recherche d'une nouvelle connaissance.

Oh ! La voilà !

À quelques pas de là, assise sereinement au milieu de la rue, se tenait la magnifique chatte dorée à la grosse queue touffue.

– Et qui est *là* ? demanda Laura. Mis à part mon héroïne, ma sauveuse et amie de toujours…

Margarita gloussa.

– Oh, c'est Nessie. Son véritable nom est Ernestine Hemingway, mais nous l'appelons tous Nessie. C'est une beauté, n'est-ce pas ?

Laura s'exclama :

– Alors c'est *bien* toi ! Nessie ! C'est un tel plaisir de te revoir !

Elle s'accroupit et passa les doigts dans l'épaisse fourrure de Nessie, la caressant de la tête jusqu'à la queue. De plaisir, la chatte fit le dos rond.

– Une minute. Tu connais Nessie ? demanda Jake.

Laura acquiesça.

– Oui, je l'ai rencontrée quand elle était petite. J'étais ici avec ma famille et… Bref, c'est une longue histoire.

– Eh bien, j'ai hâte de l'entendre, ma chère, déclara Margarita. Pourquoi tu ne me raconterais pas tout ça à l'intérieur ? Allons à la boutique. Il faut que tu remplisses deux ou trois documents et, peut-être, euh, que tu te nettoies le…

Elle passa la main devant son visage.

– Les garçons, vous pouvez prendre ses bagages ?

Laura rougit. Elle se leva et lissa sa jupe. Puis emboîta le pas de Margarita et des garçons, franchit le portail de la maison d'Hemingway et pénétra dans les jardins luxuriants en façade.

Nessie la suivit aussitôt.

Mon héroïne !

Jake et Mack empilèrent les valises devant la boutique avant de se séparer.

– À plus tard, Laura !

– Oui ! À plus !

Margarita conduisit Laura à l'intérieur et referma la porte derrière elles avant d'allumer la clim.

– Il va falloir patienter une minute avant de sentir les effets, expliqua-t-elle. L'humidité est terrible cette année. On ne s'y habitue pas, en fait.

Elle tira une chaise pour Laura, puis sortit un miroir de poche et une boîte de Kleenex de sous le comptoir.

– Et voilà.

Laura s'assit sur la chaise, se regarda dans le miroir et en eut le souffle coupé.

C'était pire que ce qu'elle pensait.

Ses cheveux partaient dans tous les sens. Son visage était moucheté de céréales Chex. Et une trace de rouge à lèvres s'étalait jusqu'à son oreille.

– On dirait le Joker.

– Bêtise, tu es charmante, ma chère, objecta Margarita. Tu as juste passé une mauvaise journée.

– Oui, et c'est ma première journée de travail.

– Oh, tu n'es pas obligée de commencer aujourd'hui. Tu as enduré assez d'épreuves. Va jeter un œil à ton chez-toi. Installe-toi. Repose-toi un peu. Tu pourras prendre un nouveau départ demain.

– Oh ! Merci !

Laura était plus que soulagée.

– Mais, pendant que tu es ici, tu pourrais remplir ces formulaires administratifs. Si j'arrive à mettre la main dessus. Où est-ce que je les ai mis ?

Pendant que Margarita fouillait dans les tiroirs, Laura eut le loisir d'examiner les articles vendus dans la boutique. De nombreux romans d'Hemingway et des biographies. Des tasses à café et des bibelots. Des gravures encadrées représentant la maison, des photos de chats et…

– Nessie !

Nessie avait dû la suivre à l'intérieur. Elle se frotta contre la jambe de Laura et bondit sur ses genoux.

– Resalut !

Margarita continuait sa quête des formulaires. Elle tendit le bras vers la plus haute étagère, derrière la caisse enregistreuse, en sortit un épais classeur marron… et déplaça un énorme nuage de poussière.

Laura renifla.

Deux fois.

Puis renifla de nouveau.

Margarita se figea avant de se retourner.

– Je dois te demander quelque chose, Laura, et je veux que tu sois franche.

Laura cessa de caresser Nessie.

– Hum, OK, posez-moi votre question.

Margarita la regarda droit dans les yeux.

– Tu n'es pas allergique aux chats, au moins ?

Chapitre 3

Des souris et des hommes (et des araignées et des serpents)

De tous les chats de l'île, Pawpa[1] Hemingway était le plus gros, le plus vieux et le plus sage.

C'était aussi le plus grognon.

Tout chaton déjà, Pawpa ressemblait à un vieil homme grincheux. Avec sa fourrure grise ébouriffée, ses yeux bleus perçants et sa barbe blanche en bataille, c'était le portrait craché du célèbre propriétaire de la maison : le vieux « Papa » Hemingway lui-même. Et, juste comme son homonyme, Pawpa avait été un vrai mâle dans sa jeunesse. Il adorait chasser (les souris et les lézards), pêcher (les poissons rouges dans l'étang d'à côté) et participer à des bagarres (avec n'importe quel chat qui le prenait à rebrousse-poil). Avec l'âge, il s'était lassé de la chasse, de la pêche et de la bagarre. Mais un paquet de trucs le prenait toujours à rebrousse-poil.

Comme ces poulets braillards ce matin.

Tellement de tapage et d'histoires à cause d'une bande de volatiles idiots. Pawpa savait (d'expérience) qu'on ne

1. *Paw* signifie « patte ».

devait pas toucher aux poulets. Ses cicatrices le prouvaient. Il n'avait fallu qu'une seule bagarre bien féroce avec les poulets sauvages pour que Pawpa apprenne qu'on devait laisser certaines choses tranquilles (tout ennuyeux que ce soit).

Bien sûr, cela n'avait pas arrêté Nessie.

Quand elle avait bondi par-dessus le portail pour repousser les poulets loin de cette pauvre humaine, Pawpa avait été impressionné, il devait l'admettre. Mais il se demandait pourquoi. Pourquoi Nessie avait-elle pris le risque de se faire pincer et griffer pour sauver une parfaite inconnue ? Encore plus déconcertant, pourquoi avait-elle suivi cette inconnue dans la boutique avec Margarita, l'administratrice de la maison ? Bien que Pawpa appréciât son rôle de chat le plus âgé, le plus sage et le plus grognon de la ville (toujours distant et au-dessus de la mêlée), il dut admettre que ce mystère le rongeait.

Vous savez ce qu'on dit à propos de la curiosité et des chats.

Tout en gardant un œil sur la porte close de la boutique, Pawpa, patiemment assis sous un arbre, feignait de s'ennuyer. Il bâilla quelques fois pour plus de vraisemblance. Pourtant, intérieurement, il mourait de curiosité. *Que se passe-t-il là-dedans ? Qui est cette fille ?*

La porte s'ouvrit à la volée, faisant sursauter Pawpa au beau milieu d'un bâillement. Margarita sortit de la boutique, immédiatement suivie par la jeune fille, qui faisait une chose que Pawpa n'avait jamais vue auparavant.

Elle tenait Nessie dans ses bras !

De plus en plus curieux.

Pawpa savait que Nessie n'aimait pas être dans les bras des humains. Comme la plupart des habitants à quatre pattes de la maison d'Hemingway, c'était une chatte élevée en liberté, d'une nature indépendante, avec une tolérance limitée pour les touristes adorateurs de chats qui essayaient de les attraper.

Autoriser les *caresses* des touristes, c'était encore une autre affaire.

– Jake ! cria Margarita dans le jardin. Pourrais-tu aider Laura à porter ses sacs ?

La tête du gardien des chats sortit de derrière un gros buisson et il lança un joyeux « Je peux ! ». Comme s'il avait patienté là tout du long, occupé à espionner la nouvelle arrivante.

Tout comme Pawpa, il était curieux.

– Je te verrai demain matin, ma chère, déclara Margarita avec un clin d'œil à Laura.

Puis elle retourna dans la boutique.

Jake traversa le jardin, un grand sourire aux lèvres, et tendit la main vers la valise à roulettes et le bagage cabine. Mais son sourire pâlit quand il aperçut Nessie.

– Hum, je ne voudrais pas me montrer malpoli, dit-il comme pour s'excuser, mais nous demandons à nos invités de ne pas porter les chats. C'est la politique de la maison.

– Oh ! rougit Laura. Pardon. Elle était assise sur mes genoux et ne voulait pas descendre quand j'ai essayé de me lever, alors, ben, je l'ai emportée.

Jake parut désorienté.

– Elle était sur tes genoux ?

– Oui ! Après m'avoir sauvée des poulets. Ce qui était déjà incroyable. Je crois qu'elle m'aime bien.

Jake baissa les yeux sur Nessie, qui ronronnait doucement dans les bras de Laura, sa longue queue touffue remuant de gauche à droite, l'air béat.

– Oui, je crois aussi. Mmh.

– Pourquoi le « mmh » ?

Tête inclinée, Jake tenta d'expliquer.

– Nessie est très particulière avec les humains. Avec ses congénères, elle est entièrement dévouée. Nous l'appelons la Mère de famille, parce qu'elle prend soin de tous les chatons. Mais avec les gens ? Elle est très... sélective. D'habitude, elle se montre affectueuse avec les personnes qu'elle connaît. Mais toi ? Tu es une étrangère.

Laura sourit, l'air mystérieux, et caressa le pelage de Nessie.

– Peut-être que non.

Jake plissa les yeux.

– Ah non ?

– Non, confirma Laura. Nessie et moi, on se connaît depuis longtemps. Nous sommes amies depuis des années et des années. N'est-ce pas, Nessie ?

Elle leva la chatte vers son visage et frotta sa truffe contre son nez (ce qui rendit Jake encore plus perplexe).

– Comment c'est possible ? Margarita m'a dit que tu venais du nord de l'État de New York.

Laura haussa les épaules et sourit.

– Devine.

– Tu l'as rencontrée au casting d'une pub pour de la nourriture pour chats.

– Non.

– Vous êtes allées à la fac ensemble. Vous faisiez partie de la même sororité.

– Non.

– Tu as retiré une épine de sa patte quand elle était chaton et, depuis, vous êtes liées pour la vie.

– Non, mais tu chauffes.

– OK, je donne ma langue au chat.

– Déjà ? T'es pas drôle.

– Oh, si, je suis drôle.

Laura leva un sourcil.

– Vraiment ? Je ne te classerais pas dans le genre marrant. Tu as l'air si propret et tellement sain. J'ai plutôt supposé que tu étais du genre responsable.

Jake rougit, ce qui était très mignon.

– C'est cette nouvelle coupe. Elle est trop courte. On dirait que je fais mon premier jour dans un camp d'entraînement militaire.

– J'aime bien.

– Même si ce n'est pas drôle ?

– Même si ce n'est pas drôle. Mais ton ami, comment il s'appelle ? Celui qui est cool et un peu négligé, qui m'a aidée à porter mes bagages ? Sa coupe est marrante.

– Mack ? Tu trouves qu'il a l'air cool ?

– Oui. Cool et marrant.

Jake leva les yeux au ciel, ce qui fit rire Laura.

– Qu'est-ce qu'il y a entre vous ? demanda-t-elle.

– Qu'est-ce que tu veux dire ? C'est mon meilleur pote.

– Je veux dire… Je ne sais pas. Hum, vous avez l'air, genre, en compétition. Il y a une sorte de rivalité entre vous ?

– C'est une longue histoire.

– J'ai le temps.

Jake soupira.

– OK. Je te raconterai pour Mack et moi, si tu me dis comment vous vous connaissez, Nessie et toi. Marché conclu ?

– Marché conclu.

– Toi d'abord.

– Non, toi.
– Les dames d'abord.
– Les dames d'abord ? Ils t'ont appris ça dans ton camp d'entraînement ?
– Très drôle.
– Désolée. C'est à cause des cheveux.
– Je sais. Ils sont trop courts, pas vrai ?
– Mais non. Je me moque.
– Je m'en remettrai. Maintenant tu me racontes à propos de Nessie, oui ou non ?
– *Sir, yes, sir.*

***

Pawpa Hemingway n'était pas content.

Pendant que Laura racontait à Jake son voyage d'enfance à Key West, sa rencontre avec la petite Nessie dans la maison et la découverte de sa passion pour les romans (surtout ceux d'Ernest Hemingway), tranquillement assis sous son arbre, le vieux chat gris les observait. Il ne comprenait pas un traître mot de ce qu'ils disaient, bien sûr. Mais il était évident pour lui que Jake (le pourvoyeur de nourriture) paraissait aussi épris par cette jeune humaine que Nessie.

Mais pourquoi ?

Pawpa n'en avait aucune idée.

Peut-être qu'elle sentait bon ?

Il devrait la renifler plus tard. Pour l'instant, il pouvait seulement observer et attendre l'occasion d'enquêter de plus près. C'était comme de chasser une souris qui se cachait sous l'escalier. Il fallait de la patience.

Au bout de quelques minutes, les humains mâle et femelle s'assirent à l'ombre, sur les marches de la véranda. Nessie se pelotonna sur les genoux de la femelle, savourant les douces caresses des mains humaines. À un moment, elle roula même sur le dos pour laisser la fille lui gratter le ventre !

Dégoûtant.

Pawpa ne laisserait jamais un humain toucher son ventre comme ça. Si quelqu'un essayait, il le regretterait. Pour Pawpa, c'était zone interdite. Cela dépassait les limites. C'était le moment de sortir les griffes.

Mais Nessie ? Pour une raison obscure, Nessie faisait confiance à cette humaine.

Pas Pawpa.

Il ne faisait absolument pas confiance à cette fille curieuse. Elle pouvait être dangereuse. Comme ces petits chiens qui faisaient semblant d'être votre ami jusqu'à ce que, brusquement (sans prévenir), ils sortent les crocs et cherchent à vous mordre.

Non, Pawpa ne faisait pas confiance à cette fille.

Qui qu'elle soit, quoi qu'elle manigance, cette humaine n'était pas comme les autres visiteurs qui passaient par la maison chaque jour. Elle avait peut-être roulé Nessie, qui avait le cœur tendre et une nature douce. Mais elle ne duperait pas Pawpa Hemingway. Pawpa était le plus âgé. Pawpa était le plus sage. Et si quelqu'un (humain ou autre) venait faire des vagues à la maison d'Hemingway, ça ne durerait pas longtemps…

Pawpa veillait.

– Ne regarde pas, dit Jake, mais je crois que nous sommes surveillés.

Il désigna un arbre feuillu de l'autre côté du jardin. Laura se tourna dans cette direction, mais elle ne vit rien. Elle se protégea les yeux du soleil et regarda à nouveau. Enfin, elle repéra un vieux chat à l'air grognon, assis parmi les racines des arbres, ses poils gris ébouriffés se fondant parfaitement avec le tronc abîmé. Avec son pelage de camouflage et sa position accroupie, le chat lui rappelait un espion sous couverture. Ou un ninja.

Un ninja extrêmement *grognon*.

– Oh ! Regarde sa tête, murmura Laura à Jake.

Le vieux chat la fixait. Intensément.

– Et ses yeux !

Les yeux du chat s'étrécirent, s'assombrirent, se concentrèrent sur elle encore plus fort.

– Houlà. Maintenant je sais ce que ressent une souris traquée.

Jake gloussa.

– C'est Pawpa Hemingway. P-a-w-pa. Tu piges ?

– Bien sûr ! La barbe blanche ! Les yeux bleus ! L'air bourru ! On dirait Ernest Hemingway en chat !

– Exactement.

– Pourquoi la réincarnation d'Ernest Hemingway me déteste autant ?

Jake rit.

– Il ne te déteste pas.

– Ah non ? On dirait qu'il veut me tuer. Et m'avaler pour le petit déjeuner.

– Tu es nouvelle. Il ne te fait pas confiance. Et il voit que tu es pote avec Nessie et nous. Il est curieux.

Laura n'en était pas sûre du tout. D'après son expression, le vieux chat ne se méfiait pas seulement d'elle ; il la détestait de tout cœur. Mais ils n'avaient pas été présentés officiellement. Elle devait tenter le coup.

– Bonjour, Pawpa ! lança-t-elle à travers le jardin. Je m'appelle Laura. Je vais travailler ici avec vous. Je suis la nouvelle guide.

Pawpa écarquilla légèrement les yeux. Mais sans bouger d'un poil. Il la fixait toujours comme si elle l'avait défié au concours de celui qui clignerait des yeux en premier. Ce ne serait pas lui, en tout cas.

– Tu ne voudrais pas nous rejoindre sous la véranda ? ajouta-t-elle avec douceur.

Pawpa ne l'entendait pas de cette oreille.

Laura tapota la place à côté d'elle.

– Allez, Pawpa. Viens dire bonjour.

Jake éclata de rire.

– Ça ne marchera pas.

Laura ne fit pas attention à lui. Elle rappela Pawpa et tapota la marche de la véranda un peu plus fort. Le bruit fit sursauter Nessie, qui bondit loin des genoux de Laura et détala à travers le jardin. Il fit sursauter Pawpa, qui décampa de sa planque et se rua vers l'angle de la maison.

– Je t'ai dit que ça ne marcherait pas, déclara Jake. Pawpa n'est pas très sociable. Avec qui que ce soit.

Laura l'entendit comme un défi.

– Je l'apprivoiserai.

– Comment ? demanda Jake. Avec tes connaissances sur les mâles découvertes dans la fiction masculine et toxique d'Ernest Hemingway ?

Laura soupira.

– C'était pour mon mémoire de thèse. Ma prof était obsédée par les études sur le genre. Je savais qu'elle avalerait ça. La plupart des filles travaillaient sur Jane Austen.

– Alors tu penses qu'Hemingway était trop... macho ?

– Je pense qu'Hemingway a exposé avec habileté la vulnérabilité et l'insécurité profondément ancrées chez les hommes et dissimulées sous l'armure qu'ils se forgent en société.

– Ouah ! s'exclama Jake. Ils ne nous ont pas appris ça au lycée.

– Tu as lu Hemingway au lycée ?

– Bien sûr. J'ai beaucoup aimé *Des souris et des hommes*.

– Ça, c'était John Steinbeck.

– Non. C'était Hemingway.

– C'était Steinbeck ! Je suis au courant, quand même, j'ai une licence d'anglais et j'ai rédigé ma thèse sur...

Jake se mit à rire.

– Je me moque. Je sais que c'est Steinbeck.

Laura se sentit rougir.

– Je l'ai mérité, je suppose, après m'être moquée de ta coupe de militaire.

– C'est vraiment trop court, pas vrai ?

Laura leva les yeux au ciel et rit.

– Peut-être qu'Hemingway aurait dû écrire sur la toxicité de la vanité masculine. À propos de trucs de mecs, tu vas me parler de ta rivalité avec Mack ?

Jake inspira profondément. Il était sur le point de parler, quand des bruits de pas rapides l'interrompirent. Laura et lui se retournèrent. Deux chats très chahuteurs traversaient la véranda comme deux flèches lancées dans leur direction. Le magnifique duo (une paire de chats tigrés) donnait l'impression d'être un négatif photographique l'un de l'autre. L'un était essentiellement noir avec des rayures marron ; l'autre, à dominance marron avec des rayures noires. Tous deux avaient des pattes étrangement grosses qui évoquaient des gants de base-ball ou de boxe. Et tous deux eurent la force et l'énergie félines de passer d'un bond par-dessus les genoux de Laura.

Elle laissa échapper un cri.

– Qu'est-ce qui… ?

Les deux chats trébuchèrent sur la pelouse devant elle, une boule noire et une boule marron de poils et de fureur. Se battant comme des lutteurs en championnat, ils roulèrent dans l'herbe et se jetèrent l'un sur l'autre jusqu'à ce que l'un d'eux réussisse à se libérer. Le chat plutôt noir se cabra sur ses pattes arrière. Debout, il griffait l'air d'avant en arrière de ses énormes pattes. Le chat marron fit de même, mais il agitait ses énormes pattes noires de gauche à droite.

– Qu'est-ce que c'est que… de la violence féline ? demanda Laura. On devrait les séparer ?

Jake éclata de rire.

– Non, ils jouent. Celui-là, c'est Boxeur, et celui-là, Matador.

– Très hemingwayesque.

– Ouais. Ce sont des petits gars bien costauds. Ils se battent et se bagarrent depuis le jour de leur naissance. Tu as sans doute deviné qu'ils étaient frères. Et tu sais comment sont les frères.

– Toujours tentés d'avoir l'avantage sur l'autre ? Comme Mack et toi ?

– Pas exactement.

Laura allait le presser de répondre, lorsque la bagarre des chatons aux grosses pattes détourna son attention. Avec quelques petites tapes et une poussée, Boxeur se rua sur Matador comme un champion de poids lourd. Matador para d'une pirouette gracieuse et un bruissement de queue. L'esquive fit perdre l'équilibre à Boxeur, qui tomba dans l'herbe sur ses quatre pattes. Cela ne l'empêcha pas, pourtant, de balancer un crochet du gauche à la patte de Matador et de l'envoyer au tapis à côté de lui. Néanmoins, tous deux se remirent instantanément debout. En un éclair, ils se retrouvèrent sur leurs pattes arrière, face à face, leurs grosses pattes en l'air.

– Pourquoi leurs pattes paraissent tellement plus grosses que celles des autres chats ? demanda Laura.

– Ils ont sept orteils au lieu des polydactyles habituels à six orteils, expliqua-t-il. Tu savais que la plupart des chats d'ici descendaient d'un polydactyle qu'un capitaine de bateau a offert à Hemingway ?

– Oui, je le savais, dit-elle. J'ai appris par cœur le guide entier que Margarita m'a envoyé.

– Tu connais le nom du premier chat ?

– Blanche-Neige.

– Mâle ou femelle ?

– Mâle.

– Où Hemingway a-t-il rencontré le capitaine ?

– Au bar *Sloppy Joe*.

– Où se trouve-t-il ?

– Au 201, Duval Street.

– Ouah ! s'extasia Jake, visiblement impressionné. Je ne m'attendais pas à ce que tu connaisses le numéro de la rue. Tu es très bien préparée.

Laura était sur le point de répondre, quand Matador poussa un hurlement strident. Ou peut-être bien Boxeur.

Les deux frères chats (qui, tant bien que mal, se tenaient toujours debout) avaient bloqué leurs gros gants de fourrure autour du corps l'un de l'autre et chancelaient d'avant en arrière dans l'herbe.

– Comme c'est mignon, ils dansent, déclara Laura.

– Attends, dit Jake en se penchant vers l'avant. Tu es à deux doigts de voir l'attaque signature de Matador.

Laura observa le chat à dominance marron tournoyer et virevolter avant de projeter son frère au sol.

– *Body slam !* lança Jake. Boxeur est génial pour se projeter en l'air, slalomer et filer des coups de patte, mais les mises au tapis de Matador, c'est de la poésie en action.

Laura s'éventa de la main comme une beauté du Sud. *Mon Dieu, toute cette testostérone. Nul doute, je suis dans la maison d'Hemingway.*

Jake gloussa.

– Je suppose que tu n'adhères pas aux… hum… activités viriles ? Se battre, chasser, pêcher ?

– Oh, si, j'y adhère… à moitié, dit-elle. Mon père boxait et mon grand-père aimait bien chasser la biche et pêcher le bar dans le lac Onondaga. Je ne raffole pas de la chasse, pourtant. J'aime trop les animaux.

– Moi aussi, confirma Jake. Je voulais devenir vétérinaire.

– Voulais ? Qu'est-ce qui t'a fait changer d'avis ?

– Une longue histoire.

– J'ai du temps.

– Eh bien, moi non, objecta Jake en se levant.

Il épousseta son pantalon pour enlever les poils de chat.

– Il faut que je retourne travailler. Ces litières ne vont pas se nettoyer toutes seules.

– J'imagine que non.

Laura se leva, sortit son téléphone de sa poche et jeta un coup d'œil à l'heure.

– Je te verrai demain, je suppose.

– Tôt. Tu as besoin d'aide pour porter tes bagages ?

– Non, merci, je me débrouillerai. D'abord, je dois vérifier si mes nouvelles colocataires sont à la maison.

– Tu vas habiter où ?

– Avec deux filles qui organisent des sorties de randonnée palmée pour les touristes.

– Les sœurs Crabb ?

– Tu les connais ?

– Tout le monde connaît les sœurs Crabb, déclara Jake avec un sourire espiègle.

– Je n'aime pas cette expression sur ton visage. Qu'est-ce qui cloche chez les sœurs Crabb ?

– Oh, rien, dit-il en reculant lentement. Tu as dit que tu aimais les animaux, pas vrai ?

– Je les adore.

– Génial. Tu vas adorer vivre avec les Crabb.

Sur ces mots, Jake se retourna et commença à s'éloigner.

– À plus tard, Laura ! dit-il (avec un tout petit peu trop d'entrain) avant de disparaître à l'angle.

Laura fut tentée de lui courir après pour lui demander plus d'infos sur les sœurs Crabb, mais elle se dit qu'elle en saurait plus bien vite. Elle lut les messages sur son téléphone. Trois textos de sa mère :

Ton vol est arrivé ?

Tu as atterri sans problème ?

Comment se passe ton nouveau boulot ?

Laura soupira et tapa une réponse rapide :

Oui, oui, et je commence demain. Je t'appelle plus tard.

Ensuite, elle envoya un texto aux sœurs Crabb. Enfin, à l'une des deux. Jolene, pas Jilly.

Je suis à KW, j'ai une journée off. Vs êtes à la maison là ?

Elle appuya sur Envoyer. Puis elle se laissa tomber sur la marche et attendit la réponse. Ce qui (se dit-elle) prendrait peut-être un bon moment si les sœurs Crabb travaillaient. Elles ne regardaient certainement pas leurs textos quand elles plongeaient avec masque et tuba au-dessus de la barrière de corail en compagnie des touristes.

Laura s'étira et bâilla. Du coin de l'œil, elle aperçut un chat aux poils dorés qui s'étirait et bâillait aussi.

– Nessie ! Tu es revenue !

Elle s'apprêtait à la rejoindre, lorsque son téléphone sonna. Un texto de Jolene Crabb :

On est à la maison, mais on a un tour en bateau à 10 h. Tu peux venir vite ?

Laura répondit :

Bien sûr, pas de pbm ! À tout de suite !

Laura bondit sur ses pieds et rassembla ses sacs.

– Désolée, Nessie, je dois filer. À demain !

Hissant son sac à dos sur son épaule, elle attrapa le bagage à roulettes et se dirigea vers le portail. En montant sur le trottoir, elle jeta un regard en arrière sur la superbe demeure coloniale de style espagnol, sur les volets jaune-vert… et les adorables chats qui flânaient de droite à gauche dans le jardin. Elle fit signe à Nessie, aux airs souverains, assise sereinement sous la véranda.

– Attends une minute. Où est-ce que je vais ?

Laura chercha l'adresse des Crabb sur son téléphone. C'était quelque part sur Southard Street, mais elle ne savait pas exactement où… et si elle pouvait y arriver en moins d'une demi-heure de marche.

– La nouvelle guide aurait-elle besoin d'un guide ?

Laura leva les yeux de son téléphone et aperçut Rooster McCloud. Le DJ au bandana et gardien de phare était planté sur le trottoir, un sac de graines pour poulets à la main. Elle sourit.

– Ah, oui, je suppose. Vous savez où c'est ?

Elle lui montra l'adresse sur son téléphone. Rooster plissa les yeux, jeta un coup d'œil et soupira.

– Oh, je suis désolé. Tu ne peux pas y aller à pied d'ici.

– Quoi ?

– C'est impossible.

– Impossible ? Vous plaisantez ?

En voyant l'air très inquiet de Laura, Rooster cessa immédiatement sa plaisanterie.

– Je blague, évidemment ! Bien sûr que tu peux y aller ! Désolé. Je ne voulais pas te faire flipper.

Laura laissa échapper un soupir de soulagement.

– OK. J'ai passé une journée plutôt bizarre. Alors, cette adresse… C'est près d'ici ? Je peux y aller à pied, genre, en quinze minutes ?

– Avec tous les bagages que tu trimballes ? Peut-être. Mais tu vas être un peu juste.

Laura maugréa.

– Bon, je ferais mieux de bouger alors. Vous pouvez m'indiquer la direction ?

Rooster s'éclaircit la gorge.

– Ben, tu es sur Whitehead, là. Si tu continues par là sur environ sept, non, plutôt dix pâtés de maisons plus ou moins, et ensuite que tu tournes à gauche, puis encore à gauche, non, à droite, attends… Quel est le numéro déjà ?

Laura eut le désagréable pressentiment qu'elle n'y serait jamais à temps, lorsqu'elle entendit quelque chose au loin. On aurait dit du reggae, et le son augmentait à chaque seconde. Soudain, sans prévenir, une voiture surgit dans la rue en rugissant et s'arrêta derrière elle avec des crissements de pneus.

C'était un taxi rose vif, flanqué de palmiers et de notes de musique sur les portières.

– Besoin d'une course, mademoiselle ?

Ce n'était pas un hasard si Mama Marley se pointait à la maison d'Hemingway pile au moment où Laura avait besoin d'un véhicule. Ce n'était pas la chance ni le destin non plus. Ce n'était pas une intuition bizarre, de la télépathie ou un genre de magie caribéenne que Mama tiendrait de sa grand-mère jamaïcaine. Non, c'était assez simple, et Mama ne s'éternisa pas dans ses explications.

– Tu as oublié de me payer.

– Oh ! Je suis désolée, déclara Laura, en se glissant avec ses sacs sur le siège arrière. J'ai été un peu perturbée à cause de tu sais quoi…

– Ces foutus volatiles.

– Ils avaient faim.

– Une menace, voilà ce qu'ils sont.

Mama secoua la tête et fit vrombir le moteur.

– Alors, tu vas où ? Loin de ces poulets et de ces chats, j'imagine.

Laura donna l'adresse sur Southard Street.

– C'est là que je vais habiter.

Mama plissa les yeux et grimaça.

– Tu vas habiter chez les Crabb ? Vraiment ?

– Oui. Pourquoi ? Il y a quelque chose qui cloche ?

Mama ne répondit pas, secoua la tête, augmenta le volume et se mit en route.

Laura s'installa confortablement pour profiter du trajet. Mais ce fut impossible. Le reggae était trop bruyant, les freins grinçaient trop, et l'appréhension de rencontrer enfin les fameuses (ou infâmes ?) sœurs Crabb la rendait trop nerveuse. Elle alluma son téléphone pour jeter un dernier coup d'œil à l'annonce à laquelle elle avait répondu :

CHAMBRE INDIVIDUELLE ENSOLEILLÉE À LOUER DANS CHARMANT BUNGALOW. Profitez de la faune et de la flore de Key West dans cette maison en colocation idéalement située. Proche des bars, restaurants, sites touristiques et du port de plaisance. Femme de préférence pour une colocation de tout l'été ou plus longue. Contacter Jilly & Jolene Crabb à…

Cela semblait parfait.

Un peu trop parfait, peut-être ? Laura se le demandait. Les sœurs avaient l'air sympa au téléphone. Ou au moins celle à laquelle elle avait parlé (Jolene). Elle n'avait pas discuté avec l'autre, Jilly. Jilly pouvait très bien être une dangereuse psychopathe ou une meurtrière à la hache…

– Je vais faire le tour du cimetière, déclara Mama Marley. Southard est à sens unique.

Laura leva les yeux de son téléphone. Elles descendirent une rue ombragée par des palmiers, bordée de petites maisons aux couleurs pastel et de clôtures aux piquets blancs. Mais le paysage changea de façon brutale lorsqu'elles gagnèrent le cimetière. Le ciel s'ouvrit au-dessus de leurs têtes et le soleil embrasa une vaste étendue dégagée de pierres tombales blanches, brûlées par le soleil, et de mausolées monolithiques entourés d'une barrière en fer forgé.

Pendant qu'elles roulaient, Mama Marley leva sa main droite du volant et fit le signe de la croix.

– Toujours honorer les morts. C'est ce que ma grand-mère m'a enseigné.

Laura lut les mots inscrits au-dessus du portail du cimetière : *A Los Martires de Cuba.*

– « Pour les martyrs de Cuba », traduisit Mama. Ils ont combattu pour la liberté pendant la révolution. Ce vieux cimetière a une grande histoire. Mais ma préférée, c'est la pierre tombale où il est écrit : *Je te l'avais bien dit que j'étais malade.* Ha !

Laura éclata de rire. Elles s'engagèrent alors dans une rue aussi jolie qu'une carte postale. Les habitations avaient le charme des maisons en pain d'épice décorées avec du glaçage pastel. Elles étaient entourées de petits jardins luxuriants regorgeant de plantes et de fleurs tropicales. Certaines s'élevaient sur deux niveaux et se paraient de balcons et de vérandas qui en faisaient le tour. Quelques-unes étaient même assez grandes et dissimulaient des piscines, oasis scintillantes d'un bleu chatoyant qui se découpaient sur le feuillage vert vif et les façades aux couleurs acidulées.

– Ouah, regardez-moi ces baraques, murmura Laura, fascinée. Je n'arrive pas à croire que je vais habiter dans un quartier aussi chic.

Mama lui lança un regard dans le rétroviseur.

– Ne t'emballe pas. La maison des Crabb, c'est celle juste à droite.

Laura se pencha pour apercevoir son nouveau foyer.

– Oh. Je vois. C'est très…

– Délabré ? Décrépit ?

– J'allais dire rose.

– C'est vrai ? demanda Mama dans un éclat de rire. Le petit bouquet de mon bal de terminale était rose lui aussi. Mais aujourd'hui ? Il est comme cette maison. Desséché, fané et prêt à tomber en miettes.

– Ouais, une bonne couche de peinture ne lui ferait pas de mal, c'est vrai.

– Comme nous tous, marmonna Mama.

Elle arrêta la voiture, déverrouilla le coffre et sortit pour aller chercher les bagages.

Laura mit un pied sur le trottoir, les yeux rivés devant elle sur la toute petite maison d'un rose très pâle. C'était un pavillon typique de Key West, bas et étroit, surmonté d'un toit en fer, incliné, avec une véranda couverte et un jardin minuscule sur le devant, entouré d'une palissade blanche. Les balustrades, les volets et les moulures étaient peints en blanc, et le résultat était charmant, mais il était difficile de distinguer les détails à cause des plantes qui avaient follement envahi le jardin (ce qui était tout aussi bien comme ça). Niché au cœur du feuillage dense s'étalait un authentique marché aux puces : un bassin pour oiseaux en forme de palourde, une statue de sirène couverte de mousse, une fontaine baleine qui crachotait un jet d'eau, un filet de pêcheur rempli de coquilles et de verres polis, un cadran solaire en mosaïque fendu, une boule de jardin en verre miroir et un assortiment éclectique de mangeoires pour oiseaux et de carillons suspendus aux arbres. Appuyé contre la maison se dressait un grand dauphin gonflable à côté d'une petite structure en bois, qui évoquait un poulailler ou un clapier.

Tu as dit que tu aimais les animaux, pas vrai ?

Les mots de Jake résonnèrent dans sa tête, bientôt noyés par un bruit encore plus sinistre : un criaillement extrêmement puissant, qui ressemblait au cri d'un oiseau, jaillit de l'intérieur de la maison.

Awwwwwrrrrrk !!!

Mama Marley laissa échapper un glapissement et lâcha les bagages de Laura sur le trottoir.

– Oh, je n'aime vraiment pas ça, dit-elle. Vite, paie-moi pour que je fiche le camp d'ici.

Laura sortit sa carte de crédit et la tendit à la conductrice. Mama ne perdit pas une seconde. Elle tapa le tarif, lui rendit sa carte, et appuya sur l'accélérateur tellement vite et si fort que Laura n'eut pas le temps de la remercier. Elle lui adressa un au revoir tandis que le taxi tournait à l'angle, emportant le reggae avec lui. Laura attrapa sa valise, prit une profonde inspiration et se prépara à… bon, tout ce qui pouvait se trouver dans cette maison.

– Bienvenue à Margaritaville, coloc !

– Oui, bienvenue ! On va t'aider avec tes valises !

Laura leva les yeux et découvrit deux jeunes femmes d'environ vingt-cinq ans (de vraies jumelles). Elles traversaient le jardin. Leur duo était assez saisissant en apparence : de longs cheveux noirs, de grands yeux marron et des silhouettes à la fois voluptueuses et classiques. Aux yeux de Laura, elles évoquaient des stars de films étrangers des années 1960. Leurs corps paraissaient raides et bronzés dans leurs shorts kaki assortis et leur haut de bikini jaune. Visiblement, les sœurs Crabb étaient de grandes sportives (elles gagnaient leur vie en faisant de la plongée, après tout) et Laura aurait pu se sentir intimidée, si les jumelles ne s'étaient pas montrées d'une extrême gentillesse.

– Entre. Il fait une chaleur de fou dehors.

– Ouais, tu dois fondre. Il ne fait pas aussi chaud à Syracuse, si ?

– Tu es toute rouge. Tu te sens bien ? Tu n'as pas pris un coup de chaud, au moins !

– Tu devrais prendre une douche pour te rafraîchir.

Les sœurs Crabb ne cessèrent de parler (quasiment en non-stop), tout en attrapant les sacs de Laura et en la précédant dans le pavillon. Dès qu'elle posa un pied à l'intérieur, Laura sentit une agréable fraîcheur lui balayer le visage. Elle s'échappait d'une paire d'imposants ventilateurs fixés au plafond, aux pales en forme de feuilles de palmier. Elle s'efforça d'examiner la pièce, mais ses yeux ne s'étaient pas encore adaptés au changement de lumière. Elle ferma les yeux, patienta quelques secondes, puis les rouvrit pour s'imprégner de sa nouvelle maison.

– Ouah ! s'exclama-t-elle.

Il y avait *beaucoup de choses* à examiner.

D'après Laura, le jardin était rempli de trouvailles dignes d'un marché aux puces. L'intérieur, lui, aurait pu être *le* marché aux puces où ces trouvailles avaient été dénichées. L'espace comprenait deux pièces de taille moyenne séparées par une arcade, flanquée d'un escalier étroit d'un côté et d'un bar en bambou, façon tiki, de l'autre. Les deux pièces étaient colorées, encombrées et pleines d'articles bizarres et intéressants. Il lui faudrait sans doute tout l'été pour inspecter convenablement chaque babiole et le moindre bidule original. Le salon, recouvert d'une teinte citron vert plutôt pâle, s'harmonisait à la perfection avec les murs turquoise de la salle à manger. Le plafond rose tendre supportait des ventilateurs jaunes. Le mobilier présentait un assortiment coordonné d'antiquités de récup et de fauteuils rembourrés d'inspiration *shabby chic*. Laura supposa qu'il s'agissait de trésors débusqués dans des poubelles. Le mélange de couleurs, de styles et de bidules de plongée bons pour la benne piquait les yeux.

Mais ce ne fut pas le décor qui coupa le souffle de Laura.

Plutôt la faune.

Nichée parmi les abat-jour parsemés de coquillages, les poupées danseuses de *hula* et les cadres photos de vieux capitaines barbus, se trouvait une impressionnante diversité de grands aquariums en verre, de terrariums et de cages à oiseaux. La plus grande des cages occupait tout un angle de la salle à manger. Affublée de tourelles de style victorien et de pignons, elle faisait office de magnifique et majestueuse demeure pour un magnifique et majestueux perroquet.

Awwwwwrrrrrk !!!

– Polly, chut ! lui intima Jolene (ou peut-être était-ce Jilly).

– Ne braille pas sur notre nouvelle colocataire. Elle s'appelle Laura. Tu peux dire « Laura » ?

Le gros perroquet au plumage coloré inclina la tête d'un côté, puis de l'autre, puis se mit à chanter : « *Working nine to fiiiiiive*[1]… »

Laura éclata de rire.

Une sœur Crabb leva les yeux au ciel et soupira.

– Elle adore Dolly Parton. Elle connaît toutes ses chansons. C'est pour ça qu'on l'a baptisée Polly Parton.

1. « Travailler de 9 heures à 17 heures. » Il s'agit d'un titre très célèbre de Dolly Parton.

– C'est parfait, déclara Laura. J'adore Dolly. *Et* Polly.

Elle jeta un œil aux autres cages et terrariums de la pièce.

– Alors, qui sont les autres… euh… colocataires ?

L'autre sœur prit une profonde inspiration.

– Oh, eh bien, ça va prendre un petit moment. Jilly, pourrais-tu attraper mon sac dans ma chambre pendant que je présente Laura à la famille, s'il te plaît ?

– Bien sûr, répondit Jilly en se dirigeant vers l'escalier. Fais vite. La sympathique famille du Kansas nous attend à dix heures. Ai-je mentionné qu'ils ont deux fils *canons*, probablement étudiants et qui n'ont probablement jamais plongé avant ?

Elle remua ses sourcils d'une manière suggestive et grimpa les marches en un éclair.

Jolene baissa la voix à l'intention de Laura.

– Excuse Jilly. Elle est obsédée par les mecs. C'est pour ça que j'ai précisé une colocataire dans l'annonce. Tu imagines si elle sortait avec un mec qui habite chez nous puis qu'elle le largue, le pauvre ! L'ambiance deviendrait bizarre ici.

– J'imagine, confirma Laura, avec un regard pour les cages et les aquariums. Alors, hum… Montre-moi tes animaux de compagnie.

– Mes compagnons du règne animal, rectifia Jolene en tirant Laura vers un terrarium très éclairé. Voici Antony et Cleopatra. Ce sont des mygales.

– Je vois. Très mignonnes. Et poilues.

– Et par ici, ce sont des inséparables.

Elle montra une cage avec deux perchoirs, chacun occupé par un petit oiseau coloré.

– On avait cru qu'ils seraient hyper affectueux et amoureux, étant des inséparables et tout, mais je ne crois pas qu'ils s'aiment beaucoup. On les a appelés Roméo et Juliette. C'est une tragédie.

– Oui, en effet.

– Et voici nos tortues boîtes, Rocky et Rambo. L'une d'elles est une femelle, mais on ne sait plus laquelle. Pour moi, ce sont toutes les deux des dures à cuire.

Laura examina les tortues à travers le verre. Elles semblaient en tous points identiques. Tout comme Jolene et Jilly. *Il va falloir que je trouve un moyen de les différencier*, se dit-elle.

– Et dans ce coin, poursuivit Jolene, c'est le super beau et super cool Iggy Popstar. C'est un iguane.

– En effet, oui, confirma Laura en admirant la façon élégante dont le lézard vert prenait la pose sur sa pierre. Super beau *et* super cool.

– On doit trouver une partenaire à Iggy. Je ne l'imagine pas passer sa vie tout seul. Jilly et moi, on essaie toujours d'adopter les animaux par paire.

– Une véritable arche de Noé.

– On ne sait pas quand le prochain déluge surviendra.

Jolene jeta un œil à sa montre waterproof et accéléra le pas. Elle passa en vitesse devant une collection interminable de poissons tropicaux, dont la plupart étaient baptisés d'après des duos célèbres des années 1970 : Sonny et Cher, Peaches et Herb, Captain et Tennille, Elton John et Kiki Dee, Ike et Tina Turner, John et Yoko. Pourtant, une paire de scalaires s'appelait Fred Astaire et Ginger Rogers.

– Et qui vit là-dedans ? demanda Laura en se penchant au-dessus d'un vivarium vide rempli de sable, de quelques pierres et d'une grosse branche toute sèche.

Jolene se retourna. Puis elle soupira profondément et cria en direction de l'escalier :

– Jilly ! Tu as vu Sammy ? Il est encore sorti de son vivarium !

– Non, je ne l'ai pas vu, déclara Jilly en descendant les marches avec le sac de sa sœur. Pas le temps de le chercher maintenant. Il faut qu'on y aille. Les mecs du Kansas nourris au grain nous attendent.

Jolene regarda Laura d'un air désolé.

– Pardon d'être aussi pressées. Après le boulot, on t'emmènera dîner dehors et on prendra une tarte au *key lime*[1] qui déchire…

– Et des margaritas !

– Peut-être. Laura est certainement crevée par son voyage.

Elle se retourna vers Laura.

– Tu peux défaire tes valises et prendre une douche. Ta chambre est après la cuisine, là. C'est une véranda reconvertie, vraiment agréable.

– Génial. Merci.

Laura rassembla ses bagages et se dirigea vers sa chambre.

Les sœurs Crabb attendirent qu'elle soit partie avant de chuchoter :

– Elle a l'air cool.

– Ouais, je l'aime bien.

– Tu penses qu'elle flippe des animaux ?

– Non, je ne crois pas.

Un cri bref et étouffé provint de la chambre du fond.

Les sœurs se figèrent.

– Laura ? Tu vas bien ?

---

1. Citron vert de la région des Keys.

Laura leur répondit en hurlant :

– Je vais bien ! Mais je dois vous demander : Sammy est un serpent ?

– Oui ! En effet ! cria Jolene en grimaçant.

– De quelle couleur ? demanda Jilly en réprimant un gloussement.

– Orange et jaune ! hurla Laura en retour. Il est assorti au dessus-de-lit !

– Oh, dit Jilly. Ce n'est pas Sammy !

– Ah non ?! !

– Non, confirma Jolene. C'est Delilah !

Chapitre 4

Key West, la nuit venue

Le touriste typique de Key West n'en sait peut-être pas lourd sur la vie et la littérature d'Ernest Hemingway (peut-être qu'au lycée, il a zappé la lecture du *Soleil se lève aussi*), mais il connaît sans aucun doute deux faits essentiels à propos de cette petite île qu'Hemingway a considérée comme son foyer :

Le soleil se couche aussi là-bas.

Et c'est magnifique.

Chaque soir, tandis que le globe embrasé entame sa lente et paresseuse descente dans les eaux scintillantes du golfe du Mexique, des centaines de personnes marchent vers Mallory Square et les jetées à proximité pour admirer l'un des sublimes couchers de soleil sur Key West, célèbres dans le monde entier. C'est une tradition immémoriale ici, relevant plus d'un carnaval éphémère que d'un événement quotidien. Des musiciens et des artistes du coin, des magiciens et des jongleurs de rue, des créateurs de bijoux et des marchands ambulants remplissent la place pour divertir la foule et (ils l'espèrent) gagner quelques dollars. Ce qui peut être un vrai défi. La plupart de leurs clients potentiels et pourvoyeurs de pourboires arrivent difficilement à décoller leur regard du show de lumière spectaculaire. Qui pourrait les en blâmer ? À chaque minute qui passe, la vue devient plus grandiose, plus éblouissante, plus appropriée à Instagram. Tandis que le soleil plonge plus bas et que les couleurs étincellent, les touristes dérivent plus près de l'eau. Ils agrippent leurs appareils photo, leurs smartphones, et leurs perches à selfie, ils attendent le moment parfait pour saisir l'image parfaite pour le post parfait sur les réseaux sociaux. Pas besoin de Photoshop.

Bonjour de Key West ! Dommage que tu ne sois pas là !

Pourtant, tout le monde ne prend pas de photos.

Parmi les collectionneurs de la photo du siècle et les preneurs de selfies, une jeune étudiante diplômée de la fac, originaire de Syracuse, dans l'État de New York, contemple, fascinée, le spectacle exceptionnel des eaux orange sanguine, des nuages framboise et de la brume violet foncé. Il ne lui vient même pas à l'esprit de sortir son téléphone et d'immortaliser le moment. Elle est trop submergée, trop… heureuse ? excitée ?… d'être là, en cet instant, de fixer le ciel de Key West. Moins de vingt-quatre heures plus tôt, elle regardait le ciel de Syracuse en s'inquiétant de son futur. À présent, elle est ici. Elle vit l'instant. Sans penser à rien. Elle ne fait que s'imprégner de cet incroyable, de ce splendide coucher de soleil.

Et elle attend que ses nouvelles colocataires choisissent où elles iront dîner.

– Pepe fait les meilleures *key lime pies*, affirme Jilly.

– Tu crois ? Je préfère celles de Kermit, déclare Jolene.

– Comme tu veux. Tu as envie de quoi, Laura ?

L'étudiante de Syracuse sourit avec douceur, les yeux rivés à l'horizon.

– Qu'importe, dit-elle. Tout.

Pendant ce temps, à la maison d'Hemingway…

Ernestine la chatte (mieux connue sous le nom de Nessie) était assise bien droite à son endroit préféré, sous la véranda en façade, et contemplait le soleil d'un rouge éclatant disparaître derrière les palmiers.

Elle en connaissait la signification.

La température allait chuter… et les chats sortir, agités et vifs, après avoir sommeillé la moitié de la journée à l'ombre.

L'équipe de jardinage allait ranger pelles et cisailles, mettre dans des sacs les fruits de leurs tailles, et charger les camions pour la nuit.

L'équipe de nettoyage viendrait balayer, dépoussiérer et laver les saletés quotidiennes des touristes, du personnel et des chats qui déambulaient dans la maison. Il était donc temps pour Nessie d'abandonner son endroit préféré et d'aller voir Margarita.

C'était l'happy hour.

À la fin d'une longue journée torride, Margarita aimait se récompenser avec un cocktail bien mérité. Margarita on the rocks. Avec du sel. Et en compagnie de Nessie. Cela donnait l'occasion aux deux vieilles amies de passer un moment privilégié ensemble.

– Nessie ! Coucou ! Rejoins-moi pour l'happy hour !

Nessie miaula et traversa le jardin en direction de la boutique. Margarita ouvrit la porte pour laisser entrer la chatte. Une fois Nessie à l'intérieur, Margarita jeta un dernier regard à la maison avant de verrouiller la porte. Puis elle marcha jusqu'au comptoir et sortit un tumbler transparent, un shaker en argent, une petite soucoupe, une grosse bouteille de tequila et du triple sec. Nessie observait Margarita pendant qu'elle mélangeait la boisson et prenait de la glace dans le minifrigo.

Nessie savait qu'il manquait quelque chose. Et, tout comme le coucher du soleil, elle savait ce que cela signifiait. Cela signifiait que Margarita Bouffet allait chercher sa salière.

– Mais où est passée cette salière ? marmonna-t-elle. Tu l'as vue, Nessie ?

Nessie cligna des yeux et agita la queue.

– Qui est-ce qui me la prend tout le temps ?

Margarita paraissait exaspérée.

– C'est soit Machouille, soit Whisky, pas vrai ?

Nessie savait que ce n'était ni Machouille ni Whisky qui dérobait la salière de Margarita. Certes, c'étaient les voleurs les plus connus de la maison. Mais Machouille préférait piquer de la nourriture (en général le déjeuner du personnel) et Whisky aimait siroter en douce les boissons des gens, surtout si elles étaient alcoolisées. Whisky avait un penchant pour le whisky. Chaque fois que la maison d'Hemingway accueillait un mariage ou un événement, Machouille et Whisky rôdaient forcément dans le coin, chapardant des en-cas et sirotant bruyamment des cocktails, quand personne ne les regardait.

– OK, où est-elle ? maugréa Margarita.

Elle s'accroupit, inspecta le dessous du comptoir et les vitrines du magasin.

– Pourquoi est-ce que les chats adorent renverser des choses ? Tu veux bien répondre à ça, Nessie ? Pourquoi ?

Nessie poussa un soupir. Elle leva la tête et aperçut un félin assis tranquillement sur l'étagère la plus haute de la boutique. C'était Kilimandjaro. Gracile et d'une blancheur de neige, Kilimandjaro affichait des yeux d'un vert glacial et un tempérament encore plus glacial. En général, elle trônait à l'endroit le plus haut perché. Silencieuse, elle baissait les yeux sur chaque chose et être vivant. Si quelqu'un connaissait le voleur de salière, c'était Kilimandjaro.

À moins qu'elle ne soit la coupable.

– Je l'ai trouvée ! Quel soulagement.

Margarita se leva et secoua le sel au-dessus de la soucoupe.

– On ne peut pas faire de margarita sans sel.

Elle trempa le bord du verre dans le sel, ajouta de la glace et inclina le shaker en argent.

– Ah, c'est mieux. Bon, maintenant, raconte-moi ta journée, Nessie. Que penses-tu de Laura, la nouvelle guide ?

Au nom de Laura, les oreilles de Nessie se dressèrent.

– Je sais que tu l'aimes bien. Moi aussi, déclara Margarita en souriant. Je pense qu'elle fera une excellente guide. Avec un peu de pratique, bien sûr. Tu savais qu'elle m'avait envoyé une vidéo de candidature ? Elle a fait comme si sa maison de Syracuse était celle d'Hemingway ! C'était très mignon, très original. Un peu gauche par moments, mais elle a décroché le boulot !

Nessie la contemplait, comme perdue dans ses pensées.

– Alors, dis-moi, Nessie. Tu te souviens que Laura était venue en vacances ? Après toutes ces années ?

Nessie fixait Margarita comme si elle s'apprêtait à lui répondre, lorsqu'une soudaine rafale de vent les fit sursauter toutes les deux. Une seconde digne d'une tempête secoua le toit au-dessus d'elles et lui arracha un gémissement, tandis que de grandes feuilles de palmier giflèrent les fenêtres. Nessie bondit de sa chaise et courut jusqu'à l'angle du comptoir, à côté de Margarita. Cette dernière s'accroupit à ses côtés. Puis, avant qu'une pluie torrentielle (comme celle du matin) ne s'abatte sur elles, le vent tomba d'un coup. Un silence inquiétant envahit la demeure.

Margarita souleva Nessie et marcha lentement vers la fenêtre. Elle jeta un œil à l'extérieur.

Tout avait l'air normal.

– Eh bien, que dis-tu de ça, Nessie ? Plutôt étrange, hein ? C'est ce que je te disais ce matin.

Margarita serra la chatte plus fort contre elle et lui murmura à l'oreille :

– Il va se passer quelque chose.

Pendant ce temps, au sommet du phare de Key West…

Un jeune homme grand, dégingandé et négligé du nom de Mack McCloud (mieux connu sous le diminutif de Mack) s'agrippa à la rambarde de la passerelle et s'apprêta à affronter une nouvelle bourrasque. Il patienta. Leva les yeux vers le ciel. Attendit encore un peu. Leva de nouveau la tête. Et attendit.

Rien. Pas de vent.

– Météo de ouf, marmonna-t-il pour lui-même.

La première rafale avait pratiquement failli le faire basculer, et il ne comptait prendre aucun risque. Pas alors qu'il se tenait sur une étroite passerelle à au moins quinze mètres au-dessus du sol. La rafale lui avait rappelé la mini tempête bizarre qui avait frappé l'île le matin même. Juste avant que les poulets sauvages n'attaquent la nouvelle plutôt mignonne de la maison d'Hemingway.

– Une journée de ouf à tous les niveaux, maugréa-t-il.

Mack se pencha au-dessus de la balustrade et s'imprégna de la vue : au-dessus de sa tête, le ciel s'assombrissait, animé par un tourbillon de nuages orange et violet. En contrebas, l'*Hôtel du Phare* exposait sa piscine d'un bleu scintillant et ses cabines blanc brillant destinées aux clients. De l'autre côté de la rue, la maison d'Hemingway dévoilait ses volets jaune-vert et son feuillage tropical dense. Même à cette hauteur, Mack repérait quelques chats qui vagabondaient sur le terrain.

Tout est calme sur le front de Key West.

Mack soupira. Puis il se pencha, ramassa un chiffon et un nettoyant industriel pour les vitres avant de s'attaquer aux fenêtres. Son oncle (l'antique gardien de phare de Key West et DJ de la radio, Rooster McCloud) lui avait dit que l'après-coucher du soleil était le meilleur moment pour nettoyer les vitres des lanternes. Les lampes étaient éclairées, donc on distinguait la saleté à l'intérieur, mais il y avait encore assez de lumière dans le ciel pour voir les traces à l'extérieur.

Mack devait admettre que le vieux avait raison.

Ne doute jamais du Rooster, se dit-il en souriant.

C'était une *private joke* entre Mack et son meilleur ami, Jake. Chaque fois qu'ils questionnaient l'oncle de Mack sur un sujet (que ce soient des trucs farfelus sur les poulets, la musique des années 1970 ou la longue et étrange histoire de Key West), Rooster finissait toujours par avoir raison. Mack et Jake s'en rendirent compte en quatrième. Ils avaient créé un groupe et, étant originaires de Key West, ils avaient décidé de jouer une version punk du titre de Jimmy Buffett, *Margaritaville*. Quand ils la jouèrent pour Rooster, il ne cessa de plisser les yeux et de secouer la tête. À la fin, il déclara :

– Les garçons. Ça sonne bien, mais vous avez mélangé les paroles. Vous avez interverti les couplets.

Les garçons le contredirent avec véhémence, mais Rooster mit les choses au clair :

– Écoutez-moi, les gars. J'ai été *roadie* pour le groupe de Jimmy Buffett pendant sept ans. J'ai entendu jouer

Margaritaville un millier de fois. Si quelqu'un connaît les paroles, c'est bien moi.

Puis il se pencha en avant pour ajouter :

– Ne doutez jamais du Rooster.

Cette phrase devint une sorte de mantra pour Mack et Jake. Si l'un d'eux avait raison à propos de quelque chose (que ce soient les paroles d'une chanson, des statistiques sportives ou un équipement de plongée), il prononçait la phrase pour l'autre. Et explosait de rire.

– Ne doute jamais du Rooster, répéta Mack en essuyant les marques sur un panneau en verre.

– Mais si le Rooster se trompait ? répondit une voix.

Mack arrêta son geste. Dans l'encadrement de la porte, qui menait aux escaliers, il y avait Jake.

– Tu parles seul ? demanda-t-il en avançant sur la passerelle. Chaque jour qui passe, tu ressembles un peu plus à ton oncle. Il m'a dit que tu étais en haut.

Mack hocha la tête.

– Il parlait tout seul ?

– Ouais, il répétait pour son émission de radio. Je pense. J'espère.

Mack se leva et s'étira.

– J'ai presque fini. Quoi de neuf ?

Jake s'apprêta à répondre, quand il fut distrait par la vue.

– Mec, mate un peu ce ciel ! S'il faut laver des fenêtres, c'est l'endroit pour le faire.

– Bon, puisque tu as joué avec des chats toute la journée, tu veux bien m'aider ?

Mack tendit un chiffon à Jake.

– Désolé, je ne fais pas les fenêtres. Mais je joue de la guitare et tu joues de la batterie, et Margarita a besoin d'un groupe pour un mariage à la maison d'Hemingway. L'autre groupe a annulé au dernier moment. Les futurs mariés sont désespérés.

– Désespérés au point d'engager les Off Keys ?

– Apparemment.

– Quand ?

– Dans deux semaines. Le 28.

– Je suis dispo. Mais pas gratos. Ça paie, pas vrai ?

– Bien sûr. Le double du tarif habituel.

– Et le reste du groupe… ?

– Lilly et Kane sont partants. Il faudra prévoir une répète en plus et bosser de nouveaux morceaux. C'est un mariage, pas le bar du coin.

– Ils veulent quel genre de musique ?

– Le truc habituel, comme tous les mariages de Key West. Des standards, des trucs pour danser, des morceaux de Jimmy Buffett, un peu de reggae. Le futur marié aime le rock, mais la mariée veut une ambiance caribéenne. Tu sais ce que ça veut dire.

– Faut apporter les steel drums ?

– Faut apporter les steel drums.

– Il faudra jouer Billy Joel ? *Just the Way You Are* ?

– J'en ai bien peur. Mais on devra aussi jouer *The Girl from Ipanema*, que tu adores.

Mack éclata de rire.

– OK. D'accord. Compte sur moi.

Jake afficha un grand sourire.

– Génial ! J'envoie un texto à Lilly et Kane et je prépare tout. Pendant ce temps, tu dépoussières tes steel drums et tu commences à bosser *The Girl from Ipanema*.

Mack éclata à nouveau de rire et s'appuya contre la rambarde de la passerelle.

– En parlant de fille, dit-il, comment va la fille de Syracuse ?

Jake adressa un petit sourire à son ami.

– Pourquoi tu demandes ?

– Pourquoi, d'après toi ? Elle est canon !

Jake haussa les épaules.

– J'imagine. Dans le genre État de New York.

Mack se moqua :

– Arrête tes conneries. Tu sortais pratiquement la langue en la voyant.

– Tu peux parler ! T'as failli me faire tomber pour l'aider avec ses valises. Et va pas croire qu'elle n'a pas remarqué. Elle pense que toi et moi, on a un genre de rivalité de mecs ou de frères.

– C'est ridicule, déclara Mack en se caressant la barbe. Entre toi et moi, il n'y a pas de compétition.

– Oh ? Vraiment ?

Jake adressa un regard en coin à son ami.

– Vraiment. Je gagne, trop facile. Sans problème.

– Oh, j'avais oublié. Mesdames adorent le Mack.

– C'est vrai. Une fois qu'elles sont sorties avec Mack…

– … Elles sentent l'arnaque.

Ils éclatèrent de rire. Une autre *private joke.*

Jake baissa les yeux sur la maison d'Hemingway en repensant à sa conversation avec Laura.

– Tu sais ce qu'elle a dit sur toi, Mack ?

– Je n'imagine pas.

– Elle a dit que tu avais l'air « négligé et cool ».

– Ah ouais ?

– Et marrant. Elle a dit que tu avais l'air « négligé et cool » et « marrant ». Mais, à ta place, je ne m'emballerais pas. J'ai l'impression qu'elle m'aime bien.

– C'est ta coupe. Elle a certainement un penchant pour les militaires.

– Ferme-la. Elle a dit qu'elle aimait bien.

– Ouah. Ça doit être le véritable amour, alors.

– Ne joue pas au con.

– Non, je suis heureux pour vous, les deux tourtereaux. Je jouerai *The Girl from Ipanema* à votre mariage.

– Arrête. J'ai juste dit que j'avais l'impression…

– … que tu excites à mort la fille de Syracuse…

– Elle s'appelle Laura.

– … et que ton meilleur ami Mack ferait mieux de dégager car tu l'as vue en premier.

– J'ai jamais dit ça.

– Tu l'as sous-entendu.

– Non.

– Non ? Tu m'as dit de ne pas m'emballer !

– Ben, c'est le cas ? Tu t'emballes ?

– Je sais pas ! lâcha Mack, excédé. J'ai à peine eu l'occasion de lui dire « Salut, heureux de te rencontrer ». Mais toi… tu as déjà eu des conversations profondes, sérieuses, sur les coupes de cheveux et ce genre de trucs. Ça implique qu'elle est tout à toi, j'imagine. C'est propriété privée.

– Bien sûr que non, rétorqua Jake. C'est une adulte. Capable de choisir. Et puis, c'est son premier jour sur l'île. On doit se calmer, y aller tranquille et apprendre à se connaître. Si un de nous l'intéresse, elle nous le fera savoir, j'en suis certain.

– Ben, c'est un plan horrible, déclara Mack. Et si elle finit par bien nous aimer tous les deux, mais qu'elle attend que l'un de nous fasse le premier pas ?

– Il y a plus de chances qu'elle ne nous apprécie ni l'un ni l'autre, à cause de cette rivalité débile de mecs ou de frères.

– Qui pourrait lui en vouloir ? On est graves.

– Abjects.

– Le pire du pire.

Ils rirent à l'unisson. Puis ils se penchèrent sur le garde-corps du phare et contemplèrent l'île qui constituait leur foyer. Au-dessus d'eux, le ciel s'était assombri jusqu'à prendre une teinte violet foncé. En contrebas, les lumières chaudes des réverbères et des pavillons luisaient comme des lucioles parmi les palmiers. De là-haut, les piscines évoquaient des émeraudes géantes et lumineuses venues d'un autre monde. À quelques pâtés de maisons, le quartier commerçant de Key West (avec les éclairages vifs des boutiques, bars et restaurants) ressemblait à un vaisseau spatial extraterrestre qui aurait atterri sur Duval Street.

Jake plissa les yeux. Il essaya de repérer un pavillon rose près du cimetière, mais il faisait déjà trop sombre.

– Devine où habite Laura, dit-il à Mack.

– Un hôtel ? Un motel ? Un *Holiday Inn* ?

– Non. Chez les Crabb.

– Tu déconnes.

– Bizarre, mais vrai.

– Quelles étaient les chances ? Tu lui as raconté ?

– Notre petite histoire ? Non.

– Tu vas lui dire ?

– Je suis certain que les Crabb vont s'en charger. En fait, elles sont sans doute en ce moment même assises dans un bar sur Duval en train de siroter des margaritas glacées et de raconter à Laura la longue et sordide histoire de Jake Jacobs et des jumelles Crabb.

– Oh, mec. Tu es fini. La partie est terminée pour toi.

– C'était il y a longtemps. J'étais un ado débile.

– Tu es foutu. Le mariage est annulé.

Jake soupira. Ils restèrent silencieux un moment. Puis Mack reprit la parole :

– Donc mes chances avec Laura viennent d'augmenter, pas vrai ?

– Connard.

– Ado débile.

– Crétin de frère.

À quelques pâtés de maisons de là, dans un bar sur Duval Street...

Perchée sur un tabouret, Laura Lange (aussi connue sous le pseudonyme de « La Fille de Syracuse ») sirotait une margarita glacée en écoutant les jumelles lui raconter les histoires longues et sordides de passions et de chagrins d'amour sur l'île à scandales de Key West.

Elles lui parlèrent d'un mec avec qui Jilly était sortie : il s'était présenté comme un milliardaire alors qu'il était l'assistant manager d'un fast-food pourri.

Elles lui parlèrent d'un autre mec avec qui Jolene était sortie : il lui volait un sous-vêtement à chacune de ses visites. Une nuit, elle découvrit la vérité en le surprenant alors qu'il portait un de ses soutiens-gorge.

Puis elles lui parlèrent d'un autre mec avec qui elles sortaient *toutes les deux*.

– En même temps ! s'exclama Jilly.

– Sans le savoir ! ajouta Jolene.

Selon elles, elles auraient dû s'en douter : il n'arrêtait pas de les confondre et de se tromper de prénom. Il avait réussi à s'en sortir pendant trois ou quatre semaines. Pourtant, un jour, le menteur infidèle avait commis une erreur fatale.

Par erreur, il avait proposé aux deux sœurs un dîner dans le même restaurant, le même soir.

– Quel nul, asséna Laura. Qu'est-ce qui s'est passé ?

– D'après toi ? demanda Jolene. Ça a complètement dérapé. On a grave pété un câble.

– Et quelques verres et assiettes, aussi, ajouta Jilly.

– On était comme les championnes de catch à la télé.

– Ou comme les *Real Housewives of New Jersey*[1].

– On a envoyé voler la table.

– Ouais. Le resto nous a bannies à vie.

– Ils auraient dû le bannir lui, pas nous.

– Ben, c'est nous qui avons cassé la vaisselle.

– On les a remboursés.

Laura savourait les anecdotes des affreux rendez-vous racontées par les jumelles (elle en avait quelques-unes en stock, elle aussi), mais les potins du coin se révélèrent encore plus croustillants. Laura n'y croyait pas tout à fait, bien sûr. Les jumelles admirent qu'il ne s'agissait que de rumeurs, certainement infondées. Mais cela n'empêchait personne de les répéter. Quoi qu'il en soit, Laura en apprit de belles ce soir-là. D'après les potins de l'île…

Rooster McCloud était un multimillionnaire qui avait secrètement fait fortune en inventant l'iPad et en vendant l'idée à Steve Jobs.

Rick et Ricardo avaient gagné l'*Hôtel du Phare* au poker contre des truands de Las Vegas.

Mama Marley était une ex-star du reggae couronnée de succès en Jamaïque, jusqu'à ce que ses fans découvrent

1. Un programme de téléréalité qui suit le quotidien de cinq ou six femmes de quartiers chics aux États-Unis.

qu'elle chantait en fait en play-back sur la voix de quelqu'un d'autre.

Jimmy Buffett avait commandé à la Nasa une machine à voyager dans le temps et l'avait installée dans son complexe hôtelier de Margaritaville à Key West. Aujourd'hui, il passait la moitié de ses journées dans les années 1970.

Mais voici la rumeur la plus choquante, qui remportait la palme du ridicule :

Contrairement à ses airs angéliques, Margarita Bouffet ne pratiquait pas seulement la danse de salon. C'était une veuve bien trop joyeuse à la recherche d'un homme riche. Elle avait été mariée quatre fois… peut-être plus. Trois de ses époux étaient décédés de mort soudaine dans des circonstances mystérieuses. Seul son premier mari à Cuba vivait toujours, elle l'avait épousé à l'âge de quinze ans. Puis elle s'était enfuie en Amérique sur un flamant gonflable et avait recherché de vieux messieurs fortunés dans les complexes hôteliers les plus chics de Miami. Un par un, elle les avait séduits, épousés et, d'après la rumeur, lentement empoisonnés jusqu'à leur mort. Les autorités n'avaient jamais réussi à l'attraper, parce qu'elle changeait constamment de nom et d'identité.

Laura n'en croyait pas un traître mot.

– C'est dingue, conclut-elle, une fois que Jilly eut fini son récit. Margarita Bouffet ? Une bigame et une meurtrière ? Je suis désolée, mais c'est la femme la plus douce que j'ai jamais rencontrée.

– Oh, je suis d'accord, déclara Jolene en se levant. Mais les gens parlent. Et il faut que j'aille aux toilettes.

À la seconde où Jolene partit, Jilly se pencha et chuchota à l'oreille de Laura :

– Pour rester dans les ragots, en voici sur Jolene. Elle est complètement obsédée par les mecs. Par exemple, là, elle n'a pas du tout envie d'aller aux toilettes. C'était une excuse pour draguer le beau gosse là-bas.

Laura jeta un œil de l'autre côté du bar et aperçut Jolene en train de parler avec un mec très grand et très beau.

– C'est pour ça que j'ai insisté pour prendre *une* colocataire, poursuivit Jilly. Tu imagines si elle sortait avec notre coloc et qu'elle le laisse tomber ? L'ambiance deviendrait vraiment particulière à la maison.

– Ouais, confirma Laura. J'imagine.

Quelques heures plus tard, à la station de WKEY Radio sur Truman Avenue…

Russell T. McCloud (affectueusement surnommé Rooster), assis seul dans sa cabine de DJ, revoyait ses notes pour l'émission du soir, *Key West After Dark*. Il essayait toujours d'avoir de la matière supplémentaire, au cas où personne n'appellerait et qu'il lui faille meubler pour combler les temps morts. En général, ce n'était pas un problème. Rooster pouvait parler des heures d'affilée sur à peu près tout et n'importe quoi. Mince, il pouvait même parler de rien, d'ailleurs.

Rooster McCloud aimait parler.

Et, ce soir, rien ne lui ferait plus plaisir que de parler de… (pause pour plus d'effet)… *nouveaux départs*.

Inspiré par un malheureux incident survenu le matin même dans les rues de Key West avec des poulets sauvages, Rooster voulait adresser un message spécial à l'adorable jeune femme que la folie gloutonne des poulets avait prise pour cible funeste. À l'instar du personnage de Tippi Hedren dans le classique réalisé par Alfred Hitchcock, *Les Oiseaux*, cette inconnue attaquée de manière déloyale était une nouvelle venue en ville. Une outsider. Une inconnue solitaire à la merci de la communauté, ou, dans ce cas, de la nuée. Elle était venue dans cet endroit isolé à la recherche d'aventures (et possiblement de romance) et s'était retrouvée la proie de coups de bec et...

Une minute, non, songea Rooster. *Je ne veux pas épouvanter la jeune fille.*

Il parcourut ses notes et raya la référence aux « *Oiseaux* d'Hitchcock ».

Peut-être une citation d'Hemingway plutôt, se dit-il. Margarita lui avait raconté que la nouvelle guide était une grande fan... La fille avait même rédigé son mémoire sur lui et, d'après Margarita, il était « provocateur ».

Il se rappela aussi l'éclat dans le regard de Margarita quand elle avait parlé d'ajouter une voix pleine de fraîcheur aux visites de la maison. Rooster découvrit que l'enthousiasme de Margarita était carrément contagieux... et d'un charme fou. Mais, cela dit, il avait toujours trouvé Margarita charmante. Il se fendait d'un sourire de jeunot chaque fois qu'elle lui demandait : *Quoi de neuf, Pussycat*[1] *?* C'était devenu son salut quotidien quand elle le croisait chaque matin, sur le chemin du boulot.

Ramassant son carnet, Rooster survola les citations d'Hemingway qu'il avait dénichées sur Internet...

« Je bois pour rendre les autres plus intéressants. »

Amusant, mais pas le message qu'il avait envie de faire passer.

---

1. *What's New Pussycat ?* est le titre d'une chanson interprétée par Tom Jones. Elle fait partie de la bande originale du film franco-américain *Quoi de neuf, Pussycat ?*, sorti en 1965.

« Le meilleur moyen de savoir si tu peux faire confiance à quelqu'un, c'est de lui faire confiance. »

Intéressant, mais pas tout à fait juste.

« Soyez toujours sobre pour faire ce que vous vouliez faire quand vous étiez ivre. Cela vous apprendra à la boucler. »

Mec, cet Hemingway pensait beaucoup à la boisson !

Rooster recherchait donc la citation parfaite, un œil rivé à la pendule. Il lui restait quatre minutes avant le direct. Entretemps, le *Beast of Burden* des Rolling Stones passait sur les ondes : une compil de classiques du rock, du reggae et de morceaux alternatifs enregistrée par son neveu Mack et son pote Jake. WKEY Radio n'avait pas de salariés. Enfin, pas rémunérés. C'était plus un passe-temps qu'un business pour Rooster. Il avait lancé la radio dans son garage en se servant de l'argent gagné avec les droits d'un nom de domaine sur Internet. La station était animée par un mélange hétéroclite de bénévoles locaux, dont sa voisine Shelly, âgée de quatre-vingt-quatorze ans et obsédée par la météo. La plupart du temps, néanmoins, la radio passait des cassettes préenregistrées et se permettait de longs moments de silence en attendant que quelqu'un occupe la cabine du DJ.

Rooster commandait un navire plutôt libre.

Il regarda la pendule et attendit que *Beast of Burden* s'atténue. Puis il décompta les secondes (*trois, deux, un*) et alluma le microphone.

– Bonsoir, mesdames et intriguants, amoureux et rêveurs, briseuses de cœur et briseurs de ménage. C'est *Key West After Dark* avec votre hôte Rooster McCloud, le coriace. J'espère que vous êtes cool en cette nuit torride au paradis. Et j'espère que vous restez loin des ennuis. Mais au cas où vous ne *resteriez pas* loin des ennuis (si vous avez fait quelque chose de méchant, ou de honteux, ou de tellement gênant que vous ne pouvez en parler à personne), appelez votre vieil ami Rooster. Pensez à moi comme au phare dans la tempête, une balise lumineuse de réconfort, qui espère vous guider à travers les eaux tumultueuses de l'existence et... de l'amour.

La mièvrerie de sa métaphore fit pouffer Rooster. Il valait mieux espérer que ses auditeurs aient le sens de l'humour.

– Avant de prendre les appels ce soir, poursuivit-il, j'aimerais dire un petit quelque chose à propos des... *nouveaux départs*.

Il se lança dans un monologue sur le fait de considérer chaque journée comme une nouvelle opportunité de prendre des risques et de tenter des expériences inédites, d'explorer des endroits inconnus et de rencontrer de nouvelles personnes, bla, bla, bla. Il était pratiquement arrivé à la moitié quand il se rendit compte que son texte paraissait tout aussi mièvre que sa métaphore sur le phare. Peut-être même encore plus mièvre. Et quelles étaient les chances que la jeune fille écoute ? Demain serait son premier jour de travail. Elle dormait probablement.

Une lumière blanche clignota sur le téléphone.

– Oh ! Une seconde, chers auditeurs. On dirait bien que nous avons un appel ! Combien pariez-vous que cet auditeur voudra que j'arrête le sentimentalisme et que j'aborde enfin de vrais sujets ?

Rooster appuya sur le bouton.

– Hello, cher auditeur ! Vous êtes en direct *live*. C'est *Key West After Dark*, le talk-show nocturne où les gens ordinaires partagent leurs secrets les plus sombres, les plus enfouis. Ne soyez pas timide. Parlez au Rooster.

À l'autre bout de la ligne, un homme s'éclaircit la voix.

– Oui, bonsoir, Rooster ? Je suis un homme courtois d'un certain âge, divorcé depuis peu, et j'ai un problème concernant une veuve à la séduction désarmante dont j'ai fait la connaissance.

Rooster le reconnut immédiatement.

La voix traînante du Sud, l'accent chantant, le phrasé vieillot, la syntaxe torturée… ce ne pouvait être que Foster Lee Jackson, le président pompeux jusqu'à l'absurde de la Société historique de Key West.

– Vous *voyeeeezzz*, traîna la voix. Je me suis assez épris de cette veuve… contre mon meilleur jugement, je le crains. Une partie de moi ne demanderait pas mieux que de faire fi de toute prudence et de lui exprimer mes véritables sentiments. Et cependant, une autre partie craint qu'une déclaration aussi audacieuse ne conduise qu'au rejet et aux remords. Qui plus est, les répercussions pourraient se révéler aussi immédiates que fâcheuses.

– Des répercussions ? Quel genre de répercussions ? demanda Rooster, intrigué.

– Des répercussions d'ordre social et professionnel, annonça l'auditeur avec gravité. La dame et moi intervenons tous deux assez activement dans les affaires publiques. De temps à autre, nous avons des raisons d'interagir à un niveau professionnel. Qui plus est, nous évoluons dans les mêmes cercles sociaux. Nous nous rencontrons chaque semaine au sein d'un groupe d'amis qui se consacre… hum… à une certaine forme de récréation. C'est assez délicieux, vraiment. Mais je crains, en lui faisant des avances, qu'elle ne me rejette de façon expéditive, et que cela soit…

Il marqua une pause.

– Gênant, proposa Rooster.

– Oui, gênant.

– Hummm. Avez-vous essayé de l'inviter à boire un verre après cette… récréation ?

– Ce serait tout à fait illogique. Le bar à cocktails est toujours affreusement bondé lors de la Soirée dansante. Et, à la fin de la soirée, la veuve est toujours un peu pompette et épuisée.

Soirée dansante ? Une veuve pompette ? Serait-ce possible ?

Rooster ne voulait pas le croire (ou même y penser), mais tous les indices convergeaient.

Foster Lee Jackson craquait pour Margarita Bouffet !

Un peu nauséeux, Rooster se pencha sur le micro pour prodiguer son conseil.

– Vous êtes dans le pétrin, mon bonhomme. Et, en temps normal, j'encourage les admirateurs secrets à tenter leur chance et à se risquer au jeu de l'amour. On ne vit qu'une fois. Mais vous ? Je pense que votre situation est différente.

– Ah oui ?

– Oui. Votre vie est déjà trop imbriquée avec la sienne. Vous travaillez ensemble et vous vous amusez ensemble. À un rythme hebdomadaire ! C'est trop risqué…

– Mais n'avez-vous pas dit plus tôt qu'il fallait prendre des risques ? Pour explorer de nouvelles opportunités et rencontrer de nouvelles personnes ?

– Oui, mais vous avez déjà rencontré cette femme et il ne se passe rien. Peut-être que vous devriez regarder ailleurs.

– Ailleurs ?

– Oui, il y a des tas de sites de rencontres en ligne et je suis certain qu'ils pourraient vous aider à trouver la personne idéale.

– Mais et… ?

– Merci, cher auditeur ! Bonne nuit et bonne chance !

Clic.

Rooster coupa l'appel… et ressentit un élan subit de culpabilité. Il n'avait jamais fait une chose pareille auparavant. Jamais (durant toutes ces années passées à parler avec des centaines d'auditeurs), il n'avait jamais donné un conseil aussi terrible. Et il l'avait fait exprès !

Pourquoi ? se demandait-il. *Pourquoi ai-je fait cela ?*

Rooster se frotta les yeux et riva un regard vide sur les lumières clignantes du téléphone. Il savait ce qu'il avait à faire : appuyer sur un bouton, prendre un autre appel et continuer le programme. Mais il en était incapable. Pas dans l'immédiat.

Pourquoi ?

En son for intérieur, il le savait. Au cours de sa conversation téléphonique avec Foster Lee Jackson, il avait pris conscience d'une chose qui le déstabilisait jusqu'à la moelle des os. C'était tout à fait inattendu, bizarrement excitant et un petit peu effrayant aussi. Mais c'était une vérité indéniable.

Rooster McCloud (l'animateur coriace de l'émission *Key West After Dark*) dissimulait un secret inavouable :

Je suis amoureux de Margarita Bouffet.

Deux heures plus tard, dans le jardin baigné par le clair de lune d'un petit pavillon rose…

Une grosse chatte à six orteils, dotée d'une magnifique queue touffue, progressait sur le bout des coussinets dans une course d'obstacles au cœur de l'obscurité, affrontant sirènes, nains de jardin et bassins pour oiseaux en forme de palourdes. La lune brillait suffisamment pour transpercer la végétation envahissante de ses rayons d'argent. Quoi qu'il en soit, la chatte n'avait pas besoin de lumière. Grâce à son odorat, elle repérait facilement son chemin jusqu'à l'arrière de la maison, même par les nuits les plus sombres. Surtout si l'une des deux humaines avait laissé à son intention un bol de nourriture sous la véranda.

La chatte bondit sous la véranda et renifla. Le bol était vide.

Peut-être qu'un chat du quartier avait mangé son repas.

Ou bien une humaine avait oublié de le remplir.

En tout cas, la chatte avait faim. Elle savait que les humaines la nourriraient si elle arrivait à entrer dans la maison et à les réveiller. Elle savait aussi qu'elles dormaient dans les chambres à l'étage et peut-être (si la chatte était chanceuse) qu'elles auraient laissé une fenêtre ouverte. Cela valait le coup d'essayer. Le félin leva les yeux et se ramassa sur elle-même avant de passer à l'action. Bondissant du sol de la véranda jusqu'à la rambarde en bois, puis de là sur une grosse branche, elle avança jusqu'au jardin d'hiver situé à l'arrière de la maison. Avec une grâce et une confiance incroyables, elle s'éjecta de la branche jusqu'au toit incliné du jardin d'hiver.

Boum !

L'atterrissage, lui, ne fut pas gracieux. Mais cela ne la dérangeait pas. Si elle réveillait les humaines, c'était encore mieux. Voilà son objectif. Elle marqua une pause pour reprendre l'équilibre, puis elle escalada le toit vers la petite fenêtre au-dessus.

Scriiiich… Scriiiich… Scriiiich…

Tels des ongles sur un tableau noir, les griffes de la chatte émettaient un son aigu : elles éraflaient la ferraille du toit. Ce crissement agaçait les oreilles de la chatte. Elle s'efforça de marcher plus doucement. Mais le toit était trop pentu et il lui fallait sortir les griffes, au moins un peu, pour s'empêcher de glisser.

Scriiiich…

Un, deux, trois pas de plus, et elle atteignit la petite fenêtre sombre, à l'endroit le plus élevé du toit.

La fenêtre était fermée.

La chatte regarda par la vitre. Ses grands yeux verts furent immédiatement attirés par l'affichage numérique d'un petit réveil posé sur la table de chevet. La chatte n'avait aucune idée de ce qu'était cette boîte lumineuse, ni même de ce qu'elle faisait, mais le faible éclat lui permit de distinguer une humaine, à la longue chevelure sombre, endormie dans le lit. La chatte souleva une patte et gratta à la fenêtre. Rien. Elle essaya à nouveau. Puis encore. Elle gratta plus fort jusqu'à ce qu'elle perçoive un bruit.

On ouvrait la porte de derrière. Il y avait des bruits de pas sous la véranda.

Lentement, avec précaution, la chatte rampa jusqu'au bas du toit et passa la tête par-dessus le rebord.

C'était une humaine à la chevelure auburn. Pas l'une de celles qui habitaient ici et qui la nourrissaient. C'était « Quelqu'un de Nouveau ». Et ce « Quelqu'un de Nouveau » debout dans le jardin levait les yeux vers le toit. Regardait droit vers la chatte.

L'animal n'esquissa aucun mouvement et se contenta de la fixer en retour. Ensuite, l'humaine parla.

– Nessie ? C'est toi ?

Deux minutes plus tôt, dans le jardin d'hiver reconverti en chambre, au sein du pavillon des jumelles Crabb…

Laura Lange (aussi connue sous le pseudonyme de « Quelqu'un de Nouveau ») s'éveilla en sursaut. Bien que morte de fatigue après un vol chaotique dans un avion de dix passagers, après avoir subi une attaque d'une douzaine de poulets accros aux Chex, après avoir avalé deux margaritas glacées pressées par ses nouvelles colocataires, Laura fut sortie d'un sommeil bien mérité et fort bénéfique par un *boum* aussi étrange que bruyant en provenance du toit.

Qu'est-ce qui se passe encore ? songea-t-elle.

Elle avait déjà été réveillée deux fois : la première par le bavardage non shakespearien de Roméo et Juliette, qui avaient une querelle d'amoureux, puis la seconde, par Polly Parton, qui chantait une sérénade sous la lune (une interprétation follement inhabituelle de *I Will Always Love You*, sans aucun rapport avec les versions de Dolly Parton ou de Whitney Houston).

Et maintenant, il y avait un truc sur le toit. Laura entendait quelque chose gratter la tôle.

Scriiiich...

Elle tâtonna dans le noir à la recherche de la lampe. Le pied était un pirate qui brandissait une épée. En allumant l'interrupteur, Laura s'égratigna la main sur la pointe de l'arme. « Aïe. » Ses yeux mirent une seconde ou deux à s'adapter à la lumière... et à l'explosion de couleurs tropicales de la pièce. Au moment de reconvertir le jardin d'hiver, les jumelles avaient dû utiliser tous les restes de peinture des autres pièces. Un petit secrétaire était peint en vert citron ; une imposante armoire en violet ; une commode en turquoise ; la table de nuit en jaune. Les seuls à avoir échappé à la peinture étaient l'antique lit à armatures en laiton et les volets roulants en bambou qui obscurcissaient les fenêtres sur trois pans de mur. Oh ! Et le minuscule climatiseur encastré dans la fenêtre... Elles ne l'avaient pas peint, ce qui surprit Laura.

Scriiiich...

Laura se glissa hors de son lit pour enquêter. Elle traversa la pièce et remonta un volet. Le jardin avait des airs de paradis tropical : une jungle luxuriante scintillait sous le clair de lune et l'invitait à explorer ses mystères. Elle enfila une paire de tongs, ouvrit la porte de derrière et fit un pas sous la véranda.

Scriiiich...

Laura descendit les marches sur la pointe des pieds et arriva sur l'herbe. Une voiture klaxonna dans le lointain et, soudain, elle prit conscience d'être dehors, uniquement vêtue d'un tee-shirt *oversized* et d'une culotte. Mais elle s'en moquait. Elle devait découvrir ce qu'il y avait sur ce toit.

Elle leva les yeux... et la vit...

Une chatte à la beauté envoûtante, au pelage magnifique, trônait telle une reine sur le bord du toit. Sa silhouette se détachait sur le clair de lune, comme la reine des félins nocturnes dans un conte de fées. La chatte regarda en bas, vers Laura, avec deux yeux verts perçants qui paraissaient luire dans l'obscurité.

Est-ce que je rêve ? C'est une vision ?

Puis Laura remarqua un détail étrangement familier : la chatte avait une énorme queue soyeuse qui se balançait d'avant en arrière avec la lenteur d'un plumeau.

– Nessie ? C'est toi ?

Laura fit un pas dans sa direction. N'ayant plus le clair de lune dans les yeux, elle s'aperçut que le pelage de l'animal n'était pas doré avec des marques blanches comme celui de

Nessie. Il était d'un noir de jais, strié de marques blanches. Pourtant, la ressemblance était troublante. La chatte sur le toit aurait pu être le négatif de Nessie.

– Salut, beauté, dit-elle. Ravie de te rencontrer. J'ai une amie chatte qui te ressemble comme deux gouttes d'eau.

Oups. Apparemment, ses mots rompirent le charme. Le félin se redressa, traversa le toit en un éclair, bondit sur la branche la plus proche, la descendit en trombe et sauta au sol. En deux secondes, elle avait disparu, se volatilisant dans la nuit comme un fantôme. Laura fut déçue de la voir partir. Mais, au moins, elle avait découvert l'origine des bruits. Elle retourna à l'intérieur, puis regagna son lit et éteignit la lampe pirate. Cette fois, elle fit attention à ne pas se faire embrocher par l'épée.

Elle essaya de se rendormir. Essaya. Essaya encore. Finalement, elle opta pour une autre stratégie : la radio. C'était une radio en bois d'un autre âge, datant probablement des années 1920. Elle l'alluma et (ô surprise) elle fonctionnait ! Encore plus surprenant, elle était réglée sur *Key West After Dark*, avec pour vedette Rooster McCloud !

Laura ferma les yeux et écouta la voix basse et apaisante du gardien du phare. Il conseillait une fille qui soupçonnait son petit ami de la tromper. Rooster montrait une grande compassion et il lui témoignait un grand soutien. Il était d'une grande gentillesse. À la fin de l'appel, Laura dérivait lentement. Bizarrement, la voix de Rooster avait le don de la calmer…

– Je terminerai le programme de cette soirée par une citation d'Ernest Hemingway. J'aimerais la dédier à toutes celles et à tous ceux qui essaient d'entamer une nouvelle vie, mais qui ont peut-être vécu des débuts difficiles. Ne vous tracassez pas. Faites avec. Embrassez les aléas. Comme le disait Hemingway : « Vivez cette pleine vie de l'esprit, exalté par les idées nouvelles, enivré par la romance de l'inhabituel. »

Ce furent les derniers mots que Laura entendit avant de s'endormir. Et, tout comme la mystérieuse chatte au clair de lune, ils se frayèrent un chemin dans ses rêves…

En particulier, les mots « romance » et « inhabituel ».

Chapitre 5

Travailler de neuf heures à dix-sept heures (avec des chats à six doigts)

Dans une interview de 1958 pour la *Paris Review*, Ernest Hemingway fit une révélation encore plus surprenante que sa passion pour les félins.

Il était du matin.

Oui… En dépit de sa réputation bien méritée de gros buveur qui ne rate pas une occasion de se battre et qui a passé plus d'une nuit à commander des tournées dans ses troquets adorés comme le *Sloppy Joe*, l'auteur au prix Nobel réussissait malgré tout à se lever à l'aube pour travailler sur ses nouvelles et ses romans. Cette révélation surprit ses lecteurs, qui le supposaient trop atteint par la gueule de bois pour écrire le matin.

Aujourd'hui, le soleil fit également une chose surprenante.

Au lieu de s'attarder à l'horizon, de paresser dans la brume et de se cacher la tête sous une couverture de nuages, il se leva prestement pour affronter cette nouvelle journée sans une once d'hésitation. Pourquoi ? Parce qu'il n'avait nulle part où se cacher !

Pas un seul nuage à l'horizon.

Aux petites heures de la nuit, une douce brise venue du golfe avait réussi à amadouer les nuages pour qu'ils s'éloignent vers la mer. Le matin venu, le thermomètre avait perdu 15 degrés, l'humidité était cinquante pour cent plus basse, et tous les habitants de Key West cent fois plus heureux. C'était le genre de météo espérée par tous les touristes en visite dans les Keys. Pas trop chaude. Pas trop moite. Juste parfaite.

À l'*Hôtel du Phare*, sur Whitehead Street, les clients tombés du lit se dirigeaient vers la cour bordée de palmiers pour savourer un petit déjeuner continental (avec cocktails mimosas gratuits !) avant la disparition des muffins et des scones. Ils attrapaient une assiette et une tasse, s'installaient dans les sièges inclinables au bord de la piscine pour siroter et savourer, tout en planifiant leur journée. *Est-ce qu'on ferait un tour de bateau à vision sous-marine ? Ou on irait plonger avec masque et tuba sur les récifs de coraux ? Et pourquoi pas la tournée des bars de Key West pour écouter des groupes du coin ? Ou bien flâner jusqu'à la Southernmost Point Buoy*[1] *?*

Pour les touristes, c'était une nouvelle journée au paradis.

Pour les locaux, c'était une nouvelle journée de travail.

Les commerçantes et commerçants, les hommes et femmes de ménage, les conductrices et les chauffeurs de taxi, les capitaines de bateau, les guides touristiques, les serveurs et serveuses… ces îliens et îliennes qui travaillaient dur se levaient au point du jour, grâce au réveil le plus sonore de Key West. L'infaillible coq (connu sous le pseudonyme de « Vieux Fidèle », « Ce Maudit Oiseau » et autres surnoms)

1. Une bouée qui marque le point le plus au sud des États-Unis.

annonça le lever du jour avec un *co-co-ri-co* strident ! Son chant effraya une volée de poulets sauvages et les envoya trottiner dans la rue pour quémander leur petit déjeuner. Leurs jérémiades poussèrent Rooster McCloud à aller chercher son sac de graines et à claquer sa porte d'entrée. Sa voisine de quatre-vingt-quatorze ans, Shelly, se réveilla en sursaut, roula sur son lit, tendit la main vers ses doubles foyers et s'identifia sur son ordinateur pour consulter la météo du jour.

– Je le savais ! dit-elle avec un petit sourire satisfait. Ces gars de la ville se sont encore trompés.

La petite, mais fringante ancêtre, coula son regard depuis les prévisions météo jusqu'au ciel d'un bleu glorieux.

– Yep, j'avais raison. C'est une journée magnifique !

Les prévisions météo représentaient la passion numéro un de Shelly.

Avoir raison était la numéro deux.

Entretemps, partout sur l'île, les gens commençaient à se lever et à briller…

Margarita Bouffet, l'une des habitantes les plus matinales et les plus brillantes de Key West, débuta sa routine matinale par un enchaînement énergique d'étirements, quelques grands battements, ainsi qu'une longue douche brûlante… tout en chantant les tubes du groupe ABBA. « *You are the dancing queeeeen !* » Jake Jacobs, le gardien des chats d'Hemingway, sortit du lit plus tôt que d'habitude pour faire de la muscu au Old Town Gym… avant de s'inquiéter que son corps soit trop gonflé pour son tee-shirt. *La nouvelle va peut-être croire que je me la pète ? Que je suis un débile obsédé par la muscu ?* Au musée du phare, Mack McCloud arriva tôt pour nettoyer les vitrines remplies d'objets anciens : il avait dit à son oncle qu'il l'avait fait la veille, alors qu'en fait il s'était entraîné sur ses steel drums pour le concert du mariage. *Ce n'est pas un mariage sans* The Girl from Ipanema. À l'autre bout de l'île, Mama Marley au volant de son taxi entrait dans le parking de l'aéroport international de Key West. Elle se gara devant un couple élégant (manifestement de riches touristes), augmenta le son du reggae, éteignit le moteur… et entama son numéro de charme. *Bienvenue en République des Conques !*

Pour certaines personnes, le réveil fut plus long.

Pour certains oiseaux, aussi.

Comme le perroquet qui vivait dans une cage luxueuse à l'intérieur d'un petit pavillon rose. Contrairement au vieux coq qui chantait au point du jour, cet oiseau au magnifique plumage (connu sous le nom de Polly Parton) attendait qu'une alarme se mette à biper à l'étage. Alors, au lieu de pousser un cocorico, le perroquet se lança dans une mélodie certes braillarde, mais aussi de plus en plus forte, à l'intention de la maisonnée. Cette sérénade réveilla la nouvelle qui dormait dans le jardin d'hiver. En sursaut, la jeune fille se redressa dans son lit, tendit la main vers la table de chevet, puis se figea, perplexe, face à cet environnement étranger et coloré.

Où est-ce que je suis ? se demanda-t-elle, encore à moitié endormie. *Qu'est-ce que je fabrique ici ?*

Polly Parton lui donna la réponse.

– *Working nine to fiiiiiive…*

À la maison d'Hemingway, les chats polydactyles complètement réveillés se montraient plus vifs que jamais. Grâce à la fraîcheur et au taux d'humidité moins élevé, ils n'avaient pas passé la matinée à rechercher un endroit ombragé. Ils paressaient au soleil, gambadaient dans l'herbe et se baladaient sur les sentiers du jardin. Ils profitaient au maximum du domaine avant l'arrivée des touristes. Boxeur et Matador se lancèrent dans une bagarre post-petit déj'. Machouille déroba un emballage de bonbon à Larry, Curly et Moe, qui avaient déniché ce trésor froissé près du portail. Puis Whisky le chipa à Machouille, qui essaya de le lui reprendre. Tournillon se ruait de gauche à droite de la véranda, à grand renfort de glissades, de dérapages et de virevoltes. Juste pour le plaisir. Même le vieux ronchon de Pawpa Hemingway paraissait apprécier la météo plus clémente. Il rampa le long du périmètre extérieur du jardin, traquant un minuscule lézard vert à travers le feuillage, à la manière d'un chasseur de gros gibier. Il revivait une nouvelle jeunesse.

Et puis vint Nessie.

Tranquillement assise à sa place favorite, sous la véranda, elle observait les autres chats errer dans le domaine. Le soleil entamait sa montée au-dessus des arbres, mais il ne faisait pas trop chaud. Ce qui était bien agréable. Nessie n'aimait pas les journées chaudes et humides. Comme la veille. Elle remua ses oreilles et s'étira. Puis s'assit bien droite en se grandissant, le regard braqué sur le portail, de l'autre côté du jardin.

Est-ce qu'elle va revenir ? se demanda-t-elle.

Nessie ne savait pas pourquoi, mais elle ressentait un lien étrange avec l'humaine qui l'avait portée et caressée avec tellement d'affection. Elle avait l'impression de retrouver une vieille amie. Elle espérait qu'il ne s'écoulerait pas des années et des années avant le retour de la jeune fille. Comme la dernière fois.

– Nessie ! Ma chérie !

La chatte au pelage doré bondit sur ses pattes en apercevant la silhouette ouvrir le portail.

C'est elle ?

Non. C'était Margarita Bouffet. La « Première Dame de la Maison ». Bien sûr.

– Comment vas-tu en cette belle, belle journée, Nessie ?

Margarita longea l'allée principale en direction de la véranda, ses talons de cha-cha cha cliquetaient et claquaient sur les cailloux. Elle monta les marches jusqu'à Nessie et se pencha pour lui caresser les oreilles.

Nessie adorait cela.

– J'adorerais rester ici à grattouiller tes jolies petites oreilles toute la journée, Ness, mais j'ai trop de travail, la salua Margarita en accordant à la chatte quelques dernières caresses.

Nessie miaula lorsqu'elle s'interrompit.

– Désolée, ma douce.

Margarita se leva et sortit un minuscule carnet de la poche de sa jupe plissée rose et vert.

– Voyons voir. L'agent d'entretien de la piscine vient changer les filtres à huit heures. Le réparateur passe vers dix heures vérifier les conduits d'aération du climatiseur. Ce gentil couple de Key Largo m'appelle en visio pour confirmer leurs projets de mariage. Et (que Dieu nous vienne en aide) Foster Lee Jackson de la Société historique passe cet après-midi pour examiner les plans de la nouvelle billetterie. Qu'en penses-tu, Nessie ?

Nessie bâilla.

– Je sais. Cet homme me fait bâiller, moi aussi.

Margarita jeta un œil à sa liste.

– Et, par-dessus le marché, on a six visites guidées de groupe aujourd'hui. Les guides vont être occupés sans arrêt. Et c'est le premier jour de la nouvelle. Tu te souviens de Laura, n'est-ce pas, Nessie ?

Nessie leva la tête en entendant ce prénom.

Laura ?

– Elle n'est pas encore prête, bien sûr. Elle va accompagner les autres guides d'abord, elle va écouter et apprendre les ficelles du métier, tâter le terrain et tout le reste. Puis, quand elle sera prête, elle fera un essai. Qu'est-ce que tu en dis, Nessie ?

Nessie miaula.

– Oh, regarde ! s'écria Margarita en montrant le portail. Voilà l'employé d'entretien ! Pile à l'heure ! On papote plus tard, Nessie. Passe une belle, belle journée !

Sur ces mots, Margarita fit claquer ses talons et descendit les marches d'une allure dansante, ses créoles dorées se balançant contre ses joues et ses pas cliquetant sur le chemin de pierre.

– *Buenos días, señor !*

Nessie se réinstalla à sa place préférée. Elle agita avec paresse et lenteur son énorme queue touffue de gauche à droite, avec pour unique but de sentir l'air balayer sa fourrure. C'était agréable. Tandis que le soleil continuait sa montée, elle observait les humains arriver un à un par le portail, prêts à commencer une nouvelle journée à la maison d'Hemingway.

– Bonjour, Nessie.

Jake Jacobs arriva en premier, frais et gonflé à bloc par sa séance d'entraînement matinale, son mélange hautement protéiné et ses nombreux changements de tee-shirts.

Il salua Margarita et l'agent d'entretien de la piscine avant de commencer son travail : réapprovisionner les gamelles en eau et nourriture, puis attaquer la tâche tant redoutée du nettoyage de litières.

Ensuite vint Millie, la responsable de billetterie. Elle avait une chevelure blond décoloré, ramenée en arrière en queue-de-cheval. Durant ces vingt-cinq dernières années, elle avait porté la même tenue basique : une chemise blanche amidonnée, un foulard bleu marine et un pantalon kaki soigneusement repassé. Elle arrivait toujours tôt, parce qu'elle ne voulait rien manquer.

Ensuite, ce fut Leo Trout, dit « Leo la Chance », le guide en chef. Tous les matins, il se présentait à Margarita pour passer en revue les horaires des groupes de la journée. Un peu chauve, un peu petit, un peu rondelet, il était, selon ses dires, l'homme le plus chanceux de la terre. Il adorait raconter des anecdotes prouvant sa chance légendaire, mais Margarita réussissait toujours à réorienter la conversation vers les emplois du temps. Ce jour ne fit pas exception.

– C'est incroyable, Leo, dit-elle. Il ne te restait qu'un seul dollar, et tu as remporté le jackpot ? Tu as vraiment de la chance ! Ce qui me fait penser que nous avons peut-être touché le jackpot avec cette nouvelle guide. Tu as vu la vidéo de Laura. Tu ne trouves pas qu'elle a du potentiel ? Si charmante et intelligente ! Pourrais-tu la mettre sur des visites avec des guides différents aujourd'hui ? Super, merci, Leo.

Margarita s'éloigna en vitesse avant que Leo ne se lance dans un autre récit.

Nessie contemplait la scène depuis son perchoir sous la véranda, un œil rivé au portail, tandis que d'autres arrivaient toujours.

Où est-elle ?

La plupart des employés étaient déjà là. Le vendeur de la boutique, les guides, les jardiniers et agents d'entretien : chacun d'eux salua Nessie sur le chemin du salon du personnel, à l'arrière de la maison. Elle trouvait étrange qu'ils ne débutent jamais leur journée sans boire ce liquide chaud et sombre dont ils raffolaient. Nessie y avait goûté une fois, après que quelqu'un avait renversé une tasse. Le goût était horrible.

Nessie leva les yeux vers le ciel et soupira.

Elle était sur le point d'abandonner toute attente et de profiter de cette belle journée avec les autres chats, quand elle aperçut quelqu'un de l'autre côté du portail. Elle se leva pour mieux voir. Mais elle avait le soleil dans les yeux. Puis, elle entendit une voix, qu'elle reconnut immédiatement.

– Nessie ! Je suis de retour !

Laura Lange ne voulait pas arriver en retard le premier jour. Après avoir bu deux margaritas glacées la veille et avoir été réveillée au beau milieu de la nuit par une chatte sur le toit, elle craignait d'appuyer sur le bouton *snooze* de son téléphone et de se rendormir jusqu'à midi. Pourtant, elle se leva sans aucun problème.

Grâce à Polly Parton.

Le seul hic d'être réveillée par son interprétation de *Nine to Five*, c'était que Laura ne parvenait pas à se sortir la chanson de la tête. Sous la douche, elle ne cessa de chanter… même si elle avait fermement essayé de s'en empêcher. En se séchant et en s'habillant, elle continua de fredonner le morceau tout bas. Puis, elle commit la stupide erreur de beugler le refrain assez fort pour que tous les habitants de la maison l'entendent... y compris Polly, qui se mit à l'accompagner.

– Laura, non ! hurla l'une des jumelles à l'étage. Ne l'encourage pas !

Laura rougit. Je n'ai pas encore mis un pied hors de la maison et je me suis déjà ridiculisée, songea-t-elle.

Par chance, le reste de la matinée se passa sans heurt.

Grâce à la baisse d'humidité, ses cheveux restèrent en place. Sa tenue, une jupe grise toute simple avec un chemisier à motifs jaune et blanc, paraissait « professionnelle et décontractée », tout en étant mignonne (grâce à l'insistance de sa mère qui l'avait persuadée d'acheter des vêtements pour son nouveau boulot). Le petit déjeuner avec les jumelles avait parfaitement remédié à sa légère gueule de bois, grâce aux muffins myrtilles achetés par Jilly et au café fraîchement préparé par Jolene. Elle raconta aux jumelles la visite nocturne de la chatte à six orteils, au poil soyeux et aux griffes qui grattaient le toit.

– Oh, c'est Tallulah, dit Jolene.

– Je ne savais pas que vous aviez un chat.

– C'est plutôt elle qui nous a, rectifia Jilly. Elle va et vient à sa guise.

– Oui, elle s'est pointée un jour et elle nous a adoptées. On lui a donné à manger, on a préparé un panier et une litière. Un peu comme un Airbnb perso.

– J'ai remarqué qu'elle était polydactyle, dit Laura. Elle fait partie des chats d'Hemingway, vous croyez ?

Les jumelles haussèrent les épaules.

– Peut-être, déclara Jolene. C'est possible.

– Sur celle île, tout est possible.

Jilly éclata de rire.

Laura jeta un coup d'œil à l'heure, les remercia pour le petit déjeuner, attrapa son sac et se dirigea vers la porte. Elle installa une carte de Key West sur son téléphone pour éviter de se perdre. Par chance, la journée était magnifique et fraîche, donc elle ne serait pas trempée de sueurs en arrivant. Elle examina son téléphone. D'après l'appli, son heure d'arrivée était estimée à huit heures quarante-cinq.

Parfait.

Laura sourit et (grossière erreur) se mit à fredonner *Nine to Five*, tout en prenant une rue pittoresque bordée de palmiers, de palissades et de maisons aux couleurs pastel. À chaque pas, son excitation grandissait.

De même que sa nervosité.

Est-ce qu'ils vont me demander d'animer une visite le premier jour ? se demanda-t-elle. *Est-ce que je suis prête à le faire ?*

Le tut-tut d'un klaxon dans son dos interrompit le cours de ses pensées, et fut immédiatement suivi par un air de reggae. Elle tourna la tête et découvrit le taxi rose de Mama Marley. En passant, la conductrice baissa la vitre et fit signe à Laura, elle lança un salut enjoué dans un patois de la Jamaïque.

– *Gud mawnin*, mademoiselle La Guide !

Laura éclata de rire et répondit à son salut.

– Bonjour, Mama Marley !

Au début, elle se demanda pourquoi Mama en faisait des caisses avec son accent (Laura était du coin maintenant et elle savait que c'était de la comédie), puis elle remarqua les riches touristes assis à l'arrière. Ils semblaient adorer l'expérience dans son ensemble, avec le reggae à fond et tout le reste.

Elle sait faire le show, pensa Laura en gloussant tout bas. *Est-ce que les rumeurs sur Mama ex-chanteuse de reggae en play-back sont fondées ?*

Elle secoua la tête. Non, trop dingue pour être vrai.

Laura tourna à l'angle et repéra Rooster McCloud au milieu du pâté de maisons. Le gardien du phare au bandana balançait des graines aux poulets sauvages, en hochant la tête en rythme. Captivé par la musique qui filtrait de ses écouteurs, il avait l'air incroyablement heureux, même bienheureux. De son côté, Laura se sentit tout sauf bienheureuse en retrouvant les poulets. Apeurée, oui. Bienheureuse, non. Même si elle n'avait pas de Chex sur elle, elle ne voulait pas revivre l'attaque de la veille. Donc, elle traversa la rue.

Pour être en sécurité.

– Mademoiselle Lange ! lança Rooster.

Il lui fit signe en la voyant approcher et tira sur ses écouteurs.

– Superbe journée, n'est-ce pas ?

– Oui, en effet, répondit-elle avec un sourire chaleureux, mais en gardant une distance de sécurité.

Il remarqua son regard nerveux en direction des poulets.

– Oh, n'aie pas peur. Ils ne te feront aucun mal. Au fait, je m'appelle Rooster McCloud, au cas où tu l'aurais oublié. Gardien du phare de Key West et animateur de la radio locale.

– Oh, oui, je sais, déclara Laura. En fait, j'ai entendu un bout de votre émission hier soir. *Key West After Dark*.

– Ah oui ? Vraiment ? Ben, tu m'en bouches un coin !

– Oui, j'ai vraiment adoré la citation d'Hemingway. Surtout le fait de vivre sa vie « enivré par la romance de l'inhabituel ». Je ne sais pas pourquoi, mais ça m'a beaucoup touchée. C'était exactement ce que j'avais besoin d'entendre, à ce moment-là.

– C'est pas vrai, murmura Rooster avec ironie. Quelles sont les chances que je choisisse une citation qui s'adresse directement à toi ? L'univers essaie certainement de te dire quelque chose.

– Ce doit être ça, déclara Laura. L'univers et Hemingway.

– Oui, bien sûr. Hemingway.

Rooster et Laura se dirent au revoir avant de prendre des chemins séparés. En descendant la rue à l'ombre des palmiers, Laura songea à la citation d'Hemingway et… à l'air espiègle de Rooster quand elle l'avait évoquée. Ses yeux avaient pétillé. Littéralement. Ils avaient l'air si taquins et en même temps si sages que Laura se demanda si les rumeurs étaient vraies et si Rooster avait vraiment inventé l'iPad.

Ben, tu m'en bouches un coin !

Laura se mit à rire. Dans cette ville, les rumeurs étaient folles. Et trop marrantes. Mais… Et si elles renfermaient un fond de vérité ? Sans aucun doute, Key West avait tout d'un lieu inhabituel (le point le plus au sud des États-Unis contigus, à l'extrémité d'une chaîne de minuscules îlots), voué à attirer des personnes inhabituelles.

Elle réfléchissait en tournant sur Whitehead Street. Elle faillit percuter deux hommes d'âge mûr qui ne l'avaient pas vue arriver. C'était Rick et Ricardo, les propriétaires de l'*Hôtel du Phare*.

Et leurs petits chiens.

– Lucy ! Desi ! Non !

Les deux chihuahuas se précipitèrent sur Laura en agitant la queue et en emmêlant leur laisse, et Rick et Ricardo se rentrèrent dedans, comme un duo de comédiens dans un Vaudeville. Le couple s'excusa à outrance tout en s'efforçant de démêler les laisses. Lucy et Desi tirèrent avantage de la situation et donnèrent des petits coups de pattes dans les tibias de Laura pour lui quémander des caresses. Et la jeune femme s'exécuta avec joie.

– Hello, Lucy ! Hello, Desi ! Vous faites votre balade matinale ? demanda-t-elle en caressant les petites oreilles des chiens tout guillerets.

– Je suis désolé, s'excusa Rick pour la troisième fois. En général, ils ne s'en prennent pas aux gens comme ça. La plupart du temps, ils se tiennent très bien.

– Non, réfuta Ricardo. Tu es aveuglé par l'amour.

Il se pencha vers Laura et baissa la voix.

– La vérité, c'est que Rick les a tellement gâtés qu'ils pensent pouvoir faire ce qu'ils veulent en toute impunité.

– Arrête de faire des messes basses sur mes petits anges, protesta Rick.

– Des anges ? Ces chiens sont des démons et tu le sais très bien. Admets-le. Tu as élevé une paire de *banditos*. On aurait dû les appeler Bonnie et Clyde.

Laura éclata de rire sans cesser de caresser les chihuahuas.

– Regardez-moi ces innocentes petites têtes. Ce sont des petits choux, j'en suis sûre.

– Ce sont des gangsters, soutint Ricardo, en plaisantant à moitié.

Au mot « gangsters », Laura se remémora la rumeur entendue de la bouche des jumelles : sur Rick et Ricardo qui avaient remporté l'*Hôtel du Phare* aux cartes contre des malfrats de Vegas. Elle leva la tête vers le couple souriant, aux moustaches et chemises hawaïennes assorties, flanqué de leurs adorables chiots… et elle s'efforça de les imaginer en train de flamber avec la mafia.

Nan. Pas moyen. C'était grotesque. *Qui avait inventé cette histoire ?*

Laura se releva, dit au revoir à Rick et Ricardo, ainsi qu'à Lucy et Desi. Puis, elle inspira profondément et descendit Whitehead Street. Elle aperçut le phare de Key West s'élever au-dessus des arbres, au bout du pâté de maisons. À sa gauche, un mur en briques rouges bordait des jardins luxuriants : la végétation avait poussé à outrance dans la maison d'Hemingway. On aurait dit qu'il était le seul rempart empêchant la végétation tropicale de se répandre sur la route et de prendre le contrôle de l'île. Quelque part, dissimulée derrière les feuilles des palmiers, des palétuviers et la multitude de plantes en fleurs, se dressait l'ancienne et majestueuse demeure. Laura la distingua à peine avant d'atteindre le portail.

Mon nouveau lieu de travail, songea-t-elle en fixant les volets vert rétro, la véranda ombragée et les balcons en fer forgé. *Cela vaut mieux qu'un box dans un bureau.*

Elle lutta contre l'envie soudaine d'entonner *Nine to Five.*

Laura franchit le portail et se dirigea vers la maison. En passant devant la fontaine en forme de bateau sur l'allée principale, elle remarqua une douzaine de chats qui flânaient sur le domaine. Elle reconnut deux d'entre eux. Boxeur et Matador (les frères bagarreurs) étaient plongés dans un combat à mort. Ils se balançaient comme des boxeurs professionnels se frappant de leurs gants disproportionnés. Laura gloussa à leur vue.

Mais son visage s'éclaira vraiment lorsqu'elle aperçut sa vieille amie assise sous la véranda.

– Nessie ! Me revoilà !

Vers neuf heures, une file de touristes s'était déjà formée sur le trottoir devant la maison d'Hemingway. Des familles en vacances, des compagnons de voyage, de joyeux couples allant des jeunes mariés rougissant en voyage de noces aux seniors souriant, même un groupe d'enfants chahuteurs venus avec leur classe de maternelle, attendaient là, prêts à acheter leurs billets, à suivre la visite guidée et à découvrir les merveilles du célèbre foyer d'Ernest Hemingway... et ses chats tout aussi célèbres.

Laura était prête pour sa toute première visite.

En tant que touriste.

– Aujourd'hui, c'est votre jour de chance, tout le monde, annonça Leo Trout en s'adressant à un petit groupe (dont Laura) qui se tenait sous la véranda. Je suis Leo la Chance, et je serai votre guide pour la matinée.

Laura baissa les yeux sur Nessie, qui traversa la véranda pour se poster à côté d'elle. La chatte paraissait agacée qu'un touriste occupe sa place préférée.

Leo poursuivit sa présentation :

– On me surnomme Leo la Chance, parce que j'ai survécu aux tornades, aux feux, et aux inondations, jusqu'aux accidents de voiture ou de train, et à un divorce très compliqué. Disons que j'ai vraiment beaucoup de chance d'être en vie.

Il marqua une pause le temps d'un rire. Laura l'imita avec politesse, en même temps que quelques membres du groupe.

– Je suis honoré, poursuivit Leo, de vous conter, mesdames et messieurs, l'histoire de cette somptueuse demeure. Elle fut bâtie en 1851 par l'architecte naval Asa Tift, qui l'a dessinée dans le style colonial espagnol. Elle est constituée de calcaire qui fut mis au jour, ici même, précisément sur ce site. Asa fit creuser des fondations si profondes que le trou fut assez grand pour créer un sous-sol de plus de deux mètres et demi de hauteur. C'est une des rares maisons de Key West à disposer d'un sous-sol, et il est sacrément bien fichu. Le calcaire lui permet de rester sec comme de l'amadou quand il pleut. Grâce à ce calcaire, cette ancienne bâtisse résiste à pratiquement tous les aléas. La pluie, le vent, la chaleur, les tempêtes tropicales, les ouragans. Même les plus virulents d'entre eux, tel l'ouragan meurtrier de 1919.

Laura sentit quelque chose lui chatouiller les chevilles. Elle baissa la tête et aperçut Nessie, qui balançait sa queue lentement de droite à gauche.

Elle avait l'air de s'ennuyer.

Pauvre chatounette. Je suis sûre que tu as vu le numéro de Leo un million de fois, songea Laura.

D'un autre côté, Laura trouvait la visite de Leo fascinante. C'est sûr, ses blagues étaient ringardes, mais sa visite se révélait malgré tout très divertissante. Et très instructive. Le temps que le groupe franchisse la porte d'entrée et traverse le long vestibule, il était parvenu à l'année 1931 : date à laquelle Hemingway et sa deuxième épouse, Pauline Pfeiffer, avaient acheté la maison après avoir visité Key West de nombreuses fois et être tombés complètement amoureux de l'île.

– La maison était une ruine, expliqua Leo. Une vraie bicoque à retaper. Ceci explique son prix dérisoire de huit mille dollars. L'oncle de Pauline, Gus, la leur offrit en cadeau de mariage.

Leo conduisit les touristes dans la première pièce, spacieuse, étonnamment fraîche. Elle regorgeait de peintures romantiques représentant des vaisseaux et des marines, de photos anciennes encadrées montrant Hemingway avec ses amis, sa famille et des célébrités, ainsi que d'œuvres d'art et d'objets anciens et colorés ramenés par le couple de ses voyages à travers le monde.

– Pauline était une collectionneuse, raconta Leo. Elle avait un goût sûr pour la décoration intérieure. Notez les lustres singuliers qu'elle a choisis pour chacune des pièces.

Laura resta à l'arrière du groupe, prenant des notes sur les vastes connaissances de Leo la Chance et sur son habile prestation.

Elle n'était pas seule.

Nessie ne la quitta pas de toute la visite.

Pendant que Leo escortait le groupe d'une pièce à l'autre (montrant des photos du bateau de pêche d'Hemingway et de son équipage, le carrelage de salle de bains d'inspiration française choisi par Pauline, et des œuvres d'artistes célèbres et moins célèbres), Nessie ne quitta pas Laura d'une semelle. Et risqua même de se faire piétiner quand le groupe gravit l'escalier étroit qui menait aux chambres.

– Qui c'est ? demanda un petit garçon en salopette.

Il désignait un chat calico endormi sur un lit.

Leo rit.

– Oh, ça, c'est Lady Bratt Ashley. Nous l'avons baptisée ainsi en hommage à Lady Brett Ashley dans *Le Soleil se lève aussi*.

– Pourquoi vous l'avez appelée « Bratt » ? demanda le garçon.

– Eh bien, regarde-la, répondit Leo. Elle reste allongée sur ce lit à longueur de journée et elle ne laisse aucun autre chat dormir dessus. Elle croit que le lit lui appartient, elle n'a aucune envie de le partager. Au fond, c'est une enfant gâtée[1].

– Et c'est qui, ça ? demanda le garçon en pointant un chat blanc comme neige, perché sur la plus haute vitrine de la pièce.

1. *Brat* signifie « enfant gâté ».

– C'est Kilimandjaro.

– Comme *Les Neiges du Kilimandjaro* ? demanda le père du garçon. J'ai lu cette nouvelle au lycée. Elle est très bonne.

– L'une des meilleures d'Hemingway, acquiesça Leo.

Le garçon eut l'air perdu.

– C'est quoi Kil… a… man… ja…

– Le Kilimandjaro est la plus haute montagne d'Afrique, expliqua Leo. Il y a même des neiges éternelles au sommet. La nouvelle d'Hemingway parle d'un mari et de sa femme partis en safari près du Kilimandjaro. Nous avons baptisé cette chatte en hommage à ce titre, car elle est blanche comme de la neige et elle aime s'installer en hauteur.

– Comme moi, ajouta le petit garçon.

Leo adressa à Laura un regard perplexe avant de se tourner vers le groupe.

– OK, tout le monde. S'il vous plaît, attendez-moi sous la véranda. Ensuite, nous descendrons les marches qui mènent à la piscine.

Pendant que les touristes sortaient en traînant des pieds sur le balcon, Leo murmura à Laura :

– Parfois les gens posent des questions susceptibles de modifier le timing de la visite. Garde un œil sur ta montre, c'est important. Tu devras peut-être éluder des informations pour respecter l'emploi du temps. Tu as une montre, n'est-ce pas ?

Laura bégaya :

– Heu, j'ai mon portable…

– Achète une montre, insista Leo. C'est plus simple d'y jeter un œil tout en parlant.

Il se retourna et sortit sur la véranda. Laura baissa les yeux sur Nessie, qui la regardait avec des yeux soucieux.

– Je vais devoir acheter une montre, je suppose, Nessie. Je n'en ai pas eu depuis le CM1. À l'ancienne, quoi.

Alors qu'elles sortaient de la chambre pour rejoindre la galerie circulaire, Laura lança un regard derrière elle. Elle remarqua une petite forme grise dans l'encadrement de la porte (les yeux, les oreilles et les moustaches d'un vieux chat gris), qui jetait un coup d'œil de l'autre côté de la porte comme un petit espion.

C'était Pawpa Hemingway.

Il l'observait.

Foster Lee Jackson arriva à la maison d'Hemingway cinq heures à l'avance. Vêtu sur son trente et un, il portait un énorme bouquet de roses roses à longues tiges. Connu pour son goût particulier et ses habituelles tenues soignées (entre autres), Foster incarnait l'image du gentleman du Sud : costume en crêpe de couleur pâle, flanqué d'un nœud papillon et de bretelles et coiffé d'un panama en paille. Aujourd'hui, sa moustache poivre et sel, impeccablement taillée, et son bouc semblaient encore plus impeccablement entretenus que d'habitude. Au moins, c'est ainsi qu'il apparut à Millie, la responsable de la billetterie, qui ne put s'empêcher de remarquer l'allure sautillante de sa démarche quand il se pavana jusqu'à sa fenêtre.

– Belle matinée à vous, mademoiselle…

– Millie, dit-elle avec un sourire. Millie Graham.

– Bien sûr ! Mademoiselle Millie Graham ! Comment pourrais-je oublier le nom si original d'une dame aussi charmante !

Millie rougit et, d'une main, lissa sa chevelure blond décoloré, même si elle était soigneusement tirée en arrière, et qu'elle ne bougeait jamais d'un poil.

– Eh bien, merci ! Comment puis-je vous aider ?

– J'ai rendez-vous avec Mme Bouffet. S'il vous plaît, pourriez-vous l'informer que Foster Lee Jackson, président de la Société historique de Key West, est ici ?

– Je sais qui vous êtes, Foster, déclara Millie avec un sourire de jeune fille. Tout le monde sait qui vous êtes. Vous êtes difficile à rater, avec votre apparence et tout le reste.

Foster leva un sourcil impeccablement épilé.

– J'espère que vous vous exprimez avec une aimable intention, mademoiselle Millie.

– Oh, bien sûr. Vous avez tellement de classe, c'est ce que je voulais dire. Classe et… débonnaire.

À présent, ce fut au tour de Foster de rougir.

– C'est très courtois de votre part, mademoiselle Millie. Ma chère mère, paix à son âme, croyait qu'un gentleman devait toujours tirer de la fierté de son apparence. Je fais de mon mieux, même si, manifestement, je suis le dernier d'une espèce en voie de disparition. Eh bien, j'ai vu des hommes de mon âge entrer dans un établissement de restauration distingué en tongs et short cargo. C'est triste, vraiment.

– Oui, confirma Millie, qui avait eu des tas de rendez-vous avec ce genre d'hommes.

Foster sourit avec politesse, puis regarda la maison.

– Alors… est-ce que Mme Bouffet est disponible ?

– Oh ! Laissez-moi voir.

Millie baissa les yeux sur son agenda.

– Margarita vous a inscrit pour quinze heures. Hmmm, bon, je vais essayer d'appeler son bureau.

Elle appuya sur un bouton du téléphone et patienta.

– Hello, Margarita ?… Foster Lee Jackson est ici pour vous… Oui, je sais… Il est prévu pour quinze…

– J'étais dans le quartier, et je me suis dit que j'allais faire un saut, ajouta Foster en se penchant à la fenêtre.

– Il était dans le quartier et il s'est dit qu'il allait faire un saut.

Millie fit une pause.

– Oui… OK.

Elle raccrocha.

– Elle arrive tout de suite avec les plans.

– Oh, bien, dit Foster. Je savais que je prenais un risque en venant plus tôt. Mais vous savez ce qu'on dit : « La chance sourit aux audacieux. »

– Qui l'a dit ? Hemingway ?

– Non, c'est un vieux proverbe latin, en fait. Certains l'attribuent à Virgile dans son poème épique, *L'Énéide*, mais la plupart des érudits pensent que c'est Pline l'Ancien qui… Oh, madame Margarita Bouffet !

Foster se détourna de Millie et inclina son chapeau.

– Vous êtes rayonnante ce matin !

Millie se pencha par la fenêtre et aperçut Margarita grimper le chemin, chargée d'un paquet de plans. En effet, elle était indéniablement rayonnante dans la lumière matinale. Et légèrement contrariée.

– Bonjour, Foster, dit-elle avec un sourire forcé. Je croyais que nous avions rendez-vous à quinze heures.

– Oui, pardonnez-moi. Il se trouve que j'étais dans le voisinage, j'allais acheter des fleurs pour le bureau, expliqua Foster. Et quand j'ai vu ces adorables roses roses, j'ai pensé à vous.

Margarita parut perplexe.

– Vraiment ?

Foster déglutit.

– Oui, hum, elles m'ont fait penser à vos magnifiques jardins ici, et je me suis dit que je pourrais peut-être passer tant que j'y étais... Mais je n'aurais pas dû présumer que je pourrais interrompre votre journée chargée, et je m'en excuse... vivement.

– C'est bon, Foster, déclara Margarita. Voici les plans de l'entrepreneur.

Elle lui tendit les documents. Foster les prit et les étudia avec attention.

– Je vous prie de m'excuser à nouveau, mais en tant que président de la Société historique de Key West, il en va de mes attributions de veiller à l'intégrité historique des bâtisses et des lieux les plus précieux de l'île.

– L'entrepreneur a basé ses plans sur la billetterie d'origine, dit Margarita. Elle sera exactement identique. Mais, avec de la chance, le toit ne fuira pas quand il pleut.

Foster reporta son regard de la billetterie aux plans, et *vice versa*.

– Manifestement, vous avez raison, dit-il. Mais qu'en est-il des matériaux qu'il va utiliser ? Tant de constructeurs de nos jours se servent de vinyle et autres matières synthétiques. Ce sont des imitations.

Foster frémit à cette pensée.

– Non, objecta Margarita. Du bon vieux bois à l'ancienne.

– Et la toiture ?

Margarita hésita.

– Hum, je n'ai pas de précisions. Il faut que je demande à l'entrepreneur.

Foster parut perturbé.

– Oui, il le faut. C'est très important. La maison d'Hemingway est l'un des sites historiques les plus célèbres de l'île. Des milliers de touristes franchissent ce portail tous les jours.

– Oui, je le sais, Foster. Je travaille ici, vous vous souvenez ?

– Bien sûr. Pardonnez-moi, Margarita. Une fois encore.

Foster rougit et lui rendit les plans.

– Bien, discutez avec l'entrepreneur, demandez-lui la liste détaillée des matériaux, et je suis certain que vous et moi, nous trouverons une solution... ensemble. Ce qui me fait penser à une chose. J'espère que vous me réserverez quelques danses lors de la soirée de demain.

Margarita cligna deux fois des paupières et sourit en serrant les dents.

– Avec plaisir, Foster.

– Bon, alors... en attendant de vous revoir, madame Bouffet.

Il retira une unique rose à longue tige du bouquet et la tendit à Margarita.

– Oh. Merci, dit-elle en s'efforçant de ne pas lever les yeux au ciel.

– Comme c'est adorable ! s'extasia Millie. J'adore les roses. Elles sont tellement romantiques.

Foster vit l'expression de Millie... et lui donna une rose, à elle aussi.

– Et pour vous, mademoiselle Millie Graham. J'espère vous revoir très prochainement.

Avec une inclinaison de son panama, il se retourna et franchit le portail.

Margarita toisa la rose et laissa échapper un grognement.

Millie la huma et soupira.

– Quel gentleman. Il est si... je ne sais pas... raffiné et... élégant.

Margarita était à deux doigts de dire à Millie que Foster Lee Jackson était un bouffon prétentieux et un casse-pieds total qui allait la faire tourner en bourrique avant d'approuver les plans de la nouvelle billetterie. Quand elle eut une meilleure idée.

– Millie, est-ce que ça vous dirait de venir à la Soirée dansante de demain ?

Leo la Chance jeta un œil à sa montre et attendit que les touristes aient fini de prendre des photos.

– Ils aiment bien s'attarder ici, murmura-t-il à l'oreille de Laura. Mais ne les laisse pas traîner trop longtemps. Nous avons un emploi du temps à respecter.

Il tapota sa montre du doigt.

Laura comprenait pourquoi les touristes aimaient bien rester là. La galerie circulaire offrait une vue charmante sur les jardins et la piscine. On voyait même le phare de Key West. Ce qui offrait d'innombrables opportunités de photos.

– Puis-je prendre une photo de vous avec votre chat ? demanda une dame à la chevelure argentée. Vous êtes tellement mignons tous les deux. Vos tenues sont assorties !

Laura baissa les yeux vers Nessie.

– En fait, ce n'est pas vraiment mon chat…

– Il y a de quoi se méprendre. Elle est restée avec vous pendant toute la visite !

Laura rit.

– Nous sommes de vieilles amies.

Quand la femme eut pris une photo, Leo la Chance rassembla le groupe et le conduisit au bas d'un escalier latéral jusqu'à la piscine. Laura remarqua l'hésitation de Nessie. La jeune femme attendit que les autres descendent avant de les imiter. Le temps qu'elle les rejoigne à l'extrémité nord de la piscine, Leo décrivait avec enthousiasme ses dimensions (sept mètres sur dix-huit !), le travail demandé pour la creuser (dans du corail solide !) et la portée architecturale d'une telle construction (la première piscine creusée à plus de cent cinquante kilomètres à la ronde !).

Visiblement, Leo adorait cette partie de la visite.

– Vous voyez ce penny ? demanda-t-il au groupe en montrant une pièce patinée incrustée dans le ciment au pied de la piscine. Il y a une anecdote géniale à propos de ce penny. On était en 1937. L'épouse d'Hemingway, Pauline, a décidé qu'il leur fallait une piscine. Ernest était d'accord, même si elle voulait la faire construire à l'endroit précis où il installait son ring de boxe. Il adorait s'entraîner avec les boxeurs du coin, mais une piscine, l'idée lui plaisait aussi. Alors il a dit oui, puis il s'est envolé pour la guerre civile d'Espagne en tant que correspondant pour un journal. Pauline est restée seule pour gérer le chantier. Qui, elle le découvrit rapidement, se muait en gouffre financier. Devinez un peu combien elle a coûté.

– Un million de dollars ? demanda le petit garçon qui l'avait questionné au sujet du chat blanc.

– Euh, non. Pas autant. Elle a coûté vingt mille dollars, ce qui, en 1937, équivalait à presque un demi-million de dollars aujourd'hui. C'est beaucoup d'argent ! Quand Ernest est revenu de la guerre et qu'il a pris connaissance du montant, il a piqué une crise. « Pauline, a-t-il dit excédé. Tu as tout dépensé sauf mon dernier penny, alors autant que tu l'aies ! » Il a sorti un penny de sa poche et l'a jeté par terre. Eh bien, Pauline n'a pas bougé d'un cil. Elle a ramassé ce penny et l'a scellé juste ici. Le dernier centime d'Hemingway.

Tous les membres du groupe gloussèrent (même Laura qui pourtant connaissait l'anecdote par cœur). Elle baissa les yeux sur ses pieds, s'attendant à y trouver Nessie.

La chatte n'était pas là.

Laura parcourut le coin piscine des yeux. Quelques chatons jouaient à chat sous un imposant buisson en fleurs. Whisky pourchassait Machouille derrière l'abri de piscine. Et le vieux Pawpa Hemingway s'était ramassé sous les marches de la véranda, fixant Laura de ses yeux bleus perçants.

Mais Nessie ? Nessie n'était nulle part.

Où es-tu allée, ma vieille amie ?

Malgré l'envie de Nessie de suivre son amie durant toute la visite, elle était incapable de rejoindre Laura et les autres au bord de la piscine.

La chatte détestait cette piscine.

Comme la plupart de ses congénères, elle n'aimait pas être mouillée. Mais ce n'était pas la raison pour laquelle elle détestait la piscine. Elle la détestait parce que (quelque part dans son petit cerveau de chat) elle conservait les bribes d'un souvenir terrifiant où elle était tombée dedans. Elle ne se rappelait pas les détails. Les chats ne sont pas des éléphants et ils n'ont pas de grands souvenirs. Mais, chaque fois qu'elle s'approchait de la piscine, elle revivait cette panique et cette impuissance. Pour Nessie, c'était plus une réaction physique et naturelle qu'un véritable souvenir.

Quoi qu'il en soit, elle savait qu'elle devait éluder cette partie de la visite. Elle savait aussi où le groupe irait ensuite, puisqu'elle avait observé les gens faire cette visite chaque jour de sa vie. Au lieu de s'approcher du bassin, elle irait directement à l'étape suivante et y attendrait Laura...

La pièce avec les animaux accrochés aux murs.

– Et voici la pièce où Ernest Hemingway a écrit soixante-dix pour cent de ses romans et nouvelles, déclara Leo la Chance.

Il jeta un œil à sa montre et attendit que les derniers retardataires grimpent les marches de la remise à voitures située près de la piscine. À l'arrière du groupe, Laura apercevait uniquement le carrelage rouge de la pièce, les murs bleu pâle, des étagères de livres et de souvenirs... et, bien sûr, les trophées de chasse d'Hemingway.

– C'est quoi, ça ? Une vache toute maigre ? demanda le petit garçon en désignant une grosse tête à corne exposée au mur.

– Il s'agit d'une antilope d'Afrique, répondit Leo. Hemingway était un chasseur de gros gibier. Il a participé à de nombreux safaris et en a rapporté toutes sortes de peaux et de trophées.

La mère du garçon grimaça.

– C'est horrible, dit-elle.

– Oui, je comprends votre point de vue, dit Leo, imperturbable. Mais vous devez vous rappeler une chose. À l'époque d'Hemingway, les safaris étaient considérés comme le défi suprême pour les chasseurs. Ils étaient extrêmement prisés par les sportifs d'envergure internationale et les trophées étaient fièrement exposés dans les demeures les plus élégantes. La situation a bien changé, aujourd'hui, bien sûr.

Pendant que Leo se déplaçait pour montrer d'autres éléments marquants de la pièce, Laura contourna deux touristes et, pour la première fois, put poser les yeux sur le bureau en bois, de forme arrondie, qui avait appartenu à Hemingway.

Une chatte y trônait.

Nessie !

Juste à côté se trouvait la vieille machine à écrire d'Hemingway.

Dès que Laura aperçut la machine, les battements de son cœur s'accélérèrent. Elle se souvint de l'avoir vue lors de son voyage en famille et d'en être tombée complètement amoureuse. Elle était déjà éprise de la magnifique maison coloniale et de ses adorables chats polydactyles. Mais, quand elle entendit parler de toutes les histoires géniales qu'Hemingway avait écrites dans ce studio mansardé et qu'elle posa les yeux sur cette machine à écrire avec ses antiques touches, la Laura de quatorze ans décida de se fixer trois objectifs :

1. Elle voulait lire tout l'œuvre d'Hemingway.
2. Elle voulait devenir écrivaine, elle aussi.
3. Elle voulait écrire sur une machine exactement comme celle d'Hemingway.

Une fois rentrée à Syracuse, Laura était allée à la bibliothèque de son école et avait emprunté des romans d'Hemingway. Pour Noël, cette année-là, ses parents lui avaient offert une vieille machine des années 1930, dénichée dans une boutique vintage. Pour remplir l'objectif numéro un, elle avait consacré six mois à la lecture. Pour l'objectif numéro trois, elle n'avait tanné ses parents que quelques semaines. Mais l'objectif numéro deux ? Devenir écrivaine ?

C'était une tout autre histoire.

Laura laissa échapper un soupir. Ici, dans le véritable atelier d'Hemingway, contemplant la véritable machine d'Hemingway, elle se souvint combien elle avait travaillé dur pour concevoir ses propres histoires sur l'antiquité achetée par ses parents. Elle se souvint aussi du sourire poli de son professeur au lycée quand il lui avait dit que ses histoires étaient très bonnes... mais que son style nécessitait d'être retravaillé. Selon lui, elle imitait encore trop Hemingway et il fallait qu'elle trouve sa propre « voix ».

Laura fut anéantie. Elle rêvait toujours d'être écrivaine, mais lorsqu'il fut temps de s'inscrire à l'université, ses parents la convainquirent qu'il était plus « réaliste » d'aller à celle de Syracuse (son père y enseignait la biologie, alors elle n'aurait pas de frais de scolarité) et de se spécialiser en études d'anglais pour viser une carrière dans l'enseignement. Laura voulait intégrer une fac dotée d'un super programme en écriture créative, comme en Iowa, mais finalement elle se rangea à l'avis de ses parents. Elle devait se montrer « réaliste ».

Juchée sur le bureau, Nessie la fixait du regard. La chatte semblait percevoir les émotions de Laura. Bondissant du bureau, elle trottina jusqu'à la jeune fille et se frotta contre sa jambe.

Laura baissa les yeux et lui sourit. Elle se pencha pour gratter les oreilles de Nessie plusieurs fois, puis se releva et regarda de nouveau le bureau.

Un célèbre dicton d'Hemingway s'imposa à son esprit : « Ce n'est rien d'écrire. Tout ce que vous avez à faire, c'est de vous asseoir devant une machine à écrire et de saigner. »

***

Quatre groupes et quatre guides plus tard, son référent obsédé par la montre, Leo la Chance, l'autorisa à prendre une pause déjeuner d'une heure.

– La plupart des employés apportent leur repas, mais quelques-uns fréquentent un restaurant tout proche, expliqua-t-il. Cela ne me pose aucun problème, du moment que tu reviens à l'heure.

Il désigna la direction du salon du personnel, jeta un œil à sa montre et s'éloigna à toute vitesse.

Laura baissa les yeux sur Nessie.

– Tu as entendu, minette ? Notre temps est compté, alors on ferait mieux d'y aller.

Pendant qu'elles descendaient l'allée du jardin, Laura se demanda si les chats avaient la notion du temps.

Probablement pas, songea-t-elle. *Les chats vivent dans un présent éternel.*

Ce qui lui parut une très bonne façon de vivre. Elle avait perdu de trop nombreuses heures à s'inquiéter du futur.

De son côté, Nessie semblait tout à fait satisfaite de marcher près d'elle dans l'instant présent. Elle ne l'avait pas quittée de la matinée, et elle l'avait escortée pendant les quatre visites (sauf à l'étape piscine).

Qu'est-ce qui se passe avec cette piscine ? se demanda Laura.

Plus loin dans l'allée, Laura s'arrêta pour contempler l'une de ses curiosités préférées : une reproduction parfaite de la maison d'Hemingway à l'échelle d'un mètre cinquante. Elle avait de petits volets verts et des balcons circulaires, tout comme l'originale, mais à la taille des chats. Un chat tigré orange et noir sommeillait sur la petite véranda.

– Regarde, Nessie ! Ce chat dort à ta place préférée !

Nessie cligna des yeux et bâilla.

– J'aurais adoré avoir une maison de poupées comme celle-là, dit Laura. C'est comme la maison des Rêves de Barbie, mais pour chats !

– J'espère que Barbie tient sa maison des Rêves plus propre que celle-là, plaisanta une voix masculine.

Laura se figea.

– Qui a parlé ?

– Moi : Jake.

Jake Jacobs sortit la tête de la maison miniature.

– Oh ! Moi : Laura.

Jake éclata de rire et sortit de sa cachette, un chiffon graisseux recouvert de poils à la main.

– Comment se passe ton premier jour, Moi : Laura ?

– Bien. Je suis en pause déjeuner.

– Tu manges au salon ? Je peux me joindre à toi, si ça ne te gêne pas. Faut juste que je me passe un coup d'eau avant.

– Avec plaisir. On se voit là-bas ! Viens, Nessie.

Une fois dans le salon du personnel, Laura se rendit compte qu'elle avait oublié quelque chose : se préparer un sandwich. Ce n'était pas grave. Son ventre digérait encore les muffins des jumelles. Elle décida de prendre une simple tasse de café, quand une femme vêtue avec soin, les cheveux blond décoloré, lui fit signe à une table dans l'angle.

– Laura ! Laura Lange ! Viens t'asseoir avec moi, ma chérie !

Laura lui adressa un sourire poli et un peu décontenancée, rejoignit la femme.

– Bonjour, Laura. Je m'appelle Millie. Millie Graham, responsable de la billetterie. Je t'ai apporté un sandwich. Je me suis dit que tu avais probablement oublié d'apporter à déjeuner pour ton premier jour. J'espère que tu aimes la tomate, le basilic et la mozzarella.

– Oui. Merci. C'est mon préféré, dit Laura en acceptant le sandwich, soigneusement emballé par Millie. Comment saviez-vous… ?

– … que tu allais oublier ? Je travaille ici depuis toujours, et j'ai vu de tout. Si tu veux savoir ce qui se passe ici, tu n'as qu'à me le demander. Je sais tout sur tout le monde.

– Oui, mais comment saviez-vous… ?

– Que tu aimais la tomate, le basilic et la mozzarella ? Pur hasard. Je me suis dit que tu étais de New York, donc que tu devais aimer les choses raffinées et végétariennes.

Laura éclata de rire.

– Je ne sais pas si je qualifierais Syracuse de raffiné.

– En tout cas, c'est plus raffiné que la Floride, crois-moi. Tu n'as qu'à demander à Jake.

Laura se retourna et aperçut Jake traverser le salon, un sachet en papier kraft à la main.

– Quel genre de sandwich tu as préparé, Jake ? demanda Millie lorsqu'il tira une chaise vers la table.

Jake parut un peu dérouté.

– Beurre de cacahouètes et confiture.

– Tu vois ? déclara Millie. Les hommes de Floride ne sont pas très raffinés. Bien que je doive dire que Jake est vachement à son avantage dans ce tee-shirt moulant. Tu as fait de la muscu, Jake ?

Jake rougit.

– Euh, oui, je me suis entraîné ce matin.

– Eh bien, ça porte ses fruits, reconnut Millie. Tu connais Laura ?

– Oui, on s'est rencontrés hier, confirma Jake, heureux de changer de sujet. Alors, comment ça se passe, Laura ? Combien de missions jusqu'à maintenant ?

– Missions ? répéta-t-elle avec un sourire espiègle. Je savais que tu avais une âme de militaire.

Jake se tourna vers Millie.

– C'est la coupe de cheveux. Ça me donne un côté G.I. Joe.

– Je te trouve très beau, dit Millie. Pardon, Laura. Je t'en prie, continue.

Laura inspira profondément.

– Eh bien, j'ai suivi quatre visites ce matin. La première par Leo la Chance, puis Sasha, Carol et, pour finir, Bob. C'était très intéressant de les observer, de les comparer. Ils donnent les mêmes informations, mais chacun avec son style.

Millie se pencha en avant et baissa la voix :

– Alors, qui est le meilleur guide d'après toi ? Et le pire ? Tu peux me le dire. Je ne le répéterai à personne.

Laura hésita, se mit à bafouiller et fut sauvée par un claquement de talons.

C'était Margarita Bouffet et ses chaussures de cha-cha cha flambant neuves.

– Jake ! Laura ! Je vous cherchais tous les deux ! dit-elle en traversant le salon d'une démarche nonchalante. J'ai besoin d'un service. La maison d'Hemingway accueille la Soirée dansante de mon club, demain à vingt heures. C'est notre bal mensuel ouvert au public, alors il y aura plus d'invités que d'habitude, et je manque de bras. Voudriez-vous m'aider à le préparer, à veiller aux rafraîchissements et à nettoyer à la fin ?

Laura regarda Jake.

– Euh, je…

– Je vous paierai bien sûr. Et la charge de travail n'est pas très lourde. Vous aurez tout le temps de vous joindre à la fête. Tu aimes la danse de salon, n'est-ce pas, Laura ?

– Hum, oui…

– Excellent ! Invite tes colocataires aussi. Je sais que les filles Crabb savent profiter d'un bon moment.

Jake jeta un œil à Laura et réprima un rire.

– Pas de souci, Margarita, je serai là, dit-il. C'est Mack, le DJ, pas vrai ?

– Oui, confirma Margarita. Ce sera une sacrée fête. Tout le monde vient.

– Je viens, dit Millie.

– Oui, en effet, tu es un ange. Et… tenez-vous bien… Mack m'a promis de persuader son oncle de venir.

– Ça vaudra le coup d'œil, déclara Jake.

– En effet, confirma Margarita. Vous pouvez venir à dix-neuf heures trente pour m'aider à installer. Pensez à vous habiller de façon appropriée. Et n'oubliez pas vos chaussures de danse !

Margarita fit claquer ses talons et sortit du salon en dansant.

Laura dévisagea Jake et éclata de rire. Elle allait lui avouer ne rien connaître à la danse de salon, quand son portable émit un *bing*. Un texto. Elle sortit le téléphone de la poche de sa jupe, regarda l'écran… et maugréa.

Le message disait : *Tu me manques. On peut s'appeler ?*

C'était Devin.

Son copain.

Chapitre 6

La veille de la Soirée dansante

C'était la veille de la Soirée dansante et, dans tout Key West, aucune créature ne fermait l'œil…

Parce qu'elle n'arrivait pas à décider quoi porter.

Margarita Bouffet arpentait sa chambre de long en large. Elle mélangeait et associait les accessoires (des colliers, des boucles d'oreilles, des bracelets, des bagues) à ses robes de bal préférées. Elle avait restreint le choix à trois tenues. La Voluptueuse Señorita Espagnole. La Déesse Grecque Sexy. Ou l'Apothéose Rouge Épicé tout droit sortie de *Dirty Dancing : Havana Nights*. Margarita se trouvait assez sexy dans chacune des trois. Hypersexy, avec la coiffure et le maquillage adéquats. Mais alors elle se mit à douter.

Est-ce que je veux vraiment rendre Foster Lee Jackson fou de désir ?

De son côté, Foster savait exactement ce qu'il avait envie de porter (une veste de smoking vert menthe ornée d'un fin liseré noir), mais il n'arrivait pas à décider s'il devait y ajouter le pantalon et le gilet de costume assortis, ou les remplacer par un pantalon noir avec un *cummerbund*, cette large ceinture noire. Il essaya la ceinture, la noua en la serrant aussi fort que possible autour de son ventre. Puis il prit la pose (en mode tango argentin) devant son miroir en pied. Le *cummerbund* avait sans aucun doute un effet amincissant. Il lui faisait bien paraître quatre kilos de moins.

Adjugé pour le cummerbund !

Millie Graham n'avait aucune idée de ce qu'il fallait porter à une soirée dansante. Mais, les yeux rivés sur sa penderie, elle savait qu'elle n'y trouverait pas son bonheur. La majeure partie de sa garde-robe se composait de pantalons beiges, de chemises blanches et de foulards bleus. Bien sûr, elle avait quelques variantes : des robes d'été à fleurs (trop décontractées), un fourreau bleu pastel orné d'un rang de perles (trop mère de la mariée), et une robe noire unie avec des surpiqures en dentelle (trop veuve éplorée). Millie savait ce qu'il lui restait à faire : ravaler sa fierté et appeler sa voisine Connie à la rescousse. Connie avait un goût très sûr et un approvisionnement apparemment infini de tenues coordonnées adaptées à la moindre occasion. Non seulement c'était une gravure de mode du genre qui-ne-porte-jamais-deux-fois-la-même-tenue, mais elle était aussi une « artiste » professionnelle en matière de coiffure et de maquillage. Et elle mourait d'envie de relooker Millie depuis des années.

En tapant à la porte de sa voisine, Millie songea :

Bon, Connie. Ce soir c'est ta chance.

Jake Jacobs était posté, tout raide, au beau milieu du salon, dans le vieux smoking de son père. Sa mère épinglait les ourlets du pantalon et le dos de la veste.

– C'est vraiment nécessaire ? demanda-t-il. Tu sais ce que tu fais, au moins ?

Sa mère leva les yeux au ciel et lui demanda de se taire et de se tenir tranquille.

– Ou je te pique avec cette épingle, ajouta-t-elle.

Quand elle eut terminé, elle recula pour voir comment il lui allait.

– Oh, Jake, tu es si beau. Encore plus beau que ton père. Comme j'aimerais qu'il te voie aujourd'hui.

Ses yeux s'embuèrent, prenant Jake par surprise.

– Maman, ne pleure pas.

Elle inspira et cligna des yeux pour contenir ses larmes.

– Pardon, dit-elle. Je sais que ça fait sept ans, mais je pense à lui tous les jours.

Jake avança d'un pas pour la serrer dans ses bras.

– Je sais, maman. Moi aussi.

Elle le repoussa.

– Ne me serre pas. Tu vas perdre les épingles. Maintenant, enlève ce costume (fais attention !), et apporte-moi ma machine à coudre. Elle est dans le placard de l'entrée.

Jake sortit de la pièce en traînant des pieds, il songea à quel point son père lui manquait, et se demanda si son ami Mack était submergé par l'émotion chaque fois qu'il enfilait un costume.

D'ailleurs, est-ce que Mack avait seulement un costume ?

Eh oui, Mack McCloud possédait un costume. Mieux encore, il n'avait pas à se torturer comme les autres participants au sujet de sa tenue du lendemain. Quand Margarita Bouffet lui avait demandé de faire le DJ pour les événements de son club, il avait couru jusqu'à la friperie acheter une veste de smoking en velours damassé violet, qu'il portait avec un pantalon noir, une chemise blanche et une longue cravate *skinny* noire. C'était un miracle que la veste aille à son grand corps dégingandé. Margarita l'adorait elle aussi. Elle disait que le motif tourbillonnant du damas s'harmonisait avec les mouvements virevoltants des danseurs… et que le violet audacieux s'accordait à la perfection avec la personnalité unique de Mack. Quoi qu'elle sous-entende par là, Mack décida de le prendre comme un compliment. En examinant la playlist conseillée par Margarita, il pensa à la nouvelle guide de la maison d'Hemingway. La fille de Syracuse. D'après Jake, Laura les aiderait lors de la fête.

Est-ce qu'elle danserait avec Jake toute la nuit ? se demanda Mack. *Et est-ce que ça embêterait Jake si je prenais sa place ?*

Rooster McCloud s'assura que la porte de sa chambre était bien fermée avant de sortir la housse grise du fond de son placard. Il ne voulait pas que son neveu voie ce qu'il était sur le point de faire. Avec douceur et tendresse, il déposa la housse sur son lit et descendit lentement la fermeture éclair.

– Ouah, salut là-dedans, murmura-t-il. Longtemps qu'on s'est pas vus.

Il tendit la main et, avec précaution, sortit le trésor qui se trouvait à l'intérieur : le plus beau costume de tous les temps. *Mack va flipper quand il me verra là-dedans*, se dit-il en pouffant. L'expression choquée sur le visage de Mack, lorsque Rooster avait accepté rapidement et gaiement d'assister à la soirée de Margarita, était déjà assez marrante. Là, il allait complètement halluciner. Mince, il allait faire halluciner *tout le monde*. Rooster pouffa à nouveau. Avec grand soin, il retira les pièces du costume de leurs ceintres rembourrés et il les enfila. Elles lui allaient toujours ! Bon, tu m'en bouches un coin ! Il ajusta le col et la cravate, puis jeta un coup d'œil au miroir, derrière la porte.

– Oh, là, là, regarde-toi, dit-il à son reflet. Ça le fait toujours, espèce de vieux coucou.

Il prit la pose.

– Il a de la gueule.

Il se retourna et jeta un regard par-dessus son épaule.

– Même les fesses ont de la gueule.

Puis se retourna et s'éloigna du miroir de quelques pas pour avoir une vue d'ensemble.

– Bof, grogna-t-il. Je sais pas.

Mis à part ses pieds nus, qui paraissaient ridicules, un autre truc gâchait tout l'ensemble : ses longs cheveux poivre et sel et sa barbe en broussaille. Pour faire un essai, il repoussa ses cheveux en arrière d'une main, couvrit sa barbe de l'autre et s'étudia dans le miroir. Puis il jeta un œil à une paire de ciseaux sur le bureau. *Devrais-je ?* se demanda-t-il. *Pourrais-je ?*

Et si je le faisais… est-ce que ça plairait à Margarita ?

Laura Lange sortit de sa chambre avec sa robe de soirée la plus sexy et vira comme sur un podium sous le regard des jumelles.

– Vous en pensez quoi ? Ça va le faire ?

Jilly et Jolene ne répondirent pas tout de suite. Pas bon signe.

Au moins se fit-elle siffler par Polly Parton.

– C'est mignon, lâcha enfin Jilly. Je veux dire, vraiment, carrément mignon. J'adore…

– Mais… ?

– Mais ce n'est pas adapté à de la danse de salon.

– C'est vraiment mignon, par contre, intervint Jolene. C'est juste que… Tu devrais voir ces femmes pendant la Soirée dansante. Elles mettent le paquet. C'est dingue.

– On parle de tenues de bal, déclara Jilly.

Laura soupira.

– Rho, quelle idiote, j'ai oublié d'emporter ma tenue de bal. J'ai juste une petite robe noire basique. Peut-être que je peux la glamouriser avec des accessoires… ?

Jilly et Jolene gardèrent le silence. Ce qui lui dit tout ce qu'elle avait besoin de savoir.

– Qu'est-ce que je vais faire ? Margarita nous a dit à Jake et moi de nous « habiller de façon appropriée ». Je ne sais même pas ce que ça veut dire.

Laura marmonna :

– Qu'est-ce que vous allez porter, vous deux ?

– Oh, on a des robes qui feront l'affaire. On va aux soirées depuis deux ou trois ans maintenant, dit Jilly.

– Ouais, confirma Jolene. On pourrait t'en prêter une, mais… Je ne pense pas qu'elle t'aille.

Laura éclata de rire.

– Ne remue pas le couteau dans la plaie. C'est déjà assez difficile de vivre avec des colocataires qui ressemblent à des mannequins pour maillots de bain.

– Oh ! Tu es belle, Laura, déclara Jolene.

– Superbe, confirma Jilly.

Elle se tourna vers sa sœur.

– Tu crois qu'elle pourrait porter une robe de maman ? Elles font à peu près la même taille.

Jolene examina Laura de la tête aux pieds.

– Ouais, peut-être bien.

Laura était perdue.

– Euh, votre mère est ici, à Key West ?

– Non, elle est avec papa, répondit Jilly. À Guam.

– Guam ? s'enquit Jolene. Je croyais qu'ils étaient au Japon.

– Non, ils sont repartis la semaine dernière. Ils sont à Guam maintenant.

Jilly se retourna vers Laura.

– Nos parents ont pris leur retraite l'année dernière pour voyager à l'étranger. Ils nous ont laissé cette maison.

– Et leur voilier.

– Et l'entreprise de plongée.

– Oh, lâcha Laura, un peu surprise.

Cela expliquait comment deux jeunes femmes pouvaient s'offrir un pavillon et un voilier à Key West. Elle se le demandait depuis son arrivée, mais elle avait jugé impoli de poser la question.

– Alors les robes de votre mère sont ici ? Dans la maison ?

– Oui ! À l'étage ! Viens !

Quatre-vingt-dix minutes plus tard, Laura retourna dans sa chambre avec une adorable robe bleue, une paire de chaussures de danse ornées de sequins d'une allure renversante, et un énorme sentiment de soulagement. Elle se hissa dans son lit, l'esprit serein. Au moins elle pouvait cesser de se tracasser sur sa tenue… et commencer à s'inquiéter de sa première visite guidée.

Ne t'en fais pas, Laura, tu peux le faire, se dit-elle.

Durant les huit visites qu'elle avait observées, il n'y avait pas un seul détail sur la maison d'Hemingway qu'elle ne connaissait déjà. Elle avait étudié ce sujet et elle s'était entraînée pendant des semaines. Elle s'était préparée à toutes les éventualités. Elle avait même emprunté une montre Mickey Mouse à Jilly pour ne pas perdre la notion du temps.

Leo la Chance serait content.

Sur cette pensée rassurante, Laura éteignit la lampe pirate (en évitant la pointe de l'épée) et ferma les yeux. Elle savait qu'elle n'aurait pas besoin d'écouter l'émission de Rooster McCloud pour s'endormir. Elle était trop fatiguée. Et dans la maison régnait un silence aussi inhabituel que serein. Polly Parton ne chantait pas, Roméo et Juliette ne se querellaient pas. Ce fut une affaire de minutes avant que Laura ne se sente dériver depuis son île vers un océan infini de rêves.

C'était la veille de la Soirée dansante et, dans tout Key West, aucune créature ne bougeait…

Sauf une chatte à la queue touffue, dotée de six doigts, qui progressait sur un toit en tôle brûlante. Le toit de Laura.

Tallulah était de retour.

Le matin suivant, une autre chatte à la queue fournie, elle aussi pourvue de six doigts, et baptisée Nessie, prenait la place d'observatrice occupée la veille par Laura… pendant que la jeune femme, elle, officiait en tant que guide cette fois.

– La maison était abandonnée depuis longtemps et dans un état de délabrement total quand Hemingway et sa deuxième épouse, Pauline, visitèrent l'île pour la première fois en 1928, expliqua Laura au groupe de touristes. Deux ans plus tard, on leur indiqua que la maison pouvait être à eux… s'ils payaient les arriérés d'impôts.

Nessie n'avait aucune idée de ce que Laura racontait. Mais elle aimait le son de sa voix : un peu éraillée et profondément apaisante.

Presque comme un ronronnement.

Tandis que le groupe quittait la véranda pour pénétrer dans le hall d'entrée, Nessie remarqua que Leo la Chance les suivait. Du salon à la salle à manger, puis jusqu'à la cuisine, il observa Laura comme un chat guette une souris.

Ce qui rendit Laura nerveuse.

Ce qui rendit Nessie nerveuse.

À un moment donné, Leo interrompit la jeune guide pour ajouter un détail à propos de l'évier de la cuisine :

– Laura a raison : la maison ne fut raccordée à l'eau courante qu'en 1940, précisa-t-il à l'intention du groupe. Avant cela, on se servait de l'eau de pluie recueillie dans deux citernes installées sur le domaine. L'une d'elles se trouve près de la remise à voitures et l'autre sur le toit.

– Euh, merci, Leo, bégaya Laura.

Une fois encore, Nessie n'avait aucune idée de ce dont ils parlaient. Mais cela ne lui plaisait pas. En fait, Laura paraissait encore plus nerveuse après l'intervention de Leo, et la tension que Nessie sentait ne disparut qu'au moment où le groupe monta à l'étage. Heureusement, une fois que Laura se mit à évoquer l'objet à la forme bizarre tout en haut d'une vitrine, elle gagna en confiance. Nessie le remarqua tout de suite.

– Cette charmante sculpture de chat en céramique fut créée par Pablo Picasso, dit-elle en souriant. Mais il ne s'agit pas de l'original. L'histoire de la sculpture d'origine se révèle assez extravagante. Hemingway rencontra Picasso pour la première fois en 1922 grâce à leur amie commune Gertrude Stein. Quand Hemingway découvrit la sculpture géométrique de chat créée par Picasso dans son atelier parisien, il en tomba amoureux. Il devait la posséder. Il adorait les chats et voulait offrir cette œuvre à son épouse. Picasso proposa un échange : sa création contre une boîte de grenades qu'Hemingway avait rapportées de la guerre. Hemingway accepta. Pendant des années, la sculpture fut exposée ici, à la maison d'Hemingway. Mais, alors…

Laura marqua un temps d'arrêt et leva un doigt pour donner plus d'effet à ses paroles.

– … en novembre 2000, un visiteur (tout comme vous) décida de la voler. Les conservateurs de la maison d'Hemingway furent anéantis. Ils offrirent une récompense de dix mille dollars pour la retrouver. Mais, le temps que le FBI appréhende le voleur, la sculpture fut irrémédiablement endommagée.

– Alors c'est un faux ? demanda un touriste.

– Il s'agit d'une magnifique reproduction de Bob Orlin, un sculpteur et peintre très talentueux et assez bizarrement, le sosie d'Ernest Hemingway, répondit Laura.

Nessie n'avait toujours aucune idée de ce que Laura racontait, bien sûr, mais elle devina que Leo la Chance était satisfait.

Il parut tout aussi satisfait quand Laura jeta un coup d'œil au machin qui lui entourait le poignet.

– OK, tout le monde, si vous voulez bien sortir sur le balcon, vous aurez alors le loisir d'apprécier la vue sur les jardins ainsi que le phare de Key West. Puis, nous gagnerons la piscine par l'escalier extérieur.

Laura observa la file de touristes qui franchissaient les portes à doubles battants jusqu'au balcon, armés de leurs appareils et téléphones brandis à bout de bras, prêts à être déclenchés. Elle baissa la tête vers Nessie.

– J'imagine que tu vas sauter cette partie de la visite. Je te rejoins plus tard, OK, ma douce ?

Cette fois, Nessie comprit. Elle miaula et sortit à toute vitesse de la pièce, laissant Laura seule avec Leo Trout.

Laura sourit à Leo, qui l'imita. Elle ne savait pas si ce sourire signifiait « tu peux te réjouir ma fille » ou s'il s'agissait d'un sourire condescendant du genre « pauvre petite chose ». Elle redoutait de le demander. Pourtant, il fallait qu'elle sache.

– Comment je m'en sors, boss ?

Leo sourit.

– Nous en discuterons plus tard.

Plus tard…

Millie Graham observait les derniers touristes descendre d'un pas tranquille l'allée menant au portail. Certains prolongeaient les au revoir avec un duo de chats qui se prélassaient sur des sièges de bistrot comme des clients raffinés dans un café parisien. D'autres s'arrêtaient près de l'entrée pour prendre un tout dernier selfie avec la maison d'Hemingway en arrière-plan. Millie, qui saluait chaque visiteur depuis la fenêtre de la billetterie, les gratifia tous d'un sourire chaleureux et d'un geste amical.

– J'espère que vous avez apprécié votre visite ! répétait-elle encore et encore. Revenez vite !

Même si elle adorait son travail, elle était heureuse que la journée se termine. Elle ne cessait de penser à la robe de soirée prêtée par sa voisine Connie et à la coiffure sophistiquée qu'elle allait lui faire dès qu'elle rentrerait du travail. Millie jeta un coup d'œil à sa montre.

Cinq minutes, puis la caisse…

Margarita Bouffet avait, elle aussi, les yeux rivés sur la pendule. Dans son minuscule bureau encombré situé derrière la boutique, elle examinait ses rendez-vous en s'assurant que tout était prêt pour la Soirée dansante. Le camion de location était prévu dans quinze minutes, il livrerait les tables et les chaises à installer autour de la piste dans le jardin latéral. Margarita pria pour qu'il arrive à temps. Ensuite, elle pourrait courir chez elle se coiffer, se maquiller et peaufiner sa tenue. Puis, elle reviendrait en vitesse accueillir le traiteur programmé pour dix-neuf heures trente, en même temps que Jake et Laura.

– Oh, Nessie, j'adore les fêtes, tu le sais, mais c'est épuisant, dit-elle, avant de se rendre compte que la chatte n'était pas là. Elle jeta un coup d'œil sous le bureau. Nessie ?

Elle devait certainement se trouver avec Laura. Margarita décida de sortir pour voir si le camion de location était arrivé. Elle traversa le jardin en direction du portail, et remarqua un chat et deux personnes sur un banc.

C'était Nessie… postée entre Laura et Leo la Chance.

La nouvelle guide et son responsable avaient une discussion sérieuse, mais amicale en apparence, et Leo parlait le plus. Le regard de Nessie allait de l'un à l'autre, comme si elle essayait de comprendre ce qui se passait.

– Oh, Nessie, pauvre petite chatte douce et innocente, marmonna Margarita. Coincée au milieu d'un entretien d'évaluation.

Jake Jacobs finissait de remplir les gamelles des chats, il allait se laver les mains, quand il vit Laura souhaiter une bonne soirée à Leo. Il attendit que le crâne chauve de Leo ait disparu au coin de la maison. Puis il agita les bras pour attirer l'attention de la jeune fille.

Elle le repéra avant de grimacer et de tituber vers lui comme un soldat qui se serait fait tirer dessus. Jake éclata de rire.

– Alors ? La critique a tranché ? demanda-t-il. Le show est un succès ? C'est une standing ovation ?

Laura soupira.

– Ça s'est plutôt bien passé au final, dit-elle.

– Qu'est-ce que ça veut dire ?

– Ben, Leo a observé ma première et ma dernière visite de la journée. Il a noté une énorme différence entre les deux. J'étais vraiment très nerveuse au début, et bien plus assurée à la fin.

– C'est normal.

– Il a dit aussi (je le cite) que j'étais « exceptionnellement bien préparée » au point d'être « mécanique ». Je dois être plus « détendue et spontanée ».

– Quel monstre. Pour qui il se prend ?

– Ouais, je sais. Bon, il m'a quand même donné de bons conseils, des astuces de métier, et il m'a fait des critiques très précises. Mon plus gros problème, c'est la gestion du temps. J'ai provoqué un embouteillage à un moment donné. Deux groupes ont fini entassés sur le balcon au même moment, ce qui, selon Leo, est un « risque d'accident sérieux ».

– On s'en fiche. Fais-leur signer une dérogation. « Entrez à vos risques et périls. »

– Je le proposerai à Leo, déclara Laura en riant.

Jake allait faire une autre blague, quand il aperçut Margarita Bouffet au portail. Elle agitait frénétiquement la main vers un gros camion garé dans la rue. Manifestement, une livraison en vue de la fête.

Il se retourna vers Laura.

– Alors je te retrouve ici tout à l'heure ?

– Oui.

– Prête à te trémousser sur la piste ?

– Oui.
– Vêtue de façon appropriée ?
– Vêtue de façon appropriée.
– Génial ! Rendez-vous est pris, alors !
– Ah bon, c'est un rendez-vous ?
– Non. C'est une expression.
– Ah bon, c'est une expression ?
– Dis au revoir, Laura.
– Au revoir, Laura.

Chapitre 7

Quoi de neuf, *Pussycat* ?

Tandis que le soleil déclinait dans le ciel, l'excitation, elle, ne cessait de croître.

Chaque individu sur l'île (du moins chaque membre du Dance Club de Key West ainsi que leurs invités curieux) sentait la magie flotter dans l'air.

Les chats d'Hemingway la percevaient aussi.

Ce soir, il se passait quelque chose de spécial, et les chats ne voulaient rien manquer.

Surtout les chatons.

Larry, Curly et Moe n'avaient jamais assisté à un événement comme celui-là. Quand les hommes arrivèrent pour disposer les tables et les chaises tout autour de la piste de danse, les chatons grimpèrent les uns sur les autres pour y voir de plus près. Mais, après avoir aperçu tous ces pieds de tables et de chaises qui bougeaient partout, ils décidèrent de garder leur distance.

Les adolescents (comme Boxeur et Matador) se montrèrent beaucoup plus téméraires. Une fois l'équipement du son et les éclairages installés, les frères donnèrent des coups de patte aux câbles et aux fils électriques, parce qu'ils ressemblaient à des serpents ondulant sur le sol. Et, même si cela n'en était pas, ces bagarreurs ne purent s'empêcher de leur déclarer la guerre.

Les chats plus âgés (comme Nessie et Pawpa Hemingway) montraient presque autant de curiosité que les plus jeunes. Ils avaient assisté à de nombreuses fêtes, de nombreux mariages et autres événements, rien de tout cela n'était nouveau pour eux ; pourtant, ils se postèrent à des endroits stratégiques du jardin. Ils voulaient tout voir, tout en feignant d'être blasés.

Comme d'habitude, Kilimandjaro se comportait comme si elle était au-dessus de tout. Elle avait déniché le perchoir parfait sur le balcon à l'étage, d'où elle guettait à travers la rambarde en fer forgé. Elle fut rejointe par Lady Bratt Ashley, qui abandonna pour l'occasion sa place convoitée sur le lit d'Hemingway. En contrebas, sur la piste de danse, Tournillon, la petite chatte rayée noir et gris, animait le bal à elle seule, courant, glissant et dérapant sur la surface en bois lisse.

Pour certains chats, la fête avait déjà commencé.

Surtout pour Machouille et Whisky.

Ces voleurs extrêmement doués se mirent à comploter sur leur futur braquage quand ils virent le barman et les traiteurs qui installaient les tables de service. Les jumeaux savaient par des fêtes passées qu'ils devaient faire profil bas jusqu'à ce que les humains se lèvent pour danser, laissant leur nourriture et leurs verres sans surveillance. Grâce à leur pelage noir et blanc, façon smoking, Machouille et Whisky se fondaient à merveille dans les soirées les plus chics : celles avec les hors-d'œuvre et les cocktails les plus raffinés. Il leur suffisait d'être patients.

Et d'attendre le bon moment pour frapper.

– Ouah ! Les mecs ! Vous êtes… habillés de façon appropriée !

Jake et Mack cessèrent de tripoter la sono et levèrent les yeux vers Laura qui traversait la piste. Elle portait une robe scintillante bleu électrique au corsage semi-transparent. Des pans de dentelle recouvraient par endroits la jupe à longueur de mollet, qui tourbillonnait quand elle marchait. Pour l'occasion, elle avait ramené sa chevelure auburn au sommet de sa tête, et son visage rayonnait grâce aux talents de maquilleuses des jumelles.

– Ouah ! s'exclama Jake. Qui êtes-vous ?

– Ce ne peut être la fille de Syracuse, n'est-ce pas ? demanda Mack. La dernière fois que je t'ai vue, tu étais couverte de plumes de poulets. Ne me dis pas que tu avais glissé cette robe dans ton bagage cabine.

– Quoi, cette vieillerie ? demanda Laura en faisant virevolter la robe. C'est celle de Mme Crabb. Les jumelles sont devenues un peu dingues en me préparant pour la soirée. J'avais l'impression d'être leur cochon d'Inde.

– C'est sûr, les sœurs Crabb savent y faire avec les animaux, déclara Mack.

– Oui, j'avais remarqué.

Jake jeta un bref regard à Mack avant de montrer les chaussures de Laura.

– Je sais que « *diamonds are a girl's best friend*[1] », mais ces chaussures sont ouf, dit-il en éloignant la conversation des jumelles. Tu vas pas marcher avec, pas vrai ?

1. Référence à la chanson interprétée par Marilyn Monroe pour le film musical *Les hommes préfèrent les blondes*.

– Non, dit Laura en brandissant un sac plastique. J'ai apporté des baskets. Ce ne sont pas des diamants de toute façon, mais des sequins et des strass. Elles me rendent nerveuse. Mais Jilly et Jolene ont insisté.

– Difficile de résister aux jumelles, déclara Mack. Pas vrai, Jake ?

Jake lui lança un regard noir. Laura le remarqua, mais changea de sujet.

– Assez parlé de moi. Et vous deux, alors ? Jake, tu ressembles à une star des années 1940. Ou à James Bond qui commande un martini.

– Secoué, pas remué, déclara Jake en levant un sourcil d'un air charmeur.

– Et Mack ? Ouah ! C'est la veste de smoking la plus cool que j'ai jamais vue. Tu es beau gosse en violet. J'adore ! Tu l'as volée au chanteur connu sous le nom de Prince ?

– En effet. Parce que, ce soir, je vais faire la fête comme en 1999.

Il leva les bras en l'air et exécuta une petite danse. Laura éclata de rire.

– Vous êtes incroyables, tous les deux.

– Je suis d'accord ! lança une voix à l'autre bout du jardin.

C'était Margarita Bouffet : elle glissait sur la piste dans une robe de salsa moulante, torride, d'un rouge incandescent. Le tissu épousait ses courbes à tous les endroits stratégiques et la couleur s'accordait à la perfection avec ses chaussures de cha-cha-cha flambant neuves et son rouge à lèvres laqué. Mais ce n'était pas tout. Sa chevelure d'un noir profond retombait en cascade sur son épaule en une profusion de boucles et d'anglaises. Elle n'avait plus rien à voir avec l'administratrice d'âge mûr de la maison d'Hemingway.

On aurait dit une déesse.

– Sortez la lance à incendie, marmonna Mack.

Jake et Laura étaient trop sonnés pour dire un mot. Ce qui était parfait, car Margarita prit les rênes de la conversation.

– Regardez-vous ! Je suis impressionnée ! Quand je vous ai dit de vous habiller de façon appropriée, je ne m'attendais pas à ça ! Jake ! Mince alors, tu vas faire un malheur. Dans ce costume, tu ressembles à Cary Grant dans sa jeunesse. Tellement débonnaire. Et Mack ! Tu es plus beau que jamais. Qu'est-ce que tu as fait ? Où as-tu rangé l'individu débraillé ? Je ne t'ai jamais vu aussi élégant. Toutes ces dames vont s'évanouir en vous voyant !

Puis elle se tourna vers Laura, l'inspecta de la tête aux pieds, avant de soupirer.

– Laura, Laura, Laura. Je ne me doutais pas que notre nouvelle guide était une telle reine de beauté. Cette robe-là, ces chaussures, ces cheveux... délicieux ! On dirait une princesse Disney !

Laura rougit.

– Je me sens un peu comme Cendrillon dans cette tenue.

– Oh, tu as l'air magique ! Si j'étais ta méchante belle-mère, je te cacherais parce que je ne pourrais supporter la compétition. Tu seras la reine du bal ce soir !

Laura éclata de rire.

– Oh ! Vous pouvez parler ! Margarita, vous êtes (pardonnez mon langage) sexy à mort ! Vraiment ! J'ai pas raison, Jake ? Mack ?

– Tu es incroyable, Margarita, acquiesça Jake.

– Ton plus beau look jusqu'ici, confirma Mack. Tu devrais porter un écriteau : hautement inflammable.

Margarita gloussa comme une écolière en esquissant un rapide pas de salsa.

– Merci, mes chéris. J'essaie en tout cas. Bon… concernant la fête. Mack, tu as la playlist. Jake et Laura, j'aimerais que vous gardiez un œil sur la table de service. Réapprovisionnez les plateaux, et de temps en temps débarrassez les assiettes vides sur les tables. Là tout de suite, vous pouvez poser les décorations de table. Elles sont emballées dans un carton au salon. Et puis, profitez, amusez-vous et dansez toute la nuit. J'insiste là-dessus, en tant que boss.

Elle leur adressa un clin d'œil, sourit et enchaîna quelques pas de cha-cha-cha : Nessie, qui traversait la piste à ce moment-là pour saluer Laura, sursauta. Dès que la chatte aperçut les chaussures de cha-cha-cha, elle changea d'avis et retourna à l'orée du jardin.

– Oh, regardez, j'ai fait peur à Nessie, déclara Margarita. Désolée, minette ! Ce qui me rappelle une chose, Laura. Garde un œil sur les chats ce soir. Surtout Machouille et Whisky. Ils vont chiper la nourriture et avaler des gorgées de cocktail si on les laisse faire.

Sur ces mots, elle exécuta un demi-tour théâtral et se précipita vers la maison, en faisant tournoyer sa robe, balancer ses boucles, et fuir les chats sur son passage. Laura regarda Jake et Mack.

– C'est le truc le plus bizarre que j'ai jamais fait, dit-elle.

– Attends, conseilla Mack. Ce n'est que le début de la soirée.

Une demi-heure plus tard…

Les choses devinrent plus bizarres encore.

À vingt heures tapantes, Mack augmenta le volume de la musique (il passait un peu de tout : des salsas latinos, des sambas et des rumbas jusqu'aux standards de Big Band, des valses, et du jive) pendant que les invités affluaient.

Les membres du Dance Club de Key West reflétaient l'éclectisme de la musique. Un panel extrêmement divers de gens bizarres aussi singuliers qu'adorables. Cette bande hétéroclite incluait des seniors excentriques dans des tenues de soirée sublimes et des smokings à couper le souffle, des baby-boomers en pleine crise de la cinquantaine dans des costumes de danse d'une extravagance folle (ils avaient probablement regardé trop souvent *Danse avec les stars*) et une bande chahuteuse de joyeux *millennials* vêtus de jupes évasées rétros et de tenues de danse latine très légères.

Laura n'arrivait pas à deviner s'ils faisaient preuve de second degré ou pas. Quoi qu'il en soit, elle songea que c'était bizarre *et* merveilleux.

– *Buona sera, bella donna.*

Sorti de nulle part, un jeune Don Juan élancé aux cheveux plaqués en arrière et vêtu d'une chemise noire en soie (déboutonnée jusqu'à la taille) saisit la main de Laura. Avant qu'elle n'ait pu réagir, il lui fit un baisemain, tout en ronronnant comme une parodie de gigolo sur la Riviera italienne.

Elle lança un regard à Jake, qui avait assisté à l'échange.

Avec des yeux de merlan, il fit semblant de déchirer sa chemise pour révéler son torse. Elle réprima un rire : son séducteur en puissance attendait toujours sa réaction. Par chance, une voix familière vint à son secours. Une voix teintée d'un fort accent jamaïcain…

– Mademoiselle La Guide ! Comment ça va, jeune fille ?

C'était Mama Marley !

Dans une tenue rose à froufrous !

Laura afficha un grand sourire.

– Mama ! Quelle super surprise ! Je t'ai à peine reconnue dans cette robe. Elle est splendide. Tu es divine.

– Je suis tellement heureuse de te l'entendre dire, déclara Mama en laissant tomber l'accent jamaïcain. Cette robe m'a coûté deux semaines de pourboires. D'après les rumeurs qui circulent sur cette fête, j'imagine que ça vaut l'investissement. Je mourais d'envie de voir ça.

– Tu t'intéresses à la danse de salon ?

– Je m'intéresse aux hommes, répliqua-t-elle, en balayant la foule du regard.

– Ah, dit Laura. Ceci explique tout. Je croyais que tu ne mettrais jamais les pieds dans cet endroit, à cause de tous ces chats multidoigts trop « zarbis » et de leurs griffes supplémentaires trop « zarbis ».

– Chérie, les rencards dans cette ville sont bien plus « zarbis » que n'importe quel chat. Et certaines dames ici ont des griffes bien plus acérées.

Laura gloussa et lança un regard vers Jake posté près de la table de service. Il bavardait (et peut-être flirtait ?) avec deux jeunes femmes aux sourires mortels, aux robes mortelles et aux physiques mortels…

Jilly et Jolene Crabb.

– Oh, mate ça ! lâcha Mama Marley, en tirant sur le bras de Laura. Ton mec au poitrail nu et aux cheveux gras embrasse la main d'une autre fille !

Laura se retourna et aperçut le faux gigolo en train de coincer une pauvre fille contre un arbre.

– Oh, lui, grommela-t-elle. Merci, Mama, de m'avoir sauvée.

– Pas de problème. Je ne voulais pas que tu perdes ton innocence avec un pauvre mec comme celui-là.

– Oh, s'il te plaît, objecta Laura avec un sourire en coin. Je ne suis pas aussi innocente que ça.

– Plus maintenant que cette boîte de Pétri sur pattes t'a bavé sur la main. Tu devrais te faire tester demain.

Mama continua d'examiner les hommes. Ses yeux zoomèrent de gauche à droite avant de se fixer sur quelqu'un à l'autre bout de la piste.

– Tu connais ce beau gentleman là-bas qui discute avec Margarita ?

Laura posa son regard au-delà des danseurs et repéra Margarita à la table du DJ, en train de se déhancher sur un air de salsa et de siroter un cocktail. Elle parlait à Mack.

– Mack McCloud ? Le neveu de Rooster ?

Mama la railla.

– Bon sang, non. Il est trop jeune pour moi. Je parle du type en costume-cravate noir, à gauche de Margarita.

Laura regarda de nouveau. Elle aperçut un homme en costume noir, mais un couple de danseurs lui bloquait la vue. Quand ils sortirent enfin de son champ visuel, elle eut une meilleure visibilité.

– C'est mon responsable ! Leo Trout, dit « la Chance ». Tu ne connais pas Leo ?

Mama saisit le bras de Laura.

– Dieu du ciel, ma fille, tu as raison ! Je ne l'ai jamais vu aussi bien habillé. Chaque fois que je le croise, il porte un polo de golf là… que je déteste.

– Le golf ou le polo ?

– Les deux.

Mama inclina la tête et plissa les yeux.

– Hummm. Je n'avais jamais remarqué, mais il est plutôt pas mal en fait.

– Leo la Chance ? Ah bon ?

– Pas de jugement.

Mama Marley tendit la main vers un verre de champagne sur le bar et sourit d'un air malicieux.

– Si Leo la Chance joue les bonnes cartes, il se pourrait que la chance lui sourie ce soir.

***

Quand les rythmes cuivrés du tube des années 1990, *Mambo No. 5*, s'atténuèrent, Margarita Bouffet traversa la piste de danse et fit tinter sa cuillère contre son verre à cocktail.

– Votre attention ! Votre attention, tout le monde ! dit-elle à la foule. J'aimerais vous souhaiter officiellement la bienvenue au bal organisé par le Dance Club de Key West. Je m'appelle Margaret Bouffet, mais tout le monde ici m'appelle Margarita. Pour des raisons évidentes.

Elle leva son verre et en prit une gorgée. La foule rit.

– Nous allons démarrer la soirée avec quelques danses préparées pour vous. Nos membres vous présenteront un panel de danses de salon, en commençant par le classique fox-trot et la valse de Vienne. Puis, nous ferons grimper la température avec la samba latina, la rumba et le cha-cha-cha. Ensuite, vous serez tous invités à nous rejoindre sur la piste pour apprendre rapidement les pas de base. Même si vous avez deux pieds gauches, ne vous inquiétez pas. Le principal, c'est de s'amuser.

Pendant qu'elle parlait, une demi-douzaine de couples magnifiquement habillés prirent place sur la piste. Margarita posa son verre sur la table du DJ et fit un signe de tête à Mack, qui lança la musique.

– Sans plus attendre, je vous présente… le Dance Club de Key West !

La foule retint son souffle, les danseurs restèrent parfaitement immobiles, figés dans leur position comme les mannequins d'un grand magasin. On les aurait dit statufiés au beau milieu d'une danse. Après un long silence, la musique démarra (une version guillerette du standard *Dream a Little Dream of Me*) et les danseurs s'animèrent. Ils rebondirent sur le bout des orteils et se lancèrent à l'unisson dans un fox-trot, comme les reproductions en Technicolor de Fred Astaire et Ginger Rogers. Il y eut un tonnerre d'applaudissements.

– Vous êtes prête pour notre numéro ? chuchota une voix à l'oreille de Margarita.

Elle avala une gorgée et se retourna vers Foster Lee Jackson : apprêté jusqu'au bout des ongles, comme d'habitude, et elle dut l'admettre, resplendissant dans un smoking vert menthe et un *cummerbund* noir.

– Foster ! Vous êtes là ! dit-elle avec soulagement. Je craignais de danser le cha-cha-cha toute seule dans mon coin.

– Nulle crainte, ma chère, sussurra-t-il. Foster est toujours là.

Margarita sourit poliment, puis posa son regard sur la foule.

Où est Millie ? se demanda-t-elle. *Si je veux survivre à cette nuit, je vais avoir besoin d'une alliée.*

Elle aperçut Mama Marley (la conductrice de taxi préférée, à tomber par terre dans une robe rose vif, de la même nuance que son véhicule) là-bas, près de la table de service. On aurait dit qu'elle flirtait avec Leo Trout !

Leo la Chance ? Ah bon ?

Margarita secoua la tête et pouffa tout bas. La musique passa du fox-trot à la valse, et le premier groupe de danseurs céda la place à d'autres membres du club : un panel de seniors et de cinquantenaires qui virevoltèrent et tournoyèrent avec grâce sur le morceau de Bryan Adams, *Have You Ever Really Loved a Woman ?*. La foule applaudit et s'extasia.

Pile à cet instant Margarita repéra les voleurs.

Machouille et Whisky.

Machouille trônait sur le siège d'un invité et mordillait des hors-d'œuvre dans une assiette abandonnée. Debout sur la table, Whisky buvait dans un grand verre, ce qui semblait être un Seagram on the rocks.

– Au moins, il tient l'alcool, marmonna Margarita. Hemingway serait fier de lui.

Elle adressa un signe à Laura, qui, de l'autre côté de la piste, observait les danseurs en compagnie de Jake, des jumelles et de deux blonds plutôt grands (certainement les cavaliers des deux sœurs). Margarita renouvela son geste jusqu'à attirer l'attention de Laura. Puis, elle désigna les chats de la tête.

Laura les aperçut, lui répondit par un hochement de tête et fit déguerpir les chats.

– Vous êtes ravissante, ce soir, je dois dire.

Margarita jeta un coup d'œil à Foster Lee Jackson, qui s'était rapproché sans qu'elle le remarque.

– Merci, Foster, dit-elle. Je gardais cette robe en prévision de ce soir.

Foster sourit, l'air absent.

– Elle vous va à la perfection. Le rouge est assurément votre couleur. Si je puis me permettre, vous êtes renversante.

– Merci, Foster.

Il s'éclaircit la gorge.

– Je regrette que vous ne m'ayez pas prévenu pour le rouge. J'aurais pu assortir nos tenues pour le cha-cha-cha.

– Vous êtes superbe, Foster.

– Ah oui ? Eh bien, c'est extrêmement courtois de votre part.

Margarita aspira de l'air entre ses dents. *Millie, où es-tu ?*

La valse faiblit. Les invités applaudirent et les danseurs saluèrent. À présent, il était temps d'attaquer la partie la plus piquante du programme. Les danseurs de samba latina, vêtus de couleurs vives, très chargées, prirent place sur la piste. Mack prépara la musique et augmenta le volume. Il lança le morceau de Gloria Estefan, *Rhythm Is Gonna Get You*. Les danseurs furent immédiatement à fond. Et la foule se déchaîna.

Ce qui effraya les chatons.

Laura donna un petit coup de coude à Jake et lui montra Larry, Curly, Moe et Tournillon de l'autre côté du jardin. Les petits chats s'enfuyaient aussi vite que possible.

– J'imagine qu'ils ont peur que le « rythme ne s'empare d'eux », plaisanta Jake.

– Je pense que c'est déjà fait, dit Laura. Pauvres petits chatons.

– Gloria Estefan les a avertis, pourtant.

Laura éclata de rire, puis elle remarqua Nessie, qui l'observait de l'autre côté du jardin. Elle adressa un signe à sa vieille amie. Nessie balança sa queue en guise de réponse. Ensuite, Laura repéra Pawpa à quelques pas derrière Nessie. Il semblait les surveiller toutes les deux.

– Alors c'est la maison d'Hemingway, hein ?

Un mec des jumelles – Brad ou Chad, quelque chose comme ça – montra la maison en regardant Laura.

– Oui, c'est ici, dit-elle.

– C'est cet écrivain-là, pas vrai ? demanda son frère. Il n'a pas écrit *Des souris et des hommes* ?

Laura lança un regard à Jake, qui se retint de rire.

– Non, c'est John Steinbeck. Ernest Hemingway a écrit *Le Soleil se lève aussi*, *Pour qui sonne le glas*, *Le Vieil Homme et la Mer*...

– Jamais entendu parler.

– Hé, Chad, mate les chats ! Ici, minou minou...

Les blondinets s'approchèrent de Nessie et Pawpa, qui détalèrent en les voyant arriver.

– Attendez, les minous !

Jilly et Jolene dévisagèrent Laura et Jake avec un haussement d'épaules.

– Laissez-moi deviner, tenta Laura. Ce sont les deux beaux gosses du Kansas ?

– Ouais, dit Jolene. Pas exactement des neurochirurgiens, pas vrai ?

– En effet, approuva Jilly. Mais ils sont en fac de droit.

Laura adressa un coup d'œil à Jake, avant de reporter son attention sur la piste. Un groupe de danseurs de rumba bougeaient de façon irrésistible sur le morceau de Chris Isaak, *Wicked Game*. Les jumelles oscillèrent sur la musique (de façon encore plus irrésistible que les danseurs), ce qui, visiblement, attira les étudiants du Kansas qui délaissèrent leur chat-safari. Les garçons se faufilèrent derrière les sœurs et passèrent leurs bras autour d'elles. Les jumelles ne semblèrent pas s'en préoccuper.

Je me demande s'ils arrivent à les différencier, songea Laura. *Et si ça a de l'importance, d'ailleurs.*

Pendant que la musique sensuelle montait, refluait, puis revenait avec une intensité fiévreuse, le regard de Laura traversa la piste et se posa à la table du DJ.

Mack la fixait.

Laura fut surprise par l'expression de ses yeux ténébreux. Elle ne savait pas exactement pourquoi. Peut-être parce qu'il avait l'air perdu (perdu dans ses pensées) et ses pensées se concentraient sur elle. Laura soutint le regard de Mack. Il était empli de tristesse, de curiosité… et de désir ?

La jeune femme ne sut comment réagir. Alors elle sourit.

Et rompit le charme.

– Regarde ! dit Jake. C'est au tour de Margarita !

Laura reporta son attention sur les danseurs. Margarita et Foster rejoignirent la piste avec quatre autres couples. Mack manipula des manettes et prépara le morceau : une version aux accents cubains de *Lady Marmalade*.

La musique démarra par un torride deux-trois cha-cha-cha. Le rythme palpitant du morceau (tapageur et irrésistible) traversa le corps des danseurs comme une décharge électrique. Leurs pieds commencèrent à vibrer, leurs hanches à se balancer. La foule se déchaîna une fois encore.

Margarita se lâcha encore plus.

– Regarde-la ! s'extasia Jake. Elle est fantastique !

– Cette fille-là sait danser, déclara Mama Marley en attrapant le bras de Leo la Chance.

Laura contemplait, fascinée. Margarita Bouffet (sa boss !) enflammait la piste. Son partenaire, Foster Lee Jackson, se révélait étonnamment bon. Surtout pour un homme d'apparence aussi guindé et ennuyeux que lui. Un sourire barra le visage de Laura et elle se mit à taper des mains en rythme. Les sœurs Crabb poussèrent des cris d'encouragement.

– Allez, Margarita, allez !

Après quelques minutes torrides d'une danse incandescente, le morceau atteignit son paroxysme. Avec un ultime geste théâtral, les danseurs s'arrêtèrent net dans leur mouvement : chaque couple figé dans une pose follement suggestive. La foule explosa.

– Margarita ! Tu es la reine !

Mama Marley et les jumelles se ruèrent sur la piste, entraînant Laura avec elles. Elles se précipitèrent sur Margarita, la serrèrent dans leurs bras, bondirent autour d'elle en la noyant sous les compliments.

– C'était incroyable ! Inimaginable !

– Tu peux nous apprendre ? Je veux faire ça, moi aussi !

Margarita éclata de rire.

– Bien sûr que oui. C'est exactement pour ça que nous organisons cette fête.

Elle se tourna vers la foule.

– Écoutez-moi, tout le monde ! Maintenant, c'est à vous de danser ! Ne soyez pas timides ; nous allons vous montrer les pas. Les filles, attrapez un partenaire !

Elle regarda Jake et Leo la Chance droit dans les yeux.

– Les garçons, c'est l'heure du cha-cha-cha !

Rooster McCloud attendait devant le portail de la maison d'Hemingway, s'efforçant de rassembler assez de courage pour entrer.

Qu'est-ce qui cloche chez toi, vieux machin ? se demanda-t-il. *Tu t'es douché. Tu t'es rasé. Tu t'es fait tout beau et tu as un endroit où aller. Alors quel est le problème ?*

Depuis le trottoir, il apercevait les lumières de la fête. Il entendait la musique et les rires résonner dans le jardin.

Il sentait même l'excitation dans l'air. Le rythme de la nuit. C'était contagieux. Même les palmiers oscillaient en cadence.

Rooster réajusta sa cravate (pour la centième fois) et se demanda si c'était à cause du costume élégant qu'il se sentait comme un adolescent, complexé et pétri de doutes.

Ne doute jamais du Rooster. Tu t'en souviens ?

D'un regard pensif, il fixa la demeure espagnole à la grandeur coloniale, avec son balcon circulaire, ses rambardes en fer forgé et ses rôdeurs de chats polydactyles. Les félins paraissaient plus vifs encore que d'habitude. Ils allaient et venaient avec agitation dans le jardin : manifestement surexcités par le martèlement de la musique et les fêtards qui avaient envahi leur pelouse. Rooster ne les blâmait pas d'être un peu contrariés.

Parfois, un chat avait juste envie qu'on le laisse tranquille.

Il contempla les félins une minute encore, et ses yeux s'arrêtèrent sur un vieux chat gris, qui boudait dans un coin de la véranda.

C'était Pawpa Hemingway.

Il avait l'air affreusement malheureux.

Je ressemble à ça ? se demanda Rooster. *Un vieux chat grognon et malheureux, mal fagoté, qui fronce les sourcils dans son coin pendant que les autres s'amusent ?*

Il pensa à Margarita. À son sourire. À ses yeux. *À ses* saluts chaleureux tous les matins, quand elle passait devant son phare sur le chemin du travail : *Quoi de neuf, Pussycat ?* Ils avaient partagé pas mal de fous rires au fil des années… et plus que quelques cocktails (Margarita en tirait son surnom). Elle l'avait pratiquement aidé à élever Mack, après que sa folle de mère l'eut déposé chez son oncle Rooster avant de disparaître à jamais. Margarita était une véritable amie.

Mais… voilà tout ce qu'elle était pour lui ? Après toutes ces années, était-il possible qu'ils soient plus que des amis ?

Il jeta un autre coup d'œil au vieux Pawpa ronchon sous la véranda.

Il n'y a qu'un seul moyen de le savoir.

Prenant une profonde inspiration (et réajustant sa cravate), Rooster franchit le portail de la maison d'Hemingway. Et rejoignit la fête.

– Deux-trois cha-cha-cha, deux-trois cha-cha-cha… C'est ça ! Vous l'avez !

Margarita frappait des mains et, à l'écart, contemplait ses « élèves » évoluer sur la piste. Les sœurs Crabb balançaient des hanches avec provocation. Parfaitement en rythme avec la musique, les volants de leurs robes jaunes moulantes frou-froutaient furieusement à chaque battement. Ce n'était pas leur premier bal. Cependant, leurs cavaliers paraissaient un peu perdus. Pas grave. Les grands garçons du Kansas tentèrent leur chance et se servirent de cette excuse pour se presser contre les jumelles. Au grand plaisir de Margarita, Laura et Jake se débrouillaient très bien. Certes, Jake marcha sur les pieds de Laura à quelques reprises. Mais cela ne les dérangeait pas. Ils en riaient et continuaient à danser, Laura lançant de temps à autre un « deux-trois cha-cha-cha » pour que Jake garde le rythme. C'était trop mignon.

Mais ceux qui la surprirent réellement ? Mama Marley et Leo la Chance !

– Allez, *mamacita* ! Allez !

Margarita ne pouvait s'empêcher de les encourager.

Leo la Chance était un vétéran de ces fêtes et il savait déjà danser le cha-cha-cha. Par chance, il avait aussi un bon sens du rythme, ce qui était la moitié du chemin. Par le passé, Margarita avait vu Leo maîtriser des pas de danse assez complexes. Mais ce soir… Ouah. Il était passé à l'étape supérieure. Et il était facile de comprendre pourquoi…

Mama Marley se donnait à fond. Avec son charme maximal et ses pas de cha-cha-cha hyperrapides, elle gérait la piste comme une professionnelle. Elle saisit Leo par la cravate et le tira jusqu'au milieu de la piste. Les autres durent leur laisser plus de place, parce que Mama ne plaisantait pas. Elle propulsait ses hanches, faisait la moue et se pressait contre Leo de façon provocante, avant de s'éloigner en tournoyant comme une boule de feu. Leo savourait chaque seconde.

Tout comme la foule. En effet, les invités tapèrent des mains et les encouragèrent tout du long.

– Oh là là, Mme Marley est plutôt douée, n'est-ce pas ?

Foster Lee Jackson soufflait dans le cou de Margarita.

– Difficile de croire qu'elle conduit un taxi, poursuivit-il. Je jurerais qu'elle a suivi un entraînement de professionnel, même si cela paraît peu probable. Elle est de la Jamaïque, non ?

– Non. De Chicago.

– Oh.

Foster se racla la gorge.

– Bon, en tout cas, d'après le DJ, le prochain morceau sera un tango. Je serais enchanté, si vous me faisiez l'honneur de cette danse.

Margarita tenta de regarder Foster dans les yeux… mais elle fut incapable d'ignorer la magnifique blonde derrière lui.

– Millie ? Millie Graham ? C'est toi ?

– Oui ! C'est moi ! Tu le crois ?

– Non ! Impossible ! Impossible d'y croire !

Foster Lee Jackson fit volte-face et se retrouva nez à nez avec la plus ravissante créature qu'il ait jamais vue. Sa chevelure d'un blond brillant était relevée en une élégante torsade au sommet de son crâne. Des boucles faussement désordonnées, mais en réalité savamment disposées, retombaient avec goût pour encadrer les traits délicats et doux de son visage. Elle rayonnait littéralement. Elle portait un maquillage raffiné : pas comme ces « femmes peinturlurées », contre qui sa mère l'avait mise en garde. Son rouge à lèvres et son blush rose pâle rehaussaient le bleu de ses yeux. Et sa robe... Oh là là. La perfection incarnée. Une création vert menthe en dentelles et taffetas, à la fois tourbillonnante et sexy. Elle révélait ses courbes féminines aux proportions parfaites... mais laissait bien plus de latitude encore à l'imagination.

Foster était absolument sous le charme. La robe était assortie à son smoking !

– Vous vous souvenez de Millie, n'est-ce pas, Foster ?

– Millie Graham, répéta la beauté en vert, une main tendue. La responsable de billetterie.

Foster saisit sa main et l'embrassa.

Margarita était ravie.

– Millie n'est-elle pas fabuleuse ? Je ne l'ai même pas reconnue !

– Je me demandais quand vous alliez me remettre, renchérit Millie. Vous êtes passés tous les deux trois fois devant moi ce soir ! Comme si j'étais une parfaite inconnue !

– Oh, pardonnez-nous, mademoiselle Millie, déclara Foster. Madame Bouffet et moi-même étions distraits.

Il dévisagea Margarita.

Elle agita les sourcils et fit un signe de tête vers la piste.

Foster reçut le message.

– Mademoiselle Millie, me feriez-vous l'honneur d'une danse ? demanda-t-il de sa voix la plus charmeuse. Selon les mots immortels du barde : « Je désire que nous soyons de meilleurs étrangers. »

– Hemingway ?

– Shakespeare. Si vous le voulez bien ?

– Bien sûr ! Je veux dire, je vous en prie !

Foster tendit la main, et Millie la prit… et Margarita soupira de soulagement. Elle observa la paire mal assortie marcher jusqu'à la piste dans leurs tenues de soirée assorties. Si seulement leurs personnalités s'accordaient aussi bien que leurs tenues, Margarita serait tirée d'affaire. Elle n'était pas sûre de supporter longtemps les flatteries et les regards concupiscents de Foster.

J'espère que ça va marcher, songea-t-elle, en observant le couple prendre la position d'un tango. *Je déteste sortir le couplet : « Je ne voudrais pas gâcher notre belle amitié. »*

La musique commença (une version instrumentale d'*Hernando's Hideaway*) et les danseurs s'animèrent. Les couples se déplaçaient tels des chats sur le parquet, pas à pas, main dans la main, joue contre joue. Foster serrait Millie tout contre lui, la guidant avec aisance à chaque pas de séduction. Margarita devait l'admettre, Foster savait mener. Et à sa grande surprise, Millie avait quelques tours dans ses manches vert menthe.

Margarita ressentit du soulagement et autre chose aussi. Elle perçut une présence dans son dos. Quelqu'un l'observait. Puis elle entendit une voix basse et rocailleuse :

– Quoi de neuf, *Pussycat* ?

Elle se retourna. Et en eut le souffle coupé. Rooster McCloud (ou une version venue d'un univers parallèle de

Rooster McCloud) se tenait devant elle. Vêtu d'un smoking parfaitement coupé, en étoffe en peau de requin argentée, doté de revers noirs, lisses et soyeux, accompagné d'un gilet de costume et d'un pantalon argentés, d'une chemise blanc immaculé et d'une cravate noire en satin, il avait l'air de sortir d'un gâteau de mariage… ou d'un rêve.

Plus incroyable encore, ses cheveux longs et sa barbe hirsute avaient disparu.

– Rooster ? C'est vraiment toi ?

Margarita le fixait, incrédule. Son visage d'une beauté sauvage (à découvert pour la première fois depuis des décennies) était presque entièrement rasé à l'exception d'une épaisse moustache et d'une barbe naissante qui le rendaient encore plus beau. Sa chevelure poivre et sel était coupée à mi-longueur, les mèches argentées en bataille s'harmonisaient avec la couleur bleu océan de ses yeux. Quand il vit l'expression de Margarita, un sourire éblouissant fleurit sur son visage.

– Je n'arrive pas à y croire, dit-elle. Tu ressembles à George Clooney !

– Mais non. Je visais Sam Elliott.

Rooster prit une pose virile et caressa sa moustache.

– Est-ce que ça te dirait de danser ?

– Vraiment ?

– Vraiment. Je danse un super paso doble.

– Ah oui ?

Margarita était interloquée. Elle leva un doigt, puis se rua vers la table du DJ. Après avoir dit quelques mots à Mack et aux membres du club, elle se retourna et fit signe à Rooster. Il sourit et les rejoignit sur la piste.

Quand la musique du tango s'arrêta, Margarita fit une annonce.

– Mesdames et messieurs, nous vous proposons une surprise ce soir. En hommage au grand Ernest Hemingway, nous danserons un paso doble. Hemingway, comme vous le savez, était un grand fan de tauromachie. Il a écrit à ce propos dans *Le Soleil se lève aussi* et *L'Été dangereux*. Eh bien, le paso doble présente une version dansée de la corrida. Un partenaire joue le rôle du torero. L'autre incarne le taureau ou la cape du matador. Parfois il est difficile de savoir lequel est quoi... ou lequel remporte la lutte. Mais si tout est loyal en amour comme à la guerre, il en va de même... sur la piste !

Avec un claquement de doigts, les danseurs se mirent en position. Margarita se tourna vers Rooster, les yeux pétillants. Elle leva les bras, comme si elle tenait une cape rouge imaginaire, et le mettait au défi. La foule s'agglutina plus près de la piste. Un silence s'abattit sur le groupe. Puis la musique démarra, brisant la tension avec les premiers accords d'un classique cubain à la guitare, *El Gato Montes*.

Rooster chargea sur la piste comme un animal sauvage.

Et emporta Margarita dans ses bras.

La foule se déchaîna.

– Attends, est-ce que c'est Rooster McCloud ? chuchota Laura à l'oreille de Jake.

– Impossible, dit-il les yeux fixés sur eux, ébahi. Et pourtant, si ! C'est Rooster !

Laura observa les réactions des autres invités. Jolene et Jilly, Mama et Leo, Millie et Foster : tous les visages affichaient le même air stupéfait. Quand Rooster fit tournoyer Margarita, avec force et maestria, puis la fit plonger en arrière jusqu'au sol, toutes les mâchoires s'ouvrirent. Littéralement.

Laura regarda la table du DJ.

Mack était bouche bée, lui aussi.

Elle reporta son attention sur Rooster et Margarita. Leur danse gagna en intensité, à l'image de la musique. Rooster attira Margarita contre lui. Celle-ci le repoussa. Ils entamèrent un bras de fer sur la piste, deux opposants féroces, chacun d'eux pris dans une lutte pour prendre le contrôle sur l'autre. C'était passionné. C'était puissant. C'était excitant.

C'était aussi follement sexy.

En les regardant danser, Laura sentit un élan d'excitation la traverser. Puis elle ressentit autre chose : le chatouillement d'une fourrure contre sa jambe. Elle baissa les yeux.

– Nessie ! Tu vois ça ?

Elle se baissa, attrapa la chatte aux rayures dorées et la prit dans ses bras. Nessie fixait Margarita et Rooster avec des yeux écarquillés d'émerveillement : ils piétinaient, se jetaient en avant et tournoyaient sur la piste. Nessie miaula une fois, puis deux, puis remua la queue.

– Regarde-les, Nessie, murmura Laura à l'oreille de la chatte. Tu savais qu'ils pouvaient faire ça ?

Nessie savait que Margarita dansait… et elle savait rester en dehors du passage quand Margarita portait ses chaussures de cha-cha-cha.

Mais elle ne savait pas que le vieil humain bougeait comme ça.

Ou ressemblait à ça. Il brillait ! Et il était sans barbe !

Sans son odorat de félin, Nessie ne l'aurait jamais reconnu.

Soudain, la musique atteignit un pic fiévreux.

Margarita tourna sur elle-même avec effet et saisit les pans de sa robe. Regardant Rooster de ses yeux de braise, elle prit une profonde inspiration et chargea droit sur lui. En faisant bruisser sa robe d'un geste furieux, elle se déplaçait tel un prédateur qui se rapproche de sa proie. Rooster essaya de s'écarter. Mais elle était trop rapide. Elle le saisit par le bras et l'attira contre son corps. Elle passa ses doigts de haut en bas sur son cou et l'attira plus près d'elle. Leurs lèvres se frôlèrent, pendant qu'ils se fixaient avidement, les yeux dans les yeux. Puis (comme la musique atteignait un climax torride), elle le poussa au sol et agita sa cape imaginaire en déclarant victoire. Rooster se rendit de bonne grâce, leva les yeux vers sa conquérante, les yeux emplis de feu et de désir. Puis vint le dernier coup :

Margarita plaça le talon de sa chaussure sur la poitrine de Rooster (comme un chasseur de gros gibier posant avec fierté) et leva le bras en triomphe.

La musique se termina. La foule rugit.

La fête était un succès.

Aussitôt les invités partis, Laura se mit à nettoyer. Tout au long de la nuit, elle avait débarrassé assiettes et verres, donc le nettoyage final fut assez rapide.

Le plus difficile étant de maintenir les chats à distance des restes.

Surtout Machouille et Whisky.

Laura était convaincue que ces deux-là planifiaient leur braquage avec un timing et une minutie dignes d'*Ocean's Eleven*. Laura fit déguerpir Machouille de la table, et Whisky bondit sur une autre à quelques mètres de là. Ils faisaient une équipe formidable.

Laura empilait les assiettes sur un chariot, et gardait un œil sur les invités. Mama Marley partit avec Leo la Chance, Millie Graham avec Foster Lee Jackson, et les sœurs Crabb avec leurs cavaliers. Sur le chemin de la sortie, Margarita Bouffet leur souhaitait bonne nuit, Rooster à côté d'elle.

Beaucoup de liens amoureux pour une seule nuit, songea Laura en ramassant un verre. *Qu'est-ce qu'ils ont mis dans ces verres ?*

Elle regarda la table du DJ. Jake et Mack remballaient le matériel. Jake surprit son regard. Il arrêta son geste et traversa la piste. Une expression étrange sur le visage.

– Laura, je me sens mal, j'ai promis à Mack que je l'aiderais à charger le van et à transporter le matos au garage de notre groupe. On répète là-bas demain.

Laura ne saisit pas bien.

– Pourquoi tu te sens mal ?

– Oh.

Jake rougit un peu.

– J'avais pensé que peut-être je pourrais te ramener.

– C'est bon. Je suis une grande fille. Je sais rentrer chez moi.

– Je sais, mais tu es nouvelle ici, et avec la nuit…

– Pas de problème.

– OK alors.

Jake se retourna et rejoignit Mack.

Laura posa la dernière assiette sur le chariot et se laissa tomber sur une chaise. Elle regarda les garçons. Mack la dévisagea aussi. Elle sourit. Il sourit. Puis le portable de Laura émit un *ding*. Elle extirpa son téléphone de son sac et l'examina.

Un autre texto de Devin : *Il faut vraiment qu'on parle. S'IL TE PLAÎT ?*

Laura soupira et éteignit son téléphone. Elle regarda de nouveau Jake et Mack, puis elle vit Nessie avancer lentement vers elle. En une seconde, la chatte grimpa sur ses genoux et fit le dos rond… une invitation évidente aux caresses. Laura s'exécuta.

– Dis-moi, Nessie, dit-elle en caressant la chatte de la tête jusqu'à la queue. Juste entre filles. Est-ce que les chats sont aussi bizarres que les mecs ?

Si Nessie connaissait la réponse, elle n'en dit rien.

Elle se contenta de ronronner.

Chapitre 8

Le vieux chat et la mer

Une semaine et trois jours plus tard…

Pawpa Hemingway faisait toujours la tête.

Le vieux chat avait observé la nouvelle (et Nessie en sa compagnie) chaque fois qu'elle venait à la maison. La plupart du temps, le matin et l'après-midi. Il pensait découvrir pourquoi Nessie était attirée par cette humaine.

Mais plus Pawpa les surveillait, plus il devenait ronchon.

Aujourd'hui, comme presque tous les jours, il se cachait sous un buisson en fleurs, alors que Nessie accueillait la jeune fille au portail. Il étudiait leur nouveau rituel matinal : Nessie était assise sur les genoux de la fille, sur un banc du jardin, pendant que la nouvelle sirotait une tasse d'eau amère et marron. Puis il les suivit jusque devant la maison, où un petit groupe d'humains se réunit autour d'elles. Il observa la fille parler au groupe un moment. Puis (avec Nessie à côté d'elle), la nouvelle conduisit les humains à l'intérieur de la maison, parlant toujours pendant qu'elle les guidait de pièce en pièce, en montrant les photos sur le mur et les autres objets en exposition. Ce n'était pas inhabituel. Pawpa avait vu les autres guides faire cela de nombreuses fois, au fil des années.

Ce qui était inhabituel, c'était la réaction de Nessie vis-à-vis de la piscine.

Quand la nouvelle conduisait le groupe d'humains depuis le bas des marches du balcon jusqu'à la piscine, Nessie partait en courant. Elle faisait cela tous les jours. Elle courait aussi vite que possible, dépassait la piscine et se précipitait en haut de l'escalier, à l'étage de l'abri de piscine, où elle attendait la nouvelle.

Cela n'avait aucun sens pour Pawpa. Le mystère s'épaississait.

Et il en devenait dingue.

Le vieux chat gris plongea derrière un arbre et observa la nouvelle qui dirigeait les humains jusqu'au bout de la piscine. La fille souriait et riait tout en parlant. Les humains souriaient et riaient avec elle. Apparemment, ils aimaient bien la nouvelle. Apparemment, *tout le monde* aimait bien la nouvelle.

Mais pas Pawpa.

Pawpa avait besoin d'en savoir plus sur cette humaine avant de lui faire confiance. Elle se comportait avec tellement de gentillesse quand elle était ici (bavardant avec les humains et caressant les chats), mais où allait-elle ensuite ? Que faisait-elle en sortant de la maison d'Hemingway ?

Pawpa était déterminé à le découvrir. Même si, pour cela, il devrait la suivre…

Par-delà les murs du jardin.

Laura s'approcha furtivement de Jake par-derrière. Il se trouvait dans la réserve des chats et (levant les mains comme si elles étaient des griffes) elle imita de son mieux le cri d'un chat. Jake bondit et fit volte-face.

– Oh, mince, Laura ! J'ai failli faire une crise cardiaque !

– Tu m'as prise pour un chat ?

– Non. On n'aurait pas du tout dit un chat. J'ai cru qu'une mouette avait réussi à entrer.

– Oh. Il faudra que je bosse là-dessus.

– Ben, tu vas trouver des tas de profs dans le coin.

Il fit un signe de tête vers un chat qui avait l'air de mauvais poil et qui les toisait depuis l'encadrement de la porte.

– Pas vrai, Jackie Chan ?

Le chat siffla vers Jake avant de détaler.

Laura rit.

– Jackie Chan ! Quel nom génial pour un chat !

– Ouais, déclara Jake, en tirant un grand sac de nourriture de l'étagère. La plupart des chats ici sont baptisés d'après des stars de ciné. C'est Hemingway qui a initié la tradition.

– Oui, j'ai vu les tombes dans le cimetière pour chats. Kim Novak, Liz Taylor, Willard Scott…

Elle continua à lister les noms célèbres en suivant Jake hors de la réserve.

– Mais attends, dit-elle. Et Nessie et Pawpa, Boxeur et Matador, Kilimandjaro et Lady Bratt… ?

Jake laissa tomber le sac à côté des gamelles et se tourna vers Laura.

– L'équipe a mis les noms aux votes, expliqua-t-il. Il y a quelques années, le personnel a décidé qu'on pouvait donner des noms de non-célébrités, du moment qu'il y avait un lien avec Hemingway. D'après une rumeur, tout a commencé quand quelqu'un a proposé Kim Kardashian. Les membres de l'équipe se sont rebellés. Je ne suis pas certain que ce soit vrai. Il faudra que tu demandes à Millie.

– Je le ferai. Millie est au courant de tout. Elle me l'a dit elle-même.

Jake pouffa et acquiesça, puis jeta un œil à sa montre.

– Bon, je ne veux pas me montrer grossier, mais tu ne devrais pas travailler ?

– Mon groupe a annulé. Ils ont entendu qu'un gros orage s'annonçait, mais…

Laura leva les yeux vers le ciel ensoleillé et haussa les épaules.

– Alors j'ai une heure de libre. Leo m'a conseillé de mettre ce temps à profit pour recueillir les lumières de mes confrères, et en apprendre plus sur la maison et les chats. C'est pour ça que je suis ici.

– Pour recueillir mes lumières ? Je suis flatté. Tu penses donc que j'ai un cerveau ?

– Le débat reste ouvert. Quoi qu'il en soit, un visiteur m'a demandé si tous les chats d'ici étaient polydactyles. Je n'en étais pas sûre, parce que certains ont l'air d'avoir des pattes normales.

– Ouais, environ la moitié ont un nombre de doigts normal. Mais ils possèdent tous le gène polydactyle, qui suppose des doigts en plus, parce qu'ils descendent tous du chat original d'Hemingway, Blanche-Neige, comme tu le sais, expliqua Jake. D'ailleurs, certains disent que le chat d'origine s'appelait Boule de neige, tu le savais ?

– Peut-être qu'Hemingway l'a rebaptisé en apprenant que c'était un mâle. Ou peut-être qu'il ne voulait pas que son chat porte le nom d'une princesse Disney.

– On ne le saura jamais. C'était vraiment un amoureux des chats.

– Comme ces deux-là ?

Laura désigna une paire de chats marron et blanc qui se battaient pour une écuelle de nourriture.

Jake éclata de rire.

– Ce sont Bette Davis et Joan Crawford. Ils sont toujours en train de se taper.

– Alors dis-m'en plus sur le gène polydactyle. Ça m'intéresse. Vraiment.

Laura s'assit sur un banc et se pencha en avant. Jake la rejoignit.

– Ben, c'est une mutation génétique rare, mais tout à fait inoffensive. En fait, elle procure à ces chats certains avantages. Grâce aux griffes supplémentaires, ce sont de meilleurs chasseurs de souris. Certains disent qu'ils portent chance. Le capitaine qui a offert à Hemingway son premier chat en avait toute une ribambelle à bord de son bateau. Selon lui, grâce à leurs grosses pattes, ils marchaient sur le pont avec un meilleur équilibre.

– Ils avaient des chats sur le bateau ?

– Oui, pour chasser les rats.

– Beurk.

– Bref, le gène polydactyle ne provoque pas forcément des doigts en plus chez tous les chats porteurs, ni à toutes leurs pattes. La plupart ont seulement des doigts surnuméraires aux pattes avant. Il est rare de les retrouver sur les quatre pattes. Quoi qu'il en soit, tout porteur du gène le transmettra à ses descendants.

– D'où viennent tous ces descendants ?

– Comme l'a dit Hemingway : « Un chat mène toujours à un autre chat. »

– Je parle de la première portée. Avec qui Blanche-Neige s'est-il accouplé ?

– Le voisin d'Hemingway avait toute une flopée de chats. Blanche-Neige a dû se montrer fougueux avec quelques demoiselles. Au fil des années, les chats ont migré de la maison d'à côté à celle d'Hemingway et se sont reproduits entre eux. C'est ainsi que le gène polydactyle s'est transmis de génération en génération. Ils l'ont tous aujourd'hui. Même ceux avec un nombre de doigts normal.

– Fascinant… Oh, salut, Nessie !

Nessie avait inspecté les écuelles, mais elle avait décidé d'attendre que Bette Davis et Joan Crawford terminent leur lutte. Elle bondit sur le banc et s'installa entre Laura et Jake. Laura lui fit deux ou trois caresses et s'apprêta à poser une autre question sur la génétique des chats, lorsque son téléphone sonna.

– Oh ! C'est Jolene. Désolée, je dois répondre.

Laura se leva et traversa l'allée, laissant Jake seul avec Nessie sur le banc. Il regarda la chatte et sourit. Celle-ci lui renvoya son regard et cligna des yeux. Puis ils reportèrent tous deux leur attention sur Laura qui bavardait au téléphone.

– Non, c'est parfait. Je vais lui demander… Super. À plus.

Elle éteignit son téléphone et regagna le banc.

Jake remarqua son étrange petit sourire.

– Qu'est-ce qu'il y a ? Comment va Jolene ?

– Après le boulot, Jilly et elle m'emmènent faire du *snorkeling* sur leur voilier. Je suis surexcitée. J'en ai jamais fait avant. Du *snorkeling* ? Quel drôle de mot. C'est de la randonnée subaquatique avec des palmes, non ? Bref, elles m'ont proposé de t'inviter aussi.

Jake hésita.

– Ben, euh… Je ne sais pas trop. J'ai un peu le mal de mer parfois.

– Allez ! Ça va être marrant. Les récifs de corail ! Les jumelles Crabb ! En bikinis !

– Je n'ai pas de maillot de bain. Il faudra que je passe chez moi pour me changer d'abord.

– Non. Tu n'as qu'à garder le short que tu as sur toi.

Jake soupira en haussant les épaules.

– OK, d'accord. Pourquoi pas.

– Génial ! Rendez-vous est pris !

Jake la dévisagea.

– C'est vrai, c'en est un ?

Plus tard, le même jour…

À la station de WKEY Radio (aussi connue sous le nom de « garage de Rooster »), un classique du rock touchait à sa fin. Et une voix familière se fit entendre.

– C'était Jimmy Buffett de Key West et son tube de 1978, *Cheeseburger in Paradise*. Votre humble DJ Rooster McCloud termine ses deux heures non-stop dédiées aux classiques du rock. J'espère que vous profitez de cette journée magnifique. On dirait que la tempête tropicale, contre laquelle on nous avait mis en garde, a décidé de se diriger vers le Texas. Mauvaise nouvelle pour le Texas, mais super nouvelle pour Key West. Vous en saurez plus à ce sujet après ces messages de nos sponsors. Ensuite, vous retrouverez votre fidèle Shelly pour la météo.

Rooster éteignit son micro et appuya sur Play pour passer une série de publicités préenregistrées. Il se leva et ouvrit la porte de la cabine. Shelly (sa voisine de quatre-vingt-quatorze ans) était assise sur une chaise pliante, ramassée au-dessus de son ordi portable, l'air très très soucieux.

– Shelly, qu'est-ce qui ne va pas ?

– Je n'aime pas ce qui se profile, dit-elle tout net. Je n'aime pas ça du tout.

– Quoi ?

– La tempête tropicale. Elle ne va pas vers le Texas. Les météorologistes se trompent. Elle vient vers la Panhandle de Floride. Une masse d'air en provenance du nord modifie sa trajectoire. Ça va très vite. Je n'ai jamais vu ça.

– Elle va frapper ici ?

– Non, mais on va la sentir, dit-elle. On va la sentir vraiment fort.

Rooster soupira et se frotta les yeux.

– Bon, on est sur les ondes dans soixante secondes. Tu peux avertir les auditeurs.

Shelly se leva et entra dans la cabine du DJ.

– Oui, je peux. Et je vais le faire. Mais regarde l'heure, Rooster.

Elle montra la pendule.

– Les gens se préparent à partir en mer pour voir le coucher de soleil. S'ils naviguent trop loin et qu'ils sont surpris par un grain, ben...

Elle tendit la main vers le micro, marqua une pause, et planta ses yeux dans ceux de Rooster.

– ... il se pourrait qu'ils ne reviennent pas.

Il restait encore une heure ou deux avant le coucher du soleil.

Mais cela n'empêcha pas le soleil de se donner en spectacle.

Il resta suspendu au-dessus du golfe tel un lustre incandescent dans une vaste salle de bal bleu-vert avec des nuages roses et orange peints au plafond : la toile parfaite pour une exposition éblouissante. Les couleurs se répandaient dans le ciel en traînées larges et tourmentées qui se mélangeaient et s'intensifiaient à chaque coup de rayon de soleil. Dans le lointain, une balafre violet foncé de nuages furieux brillait sur la ligne d'horizon, et ajoutait du spectaculaire et du contraste à cette palette de nuances vives.

C'était un spectacle à ne pas manquer.

Et tout le monde venait le voir.

Les touristes et les locaux s'attroupaient sur la côte nord-ouest de l'île pour apercevoir cette œuvre en cours follement impressionniste. Même quelques poulets sauvages s'agglutinaient vers les docks… même si Laura les soupçonnait de *la* suivre et de ne pas venir pour la vue.

– Ils me suivent, dit-elle à Jake, quand ils dépassèrent une petite bande de poulets, en chemin vers la jetée.

– Qui ? demanda-t-il. Les poulets sauvages ?

– Oui. Je parie que ce sont les mêmes qui m'ont attaquée.

– Peut-être qu'on devrait demander aux flics de Key West de rassembler les suspects. Ensuite tu pourras les repérer pendant une séance d'identification.

– Sérieux, Jake, poursuivit-elle en regardant par-dessus son épaule. J'ai le pressentiment bizarre qu'on est suivis.

– Par des poulets ?

– Non.

Elle s'esclaffa.

– Je ne sais pas. Pas grave. Je suis parano.

– Ce n'est pas parce que tu es parano qu'ils ne nous suivent pas.

Jake s'arrêta brusquement et fixa les gens autour d'eux sur la jetée. Puis il regarda Laura droit dans les yeux.

– Promets-moi une chose. Si les choses tournent mal et que des becs jaillissent, ne t'inquiète pas pour moi. Sauve-toi.

– Oh, ferme-la.

– Cours sans t'arrêter et sans regarder en arrière. Je les retiendrai le plus longtemps possible.

– Arrête.

– Attends-moi au lieu de rendez-vous. Si je ne suis pas là au bout de cinq minutes, pars sans moi.

– OK, pigé. Je suis ridicule.

– Regarde ! s'exclama Jake en montrant le bout de la jetée. Voilà notre bateau de fuyards !

Laura se protégea les yeux du soleil et balaya la rangée de voiliers attachés aux quais.

– Où ?

Puis elle repéra Jilly et Jolene, qui lui faisaient signe depuis le pont du *Jolly Crabb*.

– Ohé, les copains !

La vue de ses superbes colocataires (en bikinis jaunes assortis) coupa le souffle à Laura. Les rayons du soleil brillaient sur leur peau hâlée, la brise marine soufflait dans leur longue chevelure sombre, les voiles se gonflaient dans leur dos…

On aurait dit une pub pour l'office du tourisme de Key West.

– Ohé, les colocs ! cria Laura à son tour. Permission de monter à bord ?

– Bien sûr, dit Jilly. Monte tes fesses jusqu'ici.

– Et enlève ces fringues de boulot, dit Jolene. C'est l'heure de faire la fête !

Jilly brandit un gros thermos argenté.

– J'ai préparé des margaritas !

Jolene lut la surprise sur le visage de Laura.

– Ne t'inquiète pas. Je suis la capitaine de soirée. Je ne bois pas.

Jake aida Laura à grimper sur le bateau, puis la rejoignit sur le pont. Jolene fit un bref topo à Laura.

– Voici le *Jolly Crabb*. C'est un Tartan 37, de trente-sept pieds de long, soit un peu plus de onze mètres, avec un habitacle en teck et deux couchettes simples. Il a un moteur diesel, des pompes de cale électrique et manuelle, et une grand-voile lattée avec un génois sur enrouleur et un spinnaker.

Laura acquiesça avec un large sourire.

– Je n'ai absolument aucune idée de ce dont tu me parles, mais j'adore ce bateau ! Il est magnifique ! Je n'arrive pas à croire que vous sachiez manœuvrer ce truc.

– Crois-le, intervint une voix masculine.

Laura se retourna et aperçut Mack McCloud monter les marches de la cabine. Il portait un short de bain couvert de fleurs tropicales et… rien d'autre.

À part des tas de tatouages colorés.

Ils s'enroulaient autour de ses bras et de ses jambes aux muscles allongés, comme des monstres marins venus des profondeurs. En fait, certains d'entre eux représentaient d'ailleurs des monstres marins venus des profondeurs. De gros calmars menaçants et des baleines, des pieuvres et des méduses et un truc qui ressemblait au légendaire monstre marin kraken tourbillonnaient parmi de superbes images très détaillées d'épaves, de filets de pêche et de coffres au trésor.

– Mack ?

Laura s'empêcha de fixer ses tatouages. Ou son corps.

– Je ne savais pas que tu venais.

– Oui, Mack, renchérit Jake. Je croyais que tu étais de permanence au phare à la place de Rooster.

Mack haussa les épaules.

– Il m'a donné congé pour la soirée.

– Et je l'ai invité, ajouta Jilly, en brandissant le thermos. Qui est prêt pour une margarita ?

Pendant que Jilly remplissait trois gobelets en plastique pour les invités, Jolene se pencha par-dessus bord afin d'attraper les amarres. Elle était en train de les détacher, quand elle s'arrêta net dans son geste.

– Hé, les amis… ? Je crois que quelqu'un vous a suivis.

Laura lança un regard à Jake. Ils traversèrent le pont et se postèrent à côté de Jolene. Elle pointa quelque chose sur le quai.

– Ce n'est pas un chat d'Hemingway, ça ? demanda-t-elle.

Laura et Jake retinrent leur souffle, en reconnaissant l'animal.

Pawpa Hemingway.

Le vieux chat gris était accroupi sur la jetée en bois grise, à environ neuf mètres d'eux. Il les fixait.

– C'est ouf, murmura Jake.

– C'est Pawpa, ajouta Laura. Je t'ai dit qu'on était suivis.

Jake secoua la tête.

– Incroyable. Dans sa jeunesse, Pawpa sortait souvent en douce pour aller pêcher dans le bassin à poissons rouges de Rick et Ricardo. Ça les rendait dingues. Mais il n'avait pas fait ça depuis des années. Et d'après ce que je sais, il ne s'est jamais autant éloigné de la maison.

– Qu'est-ce qu'on va faire ?

Jake soupira.

– J'imagine que je dois le ramener.

Il se tourna vers Jolene.

– J'ai le temps de faire l'aller-retour ? Vous pouvez m'attendre ?

Jolene jeta un coup d'œil au soleil et aspira de l'air entre ses dents.

– Ah, j'aimerais mieux ne pas attendre plus longtemps. On devrait y aller maintenant si on veut naviguer vers le récif et revenir avant la nuit.

– Et la tempête tropicale alors ? s'enquit Jilly. On n'a pas envie de se faire piéger au large si elle vient par ici.

– Elle ne viendra pas, dit Jolene. J'ai vérifié la météo, ils ont dit qu'elle se dirigeait vers l'ouest. Malgré tout, on devrait partir maintenant.

Laura regarda Jake.

– On ne pourrait pas l'emmener ?

Jake soupira.

– Je ne sais pas. Ça me paraît risqué. Si quelqu'un de la maison découvre...

– Je ne le dirai pas.

– Moi non plus, dit Mack. Allez, Jake. Il sera bien là. Regarde-le. Il a fait tout ce chemin sur la jetée. Visiblement, il n'a pas peur de l'eau. Si tu ne me crois pas, demande aux poissons de Rick et Ricardo.

Jake grogna et poussa un autre gros soupir.

– OK, dit-il après une longue pause. Je n'arrive pas à y croire.

Pendant que Jake grimpait sur la jetée pour attirer Pawpa sur le bateau, Jolene conduisit Laura en bas dans la cabine pour qu'elle enfile son maillot.

– C'est tellement douillet ici, dit Laura, en examinant les murs lambrissés et les petits compartiments ingénieux. J'adore tout ce bois.

– C'est du teck, dit Jolene. Écoute, je voulais te dire, je suis désolée si tu es gênée par la présence de Mack. C'était l'idée de Jilly de l'inviter.

– Gênée ? Pourquoi je serais gênée ?

Jolene lui adressa un regard curieux.

– Parce qu'ils t'aiment bien tous les deux ! Idiote.

– Ah bon ? Les deux ?

– Bien sûr que oui ! Et comment le leur reprocher ? Tu es intelligente, tu es drôle, tu es jolie… et tu es nouvelle en ville.

– Ha.

Laura se retourna et commença à se déshabiller.

– Je vais te révéler un petit secret sur Key West, continua Jolene. Ça craint d'être célibataire ici. C'est une ville balnéaire avec une poignée de locaux qui y vivent à l'année. La plupart des gens qui viennent ici sont des touristes. Ils passent quelques jours, peut-être une semaine ou deux, puis ils repartent. Ce qui est parfait si tu es comme Jilly, qui adore tester tout ce qui est sur le menu sans vraiment commander quoi que ce soit.

Laura s'esclaffa et enfila son maillot une pièce.

– Si tu recherches une relation longue, alors, bonne chance. Des jeunes célibataires convoités ne s'installent pas ici très souvent. Tu es une exception. Et une denrée sexy, dois-je ajouter. Ce maillot est super sur toi !

Laura rougit.

– Merci. Je le préfère au rose à volants que ma mère a choisi.

– Le bleu est parfait. Les garçons vont l'adorer. J'espère juste qu'ils ne vont pas se battre pour toi.

– Oh, allez.

– Ils sont meilleurs amis depuis toujours. Je pense qu'ils attendent de voir lequel tu préfères avant de passer à l'action. Tu sais ce que ça veut dire, pas vrai ? C'est toi qui es aux commandes. Tu peux faire ton choix. Ou pas. C'est toi qui vois.

Laura s'esclaffa.

– J'apprends à les connaître. Je les aime bien tous les deux.

Jolene lui adressa un sourire malicieux.

– C'est une option possible, dit-elle.

Le bateau fit une soudaine embardée et Laura perdit l'équilibre. Jolene la retint par le bras pour l'empêcher de tomber.

– On bouge, dit-elle. Allez viens, on va rejoindre les autres. Tu peux laisser tes affaires ici, comme ça elles ne rouleront pas partout sur le pont.

Elle conduisit Laura jusqu'aux marches de la cabine, mais elle marqua un temps avant de les grimper.

– Souviens-toi, Laura. C'est toi qui es aux commandes.

Laura éclata de rire.

– Je ne pense pas être aux commandes. Je n'ai jamais l'impression d'être aux commandes.

– C'est ridicule. Tu as pris ta vie en main en venant ici, n'est-ce pas ?

Laura réfléchit quelques secondes.

– Oui. Je suppose que oui.

– Bon, alors ne t'arrête pas en chemin. Il y a deux mecs sexy en haut et une thermos pleine de margaritas. Qu'est-ce que tu attends ?

– Tu ne dis pas nous ? Jilly et toi, vous êtes célibataires.

– Nous ?

Jolene pouffa de rire.

– Oh, nous sommes déjà sorties avec Jake et Mack. Il y a des années. Trop d'histoires. Allez viens !

Elle se rua en haut des marches.

– Et attends un peu, quoi ?

Pawpa Hemingway vivait le meilleur moment de sa vie.

Avec ses pattes glissées sous lui comme un sphinx de l'Égypte ancienne, il contemplait au loin la mer depuis la proue du *Jolly Crabb* comme s'il fendait la houle en direction du soleil. Depuis son trône fraîchement revendiqué, il voyait, entendait, et sentait tout. L'eau se précipitait au-devant de lui. Le vent caressait son visage. Les vagues s'écrasaient sous lui et les voiles ondulaient au-dessus de sa tête.

Pawpa adorait tout cela.

Bien sûr, il ne laisserait pas les humains en prendre connaissance. Il était là en mission (découvrir ce que la nouvelle fabriquait), mais cela ne voulait pas dire qu'il ne pouvait pas en profiter. De temps en temps, il regardait les humains sur le pont du bateau, derrière lui. Ils bavardaient, riaient et paraissaient très heureux tous ensemble. Les mâles avaient l'air particulièrement contents de parler et de rire avec la nouvelle… pendant que les deux autres femelles passaient beaucoup de temps à régler les voiles et à tourner le grand volant à l'arrière du bateau. Tout le monde semblait heureux, détendu et satisfait.

Même Pawpa Hemingway, le chat le plus grognon de tout Key West.

Il se retourna vers la mer. Le soleil était un peu plus bas dans le ciel maintenant. Les nuages à l'horizon un tout petit peu plus sombres aussi… et on aurait dit que le bateau se dirigeait droit vers eux. Cela convenait à Pawpa. En fait, il trouvait cela palpitant.

Ce qui avait commencé comme une simple mission de reconnaissance pour le vieux chat gris se révélait être quelque chose de bien plus fort.

Une véritable aventure.

Laura ne pouvait s'empêcher de fixer le monstre marin à tentacules qui s'enroulait en haut du bras droit de Mack. Depuis qu'ils avaient pris la mer, elle s'était efforcée de rester concentrée sur les magnifiques eaux bleu-vert. Mais entre les magnifiques tatouages de Mack et les muscles luisants de Jake, impossible de ne pas rester bouche bée. En plus d'être gentils et drôles, ces mecs étaient incroyablement agréables à regarder.

– C'est un kraken ? demanda-t-elle en touchant le bras de Mack. Comme dans ces films avec des dieux grecs, où l'on crie « Libérez le kraken ! » ?

Il s'esclaffa.

– C'est bien ça. C'est mon premier tatouage et il reste mon préféré.

– Son oncle, Rooster, n'était pas très content, ajouta Jake.

– J'avais quinze ans, expliqua Mack. Mais ce n'était pas ça qui embêtait Rooster. Il avait peur que je n'y laisse tout mon fric. Un des *roadies* de Jimmy Buffett était devenu accro après son premier. Il a dépensé des milliers et des milliers de dollars pour recouvrir son corps entier. C'était une sorte d'addiction.

– Ton oncle avait raison, déclara Jake, en désignant le corps de Mack.

Ils se regardèrent et affichèrent un grand sourire.

– Ne doute jamais du Rooster ! dirent-ils à l'unisson, tout en riant.

Laura allait les questionner sur l'origine de leur *private joke*, lorsque Mack bondit de sa serviette et étira ses longs membres dégingandés.

– Bon, je vais me servir une autre margarita et papoter avec les Crabb, dit-il. Si vous parlez de moi en mon absence (et vous le ferez), soyez sympas.

Mack attrapa son gobelet et alla rejoindre les jumelles dans la cabine. Pendant qu'il s'éloignait, Laura eut une bonne perspective sur l'énorme tatouage qui ornait son dos (une représentation détaillée du phare de Key West, surplombant des palmiers, avec une goélette du XIXe siècle en arrière-plan). Laura devait l'admettre : les tatouages de Mack l'impressionnaient. Elle roula sur le ventre et se tourna vers Jake. C'est alors qu'elle remarqua son air pâle et... nauséeux.

– Tu te sens bien ? demanda-t-elle. Tu as le mal de mer ?

Jake haussa les épaules.

– Je vais bien. Juste un peu nauséeux. Ça va passer... J'espère.

Laura lui adressa un regard compatissant avant de contempler la proue.

– Mate un peu Pawpa. On dirait un vieux loup de mer.

Jake lâcha un petit rire.

– Oh, il adore ça. J'en avais le pressentiment. C'était plutôt un sauvage dans sa jeunesse. Un vrai bagarreur. Toujours à se fourrer dans des histoires. Des bagarres, des bassins à poissons, des poulaillers, et tout le reste...

– Comment l'as-tu attiré sur le bateau ?

Jake tendit le bras vers la poche latérale de son short cargo et en sortit une friandise pour chat.

– J'ai toujours des friandises en plus sur moi. On ne sait jamais.

– Ingénieux.

Laura acquiesça.

– Je kiffe les shorts cargo. Ils sont à la fois fonctionnels et stylés.

– Tu te moques de mon short là ?

– Je ne me moquerai jamais des choix douteux d'un homme en matière de mode. Je ne suis pas ce genre de fille. Mais si je l'étais, je devrais te poser une question.

– Quoi ?

– C'est une friandise pour chat dans ta poche ou tu es juste heureux de me voir ?

Jake grogna.

– C'est vilain. Tu es une vilaine fille. Demande-moi autre chose.

Laura réfléchit une seconde.

– Oh ! Je sais ! J'ai une question chat pour toi.

– Envoie.

– OK, on y va. Tous les chats polydactyles de Key West descendent du chat d'Hemingway, non ?

Jake acquiesça et Laura poursuivit :

– Alors... ça veut dire que Tallulah, la chatte sur mon toit brûlant, doit venir de la maison d'Hemingway. Correct ?

– Attends. Tu as une chatte sur ton toit brûlant ?

– Tu ne connais pas Tallulah ?

– Qui est Tallulah ?

Laura prit une profonde inspiration et lui raconta toute l'histoire : comment une visiteuse nocturne l'avait réveillée à minuit en grattant le toit, qu'elle était en fait semi-adoptée par les jumelles... et qu'elle aurait pu être la jumelle de Nessie.

– Elle s'appelle Tallulah, elle a exactement la même queue touffue et des pattes à six doigts comme Nessie. Mais son pelage est noir et pas doré. Qu'en penses-tu, Jake ? Elles pourraient avoir un lien ?

Jake y réfléchit et haussa les épaules.

– Je suppose qu'elle a pu venir de la maison d'Hemingway, répondit-il. Peut-être une cousine éloignée. Difficile à dire.

Laura parut déçue.

– Mais… en parlant de *Chatte sur toit brûlant*, savais-tu que l'auteur de la pièce, Tennessee Williams, a vécu trente ans à Key West ?

Laura se redressa.

– Vraiment ? Je ne savais pas ! J'adore Tennessee Williams ! Comment j'ai pu ignorer qu'il a vécu ici ? Où est sa maison ?

– Je pourrais te la montrer. Elle n'est pas agencée en musée, comme celle d'Hemingway. Mais on pourra y passer et jeter un œil.

– OK. Peut-être après le boulot un soir de cette semaine ?

– Bien sûr.

– Génial ! s'exclama Laura. Et elle ajouta avec malice : rendez-vous est pris !

Jake allait ajouter : *C'est vrai, c'en est un ?*, quand le voilier se mit à tanguer violemment, de haut en bas, et fendit de nouvelles vagues pour se frayer un passage.

Cela suffit à faire bondir Pawpa de son perchoir. Il détala vers un endroit plus sûr… au milieu de Laura et Jake.

– Bien, bien, bien, regardez qui voilà, dit Laura. Hello, Pawpa !

Elle fut tentée de le prendre dans les bras (voire de le caresser un peu) avant de se raviser. Pawpa détesterait cela. Alors, elle se contenta de fixer les grands yeux bleus du vieux chat et de sourire. Il ne semblait pas s'en préoccuper. Il avait une expression neutre. On aurait dit qu'il lui rendait son sourire.

– Je crois que Pawpa commence à bien m'aimer. Qu'en penses-tu ?

Elle se tourna vers Jake et cessa de sourire.

– Jake, tu vas bien ? Ton visage… Il est vert.

– Je vais vomir.

Se couvrant la bouche d'une main, Jake bondit sur ses pieds et se rua au bord du bateau. Laura grimaça en le voyant se pencher par-dessus le bastingage, tousser et être secoué de haut-le-cœur. Agitant la tête, elle baissa les yeux sur Pawpa. Il paraissait aussi dégoûté qu'elle.

Bien sûr, il avait toujours cette mine-là.

– Tenez-vous bien, tout le monde ! Grosse houle en approche !

C'était Jolene, qui criait depuis la cabine. Elle attrapa le gouvernail à deux mains pendant que Jilly saisissait la corde d'une voile. Mack s'accrocha au bastingage de la cabine et désigna quelque chose droit devant.

– Monstre en vue ! hurla-t-il.

Une énorme déferlante s'éleva comme une créature du fond des mers, soulevant l'extrémité avant du bateau lentement, mais sûrement, en haut, en haut, en haut, jusqu'à ce que Laura se sente glisser sur le pont en direction du bas.

Pawpa miaula et sauta sur ses genoux.

Puis, avec une rapide embardée, le voilier s'effondra en avant et retomba en claquant la surface de l'eau avec un puissant *splash*. Laura laissa échapper un petit cri perçant. Qui fut imité par Pawpa. Blotti en sécurité dans ses bras. Après quelques montées et descentes (d'une ampleur bien moindre que la première), le bateau se stabilisa. Trente secondes plus tard, la navigation reprenait son cours sans aucun heurt. Comme si rien n'était arrivé.

Laura et Jake reprenaient à peine leur souffle (et s'agrippaient encore au bastingage), lorsque Jilly surgit de la cabine, les bras chargés de palmes et de masques.

– OK, les gars ! Qui est prêt à plonger ?

Le grand récif des Keys de Floride attire des millions de personnes chaque année.

Et pour une bonne raison.

C'est l'unique barrière de corail en Amérique du Nord et la troisième plus grande au monde : avec environ mille quatre cents espèces de plantes et d'animaux marins, cinq cents espèces de poissons, et quarante espèces de coraux durs. Les coraux se composent de milliers de minuscules organismes, ou polypes, qui entretiennent une relation symbiotique avec les algues microscopiques qui vivent dans leur tissu et leur fournissent de l'oxygène. Quand les coraux meurent, leurs squelettes calcifiés constituent les fondations pour les couches supplémentaires de coraux et d'algues : un processus qui s'est répété au fil du temps pour créer un domaine sous-marin éblouissant comprenant des récifs, des sillons et d'autres formations saisissantes.

Ce processus débuta il y a plus de six mille ans.

Laura Lange allait arriver six mille années plus tard.

– Souvenez-vous de ne rien toucher là-dessous, les avertit Jilly. Les coraux sont très fragiles, un seul contact risque de les tuer.

– Houlà.

Laura jeta un coup d'œil à Mack, qui nageait sur place à côté de Jilly et d'elle. Il écarquilla les yeux à l'intérieur de son masque pour simuler l'effroi. Laura réprima un rire. Puis elle reporta son attention sur le *Jolly Crabb*, qui flottait doucement à environ quinze mètres de là. Au gouvernail, Jolene leur souriait. Pawpa était assis à la proue et les contemplait. Nulle trace de Jake.

– C'est dommage que Jake ait le mal de mer, déclara Laura. Je me sens coupable. Il m'avait prévenue.

Mack grogna dans son tuba.

– Tout ira bien, la rassura Jilly. Les médocs contre le mal des transports que je lui ai donnés devraient bientôt faire effet.

Laura était impressionnée par le calme avec lequel Jilly gérait la situation. Lorsqu'elle avait repéré que Jake était malade, elle s'était précipitée vers lui, l'avait entouré de son bras, lui avait tapoté le dos, et lui avait conseillé de se concentrer sur la ligne d'horizon. Puis, une fois qu'il n'avait plus eu mal au ventre, elle l'avait conduit dans la cabine et l'avait bordé dans une couchette. Maintenant, elle était là (aussi calme et enjouée que d'habitude) et elle donnait à Laura et Mack une rapide leçon sur l'art raffiné du *snorkeling*.

– OK, alors vous savez comment respirer avec un tuba, pas vrai ? Vous savez comment souffler de l'air dans votre masque, n'est-ce pas ? Vous savez qu'il ne faut pas toucher à la vie sous-marine si vous plongez sous la surface ?

Jilly attendit que Mack et Laura acquiescent. Ce qu'ils firent.

– Vous êtes certains de ne pas vouloir de gilets de sauvetage ? Il n'y a pas de honte.

Mack répondit que non.

Laura précisa :

– Tout ira bien. Je suis une assez bonne nageuse. Et ces palmes sont incroyables ! J'ai l'impression d'être La Petite Sirène.

Elle donna des coups de pied, s'éloigna en éclaboussant les deux autres, et décrivit un cercle d'un battement rapide.

– Génial, dit Jilly. Des questions ?

Laura regarda l'étendue marine autour d'elle.

– Oui. Où sont les autres bateaux ? Je pensais que ce serait bondé par ici.

– Oh, on a navigué un peu plus loin que d'habitude, expliqua Jilly. En plus, ils ont peut-être eu peur de ces nuages.

Laura fixa les nuages sombres et orageux à l'horizon. Ils avaient l'air un petit peu plus proches que quelques minutes plus tôt. Et beaucoup plus menaçants.

– Ils ont l'air un peu effrayants, non ? s'enquit Laura. Ça ira pour nous ?

– D'après les bulletins météo, on est hors de danger.

Jilly se protégea les yeux et regarda de nouveau les nuages. Elle fronça les sourcils.

– Mais pour plus de sécurité, on va faire court. Disons vingt minutes de *snorkeling*, puis on repartira. Au cas où.

Laura n'aimait pas l'éclat dans le regard de Jilly. Mais si quelqu'un s'y connaissait en navigation, c'était bien les sœurs Crabb.

Laura regarda Mack.

– Prêt ?

– Plus prêt que moi tu meurs, répondit-il.

La barrière de corail était l'une des plus belles choses que Laura avait vues.

Une abondance de couleurs riches et vives, de formes informes et étranges, fourmillant d'une impressionnante vie sous-marine. Les fonds marins faisaient penser à un pays magique sur une planète lointaine. Les rayons inclinés de l'astre couchant faisaient tout scintiller et étinceler, baignant le spectacle d'un or liquide. Des poissons jaune vif affluaient autour de ses pieds. Agglutinés en bancs, ils se déplaçaient rapidement et lui chatouillaient les jambes. À travers le masque, elle regardait en bas, fascinée par l'infinie variété des coraux : une montagne verte miniature avec des petits pics arrondis, une masse violette pourvue de longs doigts épais pareils à des griffes, un agglomérat multicolore d'assiettes plates rosâtres, de petites piques bleuâtres, et des extensions plumeuses jaunes. Laura y voyait une race perdue d'aliens, qui se cachait aux yeux du monde.

Mack nagea jusqu'à sa hauteur.

– Tu veux plonger plus profond pour les voir de plus près ?

Laura acquiesça, enthousiaste.

Ils prirent une profonde inspiration, plongèrent plus loin à grands coups de palmes pour se propulser vers des paysages colorés. Trois mètres, quatre mètres cinquante, six mètres, ils se retrouvèrent entourés par une faune et une flore magnifiques. Mack tira sur le bras de Laura et lui montra quelque chose posé sur le fond sableux : une étoile de mer à la forme superbe d'un orange brillant.

Laura mima le ravissement et leva les pouces vers Mack. Puis elle posa une main sur son cou et montra la surface. Ensemble, ils nagèrent rapidement vers le haut.

Laura baissa son masque et reprit son souffle.

– C'est. Tellement. Incroyable !

– Pas vrai ? dit Mack, un sourire jusqu'aux oreilles. Je ne me lasserai jamais de ce récif. Je pourrais passer chaque journée à l'explorer.

Laura sourit en hochant la tête.

– On y retourne. Prêt ? demanda-t-elle.

Mack allait répondre oui, lorsqu'une voix surgit derrière eux.

– Hé ! les copains !

Ils se retournèrent et aperçurent Jilly qui nageait sur place à un peu plus de dix mètres. Elle désigna le *Jolly Crabb* derrière elle.

– Jolene vient de me faire signe de revenir ! Je vais voir ce qu'elle veut !

– On doit venir aussi ? cria Mack.

– Non ! C'est bon ! Ne nagez pas trop loin ! Restez en vue du bateau !

– Pigé !

Mack se retourna vers Laura.

– OK. Allons-y.

Lors de leur deuxième plongée, ils repérèrent un étrange poisson rouge avec de longues nageoires bleues qui ressemblaient à des plumes. À la surface, Laura le qualifia de « très stylé » et de « très mariage royal ».

Lors de leur troisième plongée, ils suivirent une tortue qui nageait lentement et remarquèrent un petit changement de lumière. À la surface, Mack qualifia la tortue de « trop cool » et les nuages qui cachaient le soleil de « pas trop cool ».

Lors de leur quatrième plongée, ils explorèrent une grande formation aux arêtes découpées de corail vert mousse, qui évoquait un château gothique en ruine dans un vieux film d'horreur…

Et ce fut là que les eaux devinrent noires.

La tempête prit les jumelles par surprise.

À un moment, les nuages sombres et menaçants se trouvaient à une distance de sécurité. Au moins à une heure de là, d'après l'estimation de Jolene.

L'instant suivant, ces mêmes nuages progressèrent vers le bateau à une vitesse inquiétante, brouillant la ligne d'horizon, s'étendant en largeur et en hauteur dans les cieux comme une tache d'encre géante qui occultait le soleil.

Durant l'instant intermédiaire, les grognements et les plaintes de Jake avaient empiré. Jolene était moins inquiète à cause de la tempête qui paraissait bien éloignée que pour le passager malade qui se trouvait dans la cabine. C'est pourquoi elle avait fait signe à Jolene de revenir au bateau afin de veiller sur Jake, pour qu'elle puisse rester sur le pont et capter des mises à jour sur les conditions météo.

Et ce fut à cet instant que l'orage frappa.

Il débuta par une puissante rafale qui balaya les voiles, fit basculer le bateau, et envoya Pawpa glisser sur le pont et rejoindre Jake directement en bas. Ensuite vint la pluie, crachant et éclaboussant, puis s'abattant en vagues venues du ciel. Jolene et Jilly se jetèrent dans l'action. Avec rapidité, maîtrise (et oui, calme), elles baissèrent les voiles, choquèrent l'écoute pour stabiliser le *Jolly Crabb*.

Ensuite vint le plus difficile.

– Mack et Laura ! Tu les vois ? hurla Jolene en s'agrippant au gouvernail.

– Non ! cria Jilly. Ils étaient là il y a une minute ! À une trentaine de mètres !

Les sœurs se mirent à crier « Mack ! », « Laura ! », tandis que la pluie s'intensifiait.

Jake arriva en courant.

– Ils sont toujours là-bas ? demanda-t-il. Où ?

Il agrippa le bastingage et regarda autour de lui, désespérément.

– Je ne sais pas ! s'écria Jilly. Nous les avons perdus !

Quand la mer devint sombre, Laura et Mack surent immédiatement que quelque chose tournait mal.

Mack tendit la main et attrapa Laura par le bras. Ensemble, ils donnèrent des coups de palme aussi vite que possible et nagèrent vers la surface, sans savoir à quoi s'attendre. Lorsque leurs têtes émergèrent de l'eau, que leurs poumons suffoquèrent à la recherche d'air, ils découvrirent un monde très différent du paysage marin baigné de soleil qu'ils avaient quitté une minute auparavant. Le ciel était une tache géante au fusain et de lourds nuages tourmentés roulaient au-dessus de leurs têtes. La pluie fouettait la surface en torrents déchaînés et lancinants, et les vagues les soulevaient avant de les plaquer comme s'ils n'étaient rien du tout.

Laura ne s'était jamais sentie aussi petite, impuissante (ou effrayée), de toute sa vie.

– Où est le bateau ? demanda-t-elle, anxieuse. Je ne le vois pas !

Mack s'efforça de se repérer.

– Nous étions pile entre le bateau et le soleil.

– Où est le soleil ?

Mack leva la tête, mais ne vit rien d'autre que des nuages. C'était comme s'ils avaient tout englouti.

– Attends ! Regarde ! Voilà le soleil ! Tu vois la tache de lumière derrière ce nuage ? C'est ça. Alors ça veut dire que le bateau devrait être là-bas.

Il montra la direction opposée. Il regarda Laura droit dans les yeux et y lut de la peur.

– On va s'en sortir, OK ? Tiens, prends ma main. On nage par là.

Alors qu'ils se mettaient à nager, la pluie s'amplifia, les vagues se firent plus agitées. Ils peinaient à savoir s'ils nageaient en ligne droite. Puis l'orage gagna en violence, le vent souffla plus fort, la tempête empira. Ils ne distinguaient pratiquement rien.

Ce fut à cet instant que Mack prit peur lui aussi.

Vraiment peur.

Après qu'une grosse vague se fut écrasée sur eux et qu'ils réussirent à se stabiliser de nouveau, il s'arrêta et attira Laura près de lui. Ils se dévisagèrent un instant, leurs lèvres tremblaient, l'eau ruisselait sur leur visage, leurs yeux écarquillés étaient embués par l'émotion.

– Écoute, Laura. Je sais que tu as peur. Moi aussi. Ça ne sent pas bon, pas vrai ? Bon, si ça y est… Si ce sont nos derniers instants, alors je veux…

Il l'embrassa. Lentement, profondément, passionnément, il l'embrassa. Comme si c'était le dernier baiser de sa vie. Le dernier baiser qu'il connaîtrait jamais.

Il l'attira plus près et tint son corps serré, tandis qu'une autre déferlante les soulevait plus haut encore, et qu'une montagne d'eau les éclaboussait, et que la pluie les bombardait… Puis aussi subitement qu'il avait commencé, le baiser se termina. Mack s'écarta. Mais il ne la lâcha pas. Il continua de tenir le bras de Laura tandis qu'une grosse vague les soulevait avant de les laisser choir. Puis il la regarda et dit :

– Pardon. Je n'aurais pas dû faire ça. J'aurais dû te demander d'abord…

– Tais-toi.

Laura attrapa le visage de Mack avec ses deux mains…

Et l'embrassa avec force.

Partie II

Braver la tempête

« Un chat est d'une honnêteté émotionnelle sans faille : il arrive que les êtres humains, pour une raison ou pour une autre, masquent leurs sentiments, mais pas un chat. »

Ernest Hemingway

Chapitre 9

Journal d'un chat domestique cinglé

À la suite des récents rebondissements, Laura décida de tenir un journal intime.

Pas dans un style expansif d'adolescente au cœur brisé, du genre « Cher journal, penses-tu que Brad m'invitera au bal de promo ? ». Encore moins dans l'esprit de *Sex and the City*, une compilation de réflexions sur le quotidien des célibataires aisés, des « je ne pouvais m'empêcher de me demander » tapés à l'ordinateur portable.

Oh que non. Laura préférait faire simple.

Son journal serait un registre, pragmatique et sans chichis, de personnes, de lieux et d'événements. *Rien que les faits, m'dame.* Une sorte de calepin de journaliste. Ou à la manière d'Ernest Hemingway, qui affûtait la concision de sa plume à travers ses articles de correspondant étranger.

Hemingway avait un jour déclaré : « Pour écrire sur la vie, il faut d'abord la vivre. »

De fait, l'existence de Laura avait pris un tournant radical ces dernières semaines. Key West regorgeait de gens, de lieux, d'anecdotes et d'événements captivants, à tel point que, par comparaison, son quotidien à Syracuse semblait d'une grande platitude. Elle se mit en tête de tout consigner, à titre documentaire – que ce soit sur papier, sur son téléphone ou sur un ordinateur portable. Juste au cas où l'envie lui prendrait de renouer avec l'écriture. Peut-être qu'en se limitant aux faits, sans se soucier du « style » et de la « technique », elle parviendrait à réprimer cette voix de professeur d'anglais de lycée qui squattait sa tête.

Qu'est-ce qu'il y connaît, de toute façon ?

Voilà comment, le soir de sa rude épreuve en mer, Laura Lange rédigea la toute première phrase de son journal. Une fois rentrée au pavillon avec les sœurs Crabb, elle prit une longue douche revigorante, s'enferma dans sa chambre et créa un document sur son téléphone. Elle le nomma « Rien que les faits ». Dès lors, elle s'arrangea pour l'enrichir de plusieurs entrées quotidiennes.

Même quand l'ouragan frappa.

27 août

Sortie plongée avec masque et tuba. Ai frôlé la mort.

Jolene et Jilly ont invité Jake, Mack et moi à une excursion plongée à bord du *Jolly Crabb*. Nous avons eu deux invités-surprise : Pawpa Hemingway et l'ouragan Sally. Pawpa adore naviguer. Jake a eu le mal de mer. Mack et moi avons été pris dans un orage express : un effet ricochet de Sally dans l'enclave de la Floride. Nous avons perdu le bateau de vue de longues minutes. La mégafrousse. Heureusement que la pluie s'est calmée et que le ciel s'est dégagé peu après. Nous sommes rentrés sans encombre. Personne n'a été blessé.

Au fait, Mack m'a embrassée et je l'ai embrassé à mon tour.

Sais pas trop comment l'interpréter. Vaut mieux ne pas y penser.

28 août

Partie bosser. Me suis pris une saucée. Une de plus.

Soleil en début de journée. Vu Rooster nourrir les poulets sauvages en chemin vers la maison d'Hemingway. Il a demandé comment je me sentais après l'aventure de l'orage en mer. Il prétend que Mack lui a tout raconté. Je sais qu'ils sont proches, mais je doute que Mack ne lui ait *tout* dit.

P-S : Rooster est *top* avec sa nouvelle coupe de cheveux. L'ai pas reconnu tout de suite.

Croisé Rick et Ricardo qui promenaient leurs chihuahuas Lucy et Desi. Ils se chamaillaient pour une question d'argent. J'ai entendu Rick pester : « As-tu la moindre idée de ce que coûte un dresseur canin ? » Apparemment, Ricardo n'a aucune notion des tarifs d'un dresseur canin.

Ni de la marche à suivre pour que Lucy et Desi s'abstiennent d'aboyer quand je passe.

Arrivée en avance à la maison d'Hemingway. Surpris Margarita qui dansait le cha-cha-cha devant l'entrée avec Nessie. Me suis jointe à la danse. *Une-deux cha-cha-cha !* Vu Millie se diriger vers sa billetterie avec sa coiffure chic de la Soirée dansante. *Un adieu aux queues-de-cheval !* Pris un café avec Jake au bar. Il est toujours aussi gêné d'avoir été malade sur le bateau, toujours chamboulé que je me sois « perdue en mer » avec Mack, et toujours disposé à m'emmener visiter la maison de Tennessee Williams. Balade programmée demain, après le travail. *N'empêche, est-ce un rencard ?*

Averse au cours de ma seconde visite guidée. Bonjour la pagaille.

Des dizaines de chats ont accouru dans la maison pour s'abriter de la pluie. Larry, Curly et Moe se pourchassaient entre les jambes des touristes. Tournillon s'est livrée à sa traditionnelle partie de ventriglisse dans le vestibule, distribuant des croche-pieds aux visiteurs à chaque dérapage. Lady Bratt Ashley a sorti les griffes quand Jackie Chan s'est aventuré sur le lit d'Hemingway à côté d'elle. Je n'avais pas d'autre choix que d'interrompre la visite et d'attendre que ça se tasse.

Qui peut rivaliser avec une pleine maisonnée de chats ?

Pas moi. J'ai perdu mon groupe de visiteurs quand un impromptu « combat en cage » a éclaté entre Boxeur et Matador sous la table de la salle à manger. Tout le monde s'est entassé dans la pièce, jouant des coudes pour assister « aux premières loges » au match opposant les frères aux grosses pattes. Le public s'est enflammé quand Boxeur a décoché un habile crochet du gauche, et tous ont retenu leur souffle quand Matador s'est relevé en exécutant une pirouette de torero avant de propulser son adversaire à terre.

Il me semble avoir vu des messieurs d'un certain âge engager des paris.

Par bonheur, l'ondée n'a été que de courte durée. Ensuite, après-midi ensoleillé. Par malheur, il s'est remis à bruiner quand je rentrais à la maison. Je n'avais pas pris de parapluie. Mais devine qui y avait pensé ? Mama Marley ! Son taxi rose a freiné à ma hauteur, elle a baissé sa vitre et m'a tendu un parapluie pliable en disant :

– J'en garde en secours. Pour arrondir mes pourboires.

29 août

Mon rendez-vous avec Jake. En quelque sorte.

Me suis réveillée avec un chat sur la poitrine. Sur le moment, j'ai pensé que c'était Nessie à cause de la queue touffue qui me chatouillait le bras. C'était Tallulah. Elle est enfin entrée dire bonjour. Adorable, cette minette. Affamée aussi. Quitté mon lit pour lui donner du Cat Chow déniché dans le cellier des Crabb. Les sœurs entreposent plus de nourriture pour les animaux que pour les humains dans leur cuisine. Après que Tallulah et moi avons avalé nos petits déjeuners, elle m'a laissée la câliner et la caresser – un tout petit peu. Elle avait certainement à faire par ailleurs. Moi aussi. Nous sommes donc parties chacune de notre côté. Moi, au travail. Elle, vers des lieux inconnus.

Aujourd'hui, la journée a été... compliquée.

Pour ma première visite programmée, j'ai reçu un groupe de bambins de la halte-garderie. La plupart n'étant pas en âge de lire – encore moins de lire Hemingway –, j'ai dû ajuster mon script pour maintenir leur intérêt. À différents moments, je me suis fait passer pour un pêcheur, un toréador, ou un chasseur de gros gibiers en safari en Afrique. Les gamins en redemandaient. Seul hic, l'une des assistantes maternelles m'a regardée de travers quand j'ai fait semblant de tenir un fusil. Du coup, j'ai fait croire aux enfants que je photographiais les animaux avec un appareil photo. Peu importe. Les petits n'avaient en réalité qu'un seul centre d'intérêt :

Les chats d'Hemingway !

D'un bout à l'autre de la visite, ils ne pouvaient pas détacher leur attention des chats qui vadrouillaient par-ci par-là.

Alors j'ai abrégé la visite des pièces pour les emmener dehors, voir la réplique de la maison d'Hemingway à l'échelle des chats. Ils étaient enchantés, forcément. Jake est même venu leur présenter les chats polydactyles. Et leur a permis d'en caresser certains. Après quoi j'ai rondement fait passer les enfants devant le cimetière félin – inutile de les angoisser –, mais je leur ai bel et bien montré la fontaine pour chats. Elle a été confectionnée à partir d'un ancien urinoir en céramique qu'Hemingway a rapporté du bar *Sloppy Joe*. Sa femme a hésité à s'en débarrasser, avant de choisir de le carreler et de le surmonter d'une urne espagnole de façon à le transformer en fontaine à eau.

– Un urinoir ? a demandé un garçonnet. Là où on fait pipi ?

J'ai acquiescé, à quoi les gamins ont hurlé de rire et crié « Beurk ! ».

Une visite réussie, ma foi.

Rendez-vous avec Jake après le travail. L'ai remercié de m'avoir prêté main-forte avec les bouts de chou. Il a dit qu'il aimait énormément les enfants.

– C'est fou comme ils sont ouverts et francs. Ils ne dissimulent pas leurs sentiments, a-t-il commenté.

J'ai fait de mon mieux pour ne pas réfléchir à un sens caché. Nous avons remonté Whitehead Street, bifurqué dans Truman Avenue, et débouché devant une jolie maisonnette dont l'écriteau annonçait « Exposition Tennessee Williams-Key West ». Jake m'a dit que Williams n'avait pas vraiment vécu à cette adresse. Il s'agit plutôt d'un musée-galerie d'art dédié au dramaturge et à son œuvre. Et, si j'étais partante, il a suggéré de poursuivre jusqu'à la vraie demeure de Williams sur Duncan Street.

J'étais partante.

En chemin, Jake a énuméré les célèbres résidents de Key West, notamment l'auteur de livres pour enfants Shel Silverstein, l'auteure de roman *young adult*, Judy Blume, le poète Wallace Stevens et le président Harry S. Truman – dont la résidence d'hiver est désormais connue sous le nom de « Petite Maison Blanche ». Il a indiqué des coins pittoresques, comme *Duffy's Steak & Lobster House* et la basilique de Sainte-Marie-Étoile-de-Mer.

Devant la maison jadis habitée par Tennessee Williams, j'ai fait part à Jake de mon rêve de collégienne de devenir écrivaine – et l'insistance de mes parents pour que je fasse preuve de pragmatisme. Jake a révélé qu'il aurait aimé intégrer l'école vétérinaire, mais que les frais médicaux de son père avaient siphonné leurs comptes d'épargne. Ce dernier s'est éteint quand Jake avait dix-sept ans. Jake est alors resté sans le sou et sans projet. Fort heureusement, Margarita lui a offert un poste à la maison d'Hemingway (elle le connaissait déjà, par l'intermédiaire de Mack et Rooster), ce qui a permis à Jake de soutenir sa mère *et* de travailler au contact des animaux à longueur de journée. Pour lui, cet emploi était une aubaine, un peu comme trouver un foyer loin de chez soi. Et une famille de cœur en prime.

Je commence à ressentir cela, moi aussi.

Ensuite, nous nous sommes baladés sans but précis. En papotant de nos livres et de nos films préférés, ce genre de sujets. Avons fait halte au *Schooner Wharf Bar*, où nous avons partagé des huîtres sur écaille, des crevettes sauce noix de coco, des beignets de conche façon Key West et des key lime coladas. Après avoir réglé l'addition (que j'ai tenu à partager), nous avons admiré le soleil couchant depuis *Sunset Pier.*

Et c'est là que j'ai commis une ânerie. Dangereuse, en plus, sachant que Jake est mon collègue.

Je l'ai embrassé au moment de se séparer.

30 août

FaceTime avec maman. La cata. Plus jamais ça.

Maman a insisté pour lancer un FaceTime afin que je lui présente mon lieu de vie. Les premières minutes, je me suis adressée à son oreille. Obligée d'expliquer comment tenir le téléphone en cadrant son visage. Visite rapide du pavillon des Crabb. L'ai présentée à Polly Parton, Roméo et Juliette, Iggy Popstar, et aux autres animaux. Elle était horrifiée. Surtout par Antoine et Cléopâtre (les tarentules) et Sammy et Delilah (les boas constrictors). Quand même, elle aime bien ma chambre aménagée dans la véranda. « C'est petit, mais très lumineux. Hautement tropical. »

Et là, maman a jeté un pavé dans la mare :

« Un poste de chargé de cours est à pourvoir au département d'anglais de SU. Ton ancien conseiller pédagogique t'a recommandée. Alors j'ai soumis ta candidature. »

Je suis restée baba. Mais pas longtemps.

Une fois remise du choc initial, je me suis efforcée d'expliquer (calmement) que je suis là où j'ai envie d'être, que j'y fais ce que j'ai choisi de faire. En outre, il n'est pas convenable de soumettre mon CV sans ma permission.

Elle s'est confondue en excuses, puis s'est empressée de renchérir : « De toute façon, c'est trop tard maintenant. Je l'ai déjà envoyé. Attendons leur réponse, on ne sait jamais. »

Difficile de rester zen. Ne voulais pas me disputer avec elle. Dit au revoir et raccroché.

La journée n'a fait qu'empirer.

Reçu un SMS de Devin dix minutes plus tard :

D'après ta mère, tu vas sûrement rentrer à Syracuse. Tu confirmes ? Appelle-moi S'IL TE PLAÎT.

Pfft. Devin.

Mon ex n'a pas l'air de saisir le concept de l'ex. Probablement parce que je n'ai pas officiellement rompu avec lui. J'ai seulement annoncé, sans préambule, que j'avais accepté un job à Key West et que je me serai volatilisée dans six jours. Je sais. Plutôt merdique, ma stratégie. Nous sortions ensemble depuis la première année de fac. N'empêche que j'avais mes raisons :

1. Je déteste les drames.
2. Je n'avais pas la plus petite idée de ce que je voulais faire de ma vie.
3. Je perdais la boule à petit feu – comme le pauvre chat de Devin.

Devin avait un chat du nom de Veronica, une petite femelle de l'île de Man, joueuse, qui se plaisait à faire ses griffes sur les meubles, les rideaux et tout ce qui se trouvait à portée de pattes. Un jour, la mère de Devin s'est mis en tête de redécorer son intérieur. Elle a commandé un luxueux canapé en cuir, de nouveaux fauteuils, de nouveaux rideaux, la totale. Suite à quoi, Veronica a été bannie du salon. Devin devait la garder enfermée dans sa chambre. Pauvre bête. Les premiers temps, elle a sombré dans la dépression et la léthargie. Ensuite, elle a commencé à dérailler, à pourchasser des proies invisibles, à refuser de s'alimenter, esquivant Devin quand il essayait de la porter.

Pour finir, une nuit, Veronica a pris la fuite.

Elle a déchiqueté la moustiquaire de la fenêtre et s'est fait la malle. Pour de bon. Je l'ai aperçue une fois, un an plus tard, dans le parc à côté de chez Devin. Elle poursuivait un pigeon – visiblement en meilleure santé et plus heureuse qu'auparavant.

Petite Veronica... enfin libre !

Ce que je l'avais enviée.

31 août

Plus de Mack. Plus de complications.

La journée avait pourtant débuté gentiment. Réveillée par Polly Parton. Enrôlée par les sœurs Crabb sur une mission recherche et sauvetage d'Iggy Popstar, qui a trouvé le moyen de s'évader de son vivarium d'iguane. L'ai rattrapé sous mon lit. Douchée, habillée, j'ai filé au travail. Sans oublier mon parapluie. Qui n'a servi à rien. Même si les nuages sont restés menaçants toute la journée.

Guidé deux visites le matin, trois l'après-midi. J'ai séché sur la question d'une touriste : « Connaissez-vous le nom de la couleur de la peinture de ces volets ? C'est trop vif pour être vert olive, et trop pâle pour être vert anis. » Il m'était inconnu. Obligée de me tourner vers Leo la Chance Il a dit que c'était un mélange préparé spécifiquement pour la maison d'Hemingway.

Détail intéressant : Leo ne portait pas l'un de ses sempiternels polos aujourd'hui. À la place, il avait mis une chemise neuve, à imprimés discrets. D'un raffinement peu coutumier.

Solliciterait-il les conseils vestimentaires de Mama Marley, à présent ?

Margarita m'a priée de rester deux heures supplémentaires pour les aider, Millie et elle, à arranger les centres de table en vue du grand mariage de demain à la maison d'Hemingway. Le couple avait commandé une décoration sur le thème caribéen, mais la future mariée déteste les petites bananes en plastique utilisées par le fleuriste. L'organisateur du mariage – vraisemblablement au bord de la crise de nerfs – a imploré Margarita de lui prêter main-forte et de détacher les bananes des décorations de table. Margarita a consenti, certaine que ce serait vite réglé. Erreur. Les bananes étaient reliées à des fils de fer, si bien que les centres de table nécessitaient un remaniement pour combler les vides.

Margarita m'a ensuite proposé de gagner un peu d'argent, en les assistant le jour du mariage. « Juste en renfort. Les traiteurs serviront la nourriture et les boissons, mais tu peux m'assister pour coordonner la fête. Le groupe de Jake et Mack se charge de la musique ! Tu ne veux pas louper ça. »

Clairement, je ne voulais pas louper ça. Bien sûr que j'ai saisi l'opportunité.

Jake voulait prendre un verre après le travail. Obligée de décliner. Ai retrouvé Margarita et Millie dans le salon à cinq heures. Sur les tables, les décorations fourmillaient de splendides fleurs tropicales – et de bananes en plastique kitsch. Nous nous sommes mises à la tâche. Ainsi que les chats, qui semblaient curieusement fascinés par tout ce manège. Certaines d'entre eux ont commencé à se battre pour les bananes laissées de côté, les repoussant à coups de pattes autour du salon à la façon de joueurs de football. Ça a tellement dégénéré que nous avons dû expédier Bette Davis et

Joan Crawford dans « la surface de réparation », ce qui, dans ce cas, signifiait dans le jardin avec les autres chats. Terminé pile à temps pour assister au sublime coucher de soleil.

Les nuages menaçants dans le ciel paraissaient s'embraser. Je ne pouvais plus m'arrêter de les contempler. Suis tombée sur Mack McCloud (presque littéralement, vu que j'avais le nez en l'air) sur Whitehead Street, devant le phare. Il se tenait à côté d'une vieille dame toute frêle, avec des lunettes métalliques de grand-mère, un pantalon à fleurs multicolores et un tee-shirt Greenpeace. Mack me l'a présentée en tant que « Shelly la déesse de la météo de WKEY Radio ».

Shelly s'est esclaffée.

– Je l'ai prié de ne plus me qualifier de « fille de la météo ». Je préfère « analyste », mais je dois admettre que « déesse de la météo », ça sonne bien. Ravie de te rencontrer, Laura, a-t-elle déclaré en me serrant la main avant de lever les yeux vers le ciel. Nous avons là un ciel particulièrement flamboyant, n'est-ce pas ? Remercions l'ouragan Sally.

Mack lui relata l'orage express de la sortie plongée.

– Estimez-vous chanceux. Sally est une dame pour le moins volage. Toute la semaine, elle a caboté autour du golfe, en changeant chaque jour de direction. Elle me fait penser à ces demoiselles qui rechignent à s'engager avec un garçon ou à s'installer. Elle couche à droite à gauche. Bien sûr, je suis mal placée pour critiquer. Je n'étais guère différente dans ma jeunesse. C'est probablement pour cela que je suis restée célibataire.

Shelly a eu un petit rire.

– Bon, passons. Pour en revenir à Sally… je pense qu'elle s'épuisera dans les prochains jours. Harry me préoccupe davantage.

– Qui est Harry ? a demandé Mack.

– Le cyclone Harry, a-t-elle précisé. Lui, c'est un sournois. Il y a à peine quelques jours de cela, il était Orage tropical Harry. Quasiment un bébé, né d'une vague dans l'Atlantique. Le temps d'atteindre Puerto Rico, hier, il s'était mû en franche tornade. De catégorie trois. Heureusement qu'il a contourné le nord de l'île sans causer trop de dégâts. D'après les météorologues de la métropole, Harry commençait à s'essouffler. Mais je ne suis pas dupe ! Aujourd'hui, Harry est même passé en catégorie quatre et, à mon avis, il n'est pas au bout de sa croissance. Haïti, la République dominicaine, les îles Turques et Caïques – ils sont tous passés en vigilance absolue en raison du risque de tornade.

Shelly s'arrêta, avisant ma mine stupéfaite.

– Tu n'écoutes donc pas mon bulletin météo ? m'a-t-elle demandé.

– Non, ai-je avoué. Mais je le suivrai dorénavant ! À vous écouter, on dirait que la météo est tellement… exaltante.

– La météo *est* exaltante.

– Terrifiante aussi, ai-je nuancé.

– Oui, ça aussi, a-t-elle admis. Nous verrons comment la situation évolue. Si Harry la Terreur s'intensifiait à l'approche de Cuba, ce serait catastrophique pour nous, dans les Keys. D'ailleurs, un ouragan de catégorie cinq serait ce que j'ai vu de plus dévastateur à ce jour ! Nous serions contraints d'évacuer. Séance tenante.

Après m'avoir flanqué la trouille, Shelly nous souhaita une agréable soirée et se carapata. Restés sur le trottoir, Mack et moi nous regardions avec embarras. Je n'aurais su dire ce qui me perturbait avant tout : apprendre qu'un ouragan mémorable se dirigeait sur nous ou avoir secrètement roulé des pelles à Mack dans un moment où nous pensions périr.

Mack finit par briser le silence.

– Ça t'intéresserait de monter au sommet du phare pour profiter du soleil couchant ?

Ça m'intéressait.

Le temps de grimper, le ciel était encore plus théâtral. Les nuages s'étaient assombris, densifiés. Le soleil se parait de tons plus mûrs, plus intenses. Et – peut-être que cela provenait de la lumière, de la hauteur étourdissante ou du cadre extrêmement romantique du vieux phare de Key West – le fait est que Mack m'apparaissait plus charmant, plus débraillé et plus attirant que jamais…

Cher journal, penses-tu que Mack retentera de m'embrasser ?

Non ! Arrête ! Tout de suite !

Je m'étais promis que ce journal ne serait pas le récit d'un coup de cœur d'ado qui se languit d'amour. Et déjà, je m'écarte de ma promesse. *Ressaisis-toi, Laura.*

Juste les faits.

Nos sujets de conversation : la passion de Mack pour la musique et son rêve de produire des albums. Rooster, l'oncle de Mack, qui l'a recueilli quand sa mère l'avait abandonné. L'amitié de Mack pour Jake, et le fait qu'ils sont en compétition depuis l'école primaire. J'ai retracé pour lui l'histoire de ma vie (dans les grandes lignes, pas tout. Pas un mot sur Devin). Ensuite, j'ai évoqué ce qui est advenu lors de la sortie plongée.

Mack s'est muré dans le silence. Il a regardé en bas, par-dessus le garde-fou du phare, durant un temps interminable, sans dire un mot. Puis il a relevé les yeux vers moi, ses yeux sombres et chatoyants.

– C'était… intense, a-t-il murmuré d'une voix fébrile, pleine de douceur. C'était… de la folie, je sais. Je n'aurais pas dû t'embrasser. Jake t'apprécie énormément et il est mon meilleur ami. Mais j'en avais envie… depuis notre toute première rencontre. C'était quelque chose qu'il *fallait* que je fasse… Après tout, cet instant était peut-être notre dernier sur terre.

Je ne savais pas quoi dire. L'émotion dans ses yeux, la tendresse dans sa voix… Je désirais l'attraper et l'enlacer. Ou l'embrasser. Ou les deux.

– Tu veux prendre un verre au *Sloppy Joe* ? a-t-il demandé. J'offre la première tournée !

– Hmm… allons-y.

Je ne savais pas trop s'il essayait de changer de sujet ou simplement de décor. Dans tous les cas, nous étions sur la même longueur d'onde. Je mourrais d'envie de découvrir le bar préféré d'Hemingway depuis ma venue sur l'île.

Le bar *Sloppy Joe* !

Fondé le 5 décembre 1933, jour de l'abrogation de la prohibition, ce célèbre bar de Key West réussissait à préserver l'atmosphère d'un troquet de quartier, malgré plusieurs changements de noms et d'adresse sur Duval Street. Ernest Hemingway en personne avait suggéré l'appellation *Sloppy Joe* au propriétaire, Joe Russel, qui veillait à ce que l'alcool coule à flots pour Papa et sa « clique », ses comparses parmi lesquels l'auteur John Dos Passos et l'artiste Waldo Peirce. Hemingway avait fait la connaissance de sa troisième femme, Martha Gellhorn, au *Sloppy Joe* – ainsi que du capitaine de navire qui lui avait fait cadeau de son premier chat polydactyle. Les critiques littéraires sont d'avis qu'Hemingway s'est inspiré de *Sloppy Joe* pour décrire le bar dans son roman *En avoir ou pas*.

Moi ? J'hésitais à prendre une margarita frappée avec Mack.

– Rien qu'une, m'a-t-il appâtée en tirant pour moi un tabouret haut devant le long bar incurvé.

– Je ne devrais pas. J'ai l'impression de trop picoler depuis que je suis sur l'île.

En riant, Mack a écarté les mains.

– Bienvenue à Margaritaville.

J'ai haussé les épaules.

– Soit. Pourquoi pas. Hemingway a dit un jour : « Pour se familiariser avec une culture, l'idéal est de passer une soirée dans ses bars. » Qui suis-je pour contredire un lauréat du prix Nobel ?

Laissant Mack passer la commande, j'ai inspecté la salle. Ses boiseries vieillottes et son carrelage bleu semblaient ne pas avoir été rafraîchis depuis des décennies. Les murs étaient bardés de vieux souvenirs d'un autre temps, de trophées de pêche et de photographies encadrées – la plupart de Papa en personne – et deux ventilateurs vacillants étaient suspendus au plafond. Un élément qu'Hemingway n'aurait pas reconnu : la boutique cadeaux dans le coin vendait des tee-shirts Sloppy Joe et des souvenirs de Key West.

– Ton verre, a dit Mack en poussant devant moi une margarita frappée. À quoi trinquons-nous ? À une longue vie heureuse ? À nos carrières de rêve ? Nos adieux à la plongée ?

– Buvons… aux chats d'Hemingway ! me suis-je exclamée.

– Alors, aux chats d'Hemingway !

Nous avons fait tinter nos verres avant de goûter une gorgée. Le cocktail glacé chatouillant puis engourdissant ma langue, je repérai quelqu'un du coin de l'œil. Dehors, sur le trottoir, quelqu'un scrutait le bar à travers la vitre, puis secoua la tête avant de reprendre sa route.

Je suis presque certaine que c'était Jake.

Et je suis presque certaine qu'il nous a vus.

1er septembre

Ciel rougeoyant du matin. L'avertissement du marin.

Nouvelles alarmantes dès le réveil. Ai écouté le bulletin météo de Shelly sur WKEY Radio. Appris que l'ouragan Sally a repris sa course. Se dirige droit sur les Keys.

« Nous avons tapé dans l'œil de Sally, ou Sally nous a dans le viseur (pour reprendre la formulation de Shelly). Mais je pense qu'elle fait juste du charme. Une jeune et séduisante dépression en développement pourrait bien la faire chavirer et l'emporter au large. Pour l'heure, tout porte à croire que Sally ne se ferme à aucune option. Nous risquons de subir des vents violents et de fortes précipitations ces deux prochains jours, préparez-vous. Pour couronner le tout, le cyclone Harry avance dans notre direction. Il semble toutefois perdre de la vigueur au-dessus de Cuba, merci Seigneur, et a été rétrogradé en catégorie trois. J'espère qu'il sera complètement claqué le temps de toucher les Keys. Auquel cas, si Sally traînaille encore dans les environs quand Harry se pointe… prenez garde. La situation pourrait devenir méchamment orageuse, et cela à une rapidité affolante. Ne manquez pas les prochains bulletins. »

J'ai coupé la radio. Noté dans un coin de ma tête de prendre un parapluie pour le grand mariage sur le thème des Caraïbes à la maison d'Hemingway cet après-midi.

P-S : Si j'avais su qu'une telle tempête éclaterait dans la journée, je serais restée couchée.

Comme j'étais de repos le matin, j'ai cuisiné un petit déjeuner complet pour Jilly, Jolene et moi-même. Pancakes, œufs, bacon, le grand jeu. Parlé aux sœurs de Mack et Jake et de nos rencards en quelque sorte. Des baisers aussi. Elles ont écouté avec attention et à peine parlé. Sans doute ne veulent-elles pas se mouiller. Ou elles savent quelque chose que j'ignore. Jilly, en particulier, faisait une tête de chat qui a avalé un canari, comme on dit.

À propos d'oiseaux, j'ai passé la matinée à essayer d'apprendre une nouvelle chanson à Polly Parton. *Free Bird* de Lynyrd Skynyrd. Sans succès. Je suppose qu'elle n'est pas fan de Skynyrd.

Flemmardé dans le jardin avec Tallulah. Elle a couru après un lézard entre les fantaisies nautiques et les décorations de la pelouse. Le lézard a réussi à lui échapper en se cachant sous une statue de sirène. Tallulah a déclaré forfait, avant de se coucher sur mes genoux. Ne m'y attendais pas. M'attendais pas non plus à ce qu'elle soit aussi lourde.

– Tu engraisses, Tallulah, ai-je dit. Vas-tu quémander de la nourriture chez les voisins, en bonus ? Bannis les glucides, peut-être.

Je l'ai caressée comme Nessie aime qu'on la caresse. Délicatement, du sommet de la tête jusqu'au bout de la queue. Elle a ronronné de la même manière que Nessie.

C'est bizarre : connaître deux chats tellement semblables, et pourtant si différents.

Bizarre aussi : embrasser deux garçons qui se trouvent être meilleurs amis. Qui jouent dans le même groupe. Que je vais voir aujourd'hui. Lors d'un mariage. Dans la maison d'Hemingway.

Pour qui sonnent les cloches de mariage... ?

Pas pour moi, pas de sitôt. C'est difficile de m'imaginer prendre ce genre d'engagement alors que j'arrive à peine à décider comment m'habiller pour ce mariage – ou quoi faire avec Jake et Mack.

– Éclaire-moi, Tallulah, ai-je dit en soulevant le chat de mes genoux.

Me suis levée et suis allée dans ma chambre. Tallulah a suivi le mouvement. Ouvert ma penderie, sélectionné plusieurs tenues, les lui ai montrées pour solliciter son approbation. Zéro réaction. Pris ma petite robe noire, l'ai tenue devant moi et tourné sur moi-même. Tallulah a remué la queue. Affaire conclue.

Si seulement tous les choix se réglaient aussi simplement dans la vie.

Plus tard, à la maison d'Hemingway...

Avec Margarita et Millie, nous avons fini de disposer les centres de table – sans les bananes en plastique – sur les tables entourant la piste de danse. Nous avons pris un peu de distance pour admirer notre ouvrage. Les décorations sont du plus bel effet. Et étonnamment de bon goût. Considérant le thème caribéen de la future mariée, ça aurait pu mal tourner à bien des égards. L'organisateur du mariage a confectionné une ravissante arche de fleurs tropicales pour la cérémonie, et les traiteurs ont apporté un comptoir et des cabanons de restauration en bambous et palmes qui, je ne sais trop comment, ne ressemblent pas au *tiki bar kitsch* d'un hôtel. Les nappes, dans des tons antillais adoucis, font joliment ressortir les compositions florales des tables. L'ensemble rendait très bien, et même l'organisateur du mariage, pourtant lessivé et pointilleux, était aux anges !

Les chats aussi ont validé. Peut-être un peu trop.

Larry, Curly et Moe n'ont eu de cesse de mâchonner les feuilles de palmier sur le côté du comptoir. Machouille et Whisky surveillaient déjà la zone de restauration. Kilimandjaro a tenté d'escalader l'arche de fleurs, tant et si bien qu'il nous a fallu la chasser à maintes reprises. À un certain moment, elle a fait tomber l'une des fleurs, après quoi Bette Davis et Joan Crawford ont commencé à se bagarrer pour la remporter. De leur côté, Boxeur et Matador se sont fait la guerre sur le nid de serpents, que formaient les câbles audio du groupe de musique.

Ah, le groupe de musique du mariage.

Tandis que j'aidais Margarita, j'ai jeté des coups d'œil réguliers à Jake et Mack, occupés à installer le matériel avec les autres musiciens. Ils étaient divinement chics en costume, même s'ils n'avaient pas encore boutonné leurs chemises ni noué leurs cravates. Ils m'ont surprise en train de les observer. Tous deux m'ont adressé un grand sourire et un petit coucou. J'ai demandé à Margarita la permission d'aller dire bonjour au groupe.

– Naturellement. Je pense que nous avons la situation bien en main à présent. Les décorations sont prêtes, l'organisateur du mariage est satisfait, même la future mariée s'est enfin tranquillisée. Cela dit, garde un œil sur les chats. Veille à ce qu'ils ne causent pas trop de dégâts – ou, pire, qu'ils ne volent pas la vedette à la mariée.

J'ai coulé un regard vers la piste de danse, où Tournillon s'amusait à enchaîner les tours sur elle-même.

– J'essaierai, dis-je.

Puis je me suis dirigée vers la scène.

– C'est donc le groupe dont tout le monde parle, ai-je lancé en souriant à Jake et à Mack.

Jake m'a joué un petit riff à la guitare.

– Tout ce que tu as entendu est vrai, a-t-il confirmé. Les Off Keys sont des légendes du rock… dans leur esprit.

Mack a fait tournoyer l'une de ses baguettes de batterie en l'air, l'a rattrapée et a improvisé une mélodie aux tonalités antillaises sur un fût en acier.

– Attends un peu d'entendre notre reprise calypso d'AC/DC. Tu vas halluciner.

J'ai pouffé de rire. Ils m'ont présenté les autres membres du groupe, Lilly et Kane, visiblement hypersympas, hyperdétendus et hyperconcentrés sur les changements de dernière minute à apporter à la liste des morceaux à jouer. Mack s'est éclipsé pour récupérer un élément de batterie dans la fourgonnette, me laissant seule avec Jake.

– Ce n'est pas le style de musique que nous jouons habituellement, m'a-t-il dit. La future mariée cherchait un son antillais, mais avec les chansons de mariage traditionnelles, *Just The Way You Are*, et *Unchained Melody*. De la musique d'ambiance, aussi, dans le style de *The Girl from Ipanema*. Mack dit qu'il exècre *The Girl from Ipanema*, mais je pense qu'il l'aime secrètement. C'est juste que jouer dans les mariages, c'est pas son truc.

– Mais il s'agit d'un mariage à la maison d'Hemingway, ai-je protesté. Ça change forcément la donne.

– On raconte que le père de la mariée ressemble comme deux gouttes d'eau à Ernest Hemingway. Qu'il aurait pu participer au concours de sosie d'Hemingway qui a lieu tous les ans. En juillet.

– J'en ai entendu parler. N'est-ce pas intégré à un festival qui s'étale sur un week-end, avec des concours de pêche et une course de taureaux dans les rues, ce genre d'animations ? Je regrette de l'avoir loupé.

– Peut-être l'année prochaine. Si tu n'es pas partie d'ici là.

Un étrange sourire triste a flotté sur le visage de Jake. Puis il a retrouvé le sourire.

– Ils élisent le meilleur sosie au *Sloppy Joe*, l'ancien repaire d'Hemingway. Tu connais ?

Oh, oh ! Je ne savais pas trop comment m'en sortir. Mon esprit s'est mis à mouliner.

Je ne pouvais m'empêcher de me demander...

Oh non ! Je gamberge façon *Sex and the City* ! Seconde règle du journal bafouée !

N'empêche que, sérieusement, je ne pouvais m'empêcher de me demander si Jake me testait. S'il m'avait vue avec Mack au *Sloppy Joe*, la veille au soir, et considérait ma propension à mentir. Si peut-être il se passait un truc entre nous.

– J'y suis allée hier soir. Avec Mack, ai-je admis. Je l'ai croisé dans la rue, après avoir arrangé les centres de table avec Margarita. Nous avons pris un verre au *Sloppy Joe*. Sympa, ce bar. Il est resté couleur locale, après toutes ces années. Et truffé d'histoires ! J'adore toutes les photos et les babioles sur les murs. J'ai même failli m'offrir un tee-shirt, mais...

Je divaguais. Par chance, Mack est revenu avec un fût en acier, un beau steal drum, ce qui m'a fourni l'opportunité de bifurquer vers un autre sujet. Après quoi Margarita m'a fait signe, depuis le côté de la maison, d'une façon qui laissait penser qu'elle avait besoin de moi. Pile au bon moment.

– Je suis convoquée, ai-je annoncé. Bonne chance, aujourd'hui, les gars. Je veux dire, cassez la baraque.

Oups.

Cocktails avant la cérémonie.

Le groupe a assuré. Ils ont joué de la musique lounge au goût Caraïbes (*Margaritaville* de Jimmy Buffett, *Stir It Up* de Bob Marley) pendant que les invités dégustaient leurs cocktails tropicaux dans des ananas évidés, plantés de longues pailles roses. J'ai été particulièrement impressionnée par la performance magistrale de Mack aux percussions sur *The Girl from Ipanema*. C'était doux, sensuel et ultraplaisant. Personne n'aurait pu deviner qu'il déteste cette chanson. Et Jake ? Il ressemblait à un jeune crooner d'une autre époque, grattant sa guitare tel un vrai séducteur, en chaloupant en rythme. D'une suavité torride, et même à se pâmer.

Quelque chose m'a frotté la jambe.

Nessie ! Mon cavalier s'est matérialisé !

La cérémonie.

Écouté les mariés prononcer leurs vœux avec Nessie dans les bras. J'avais la gorge nouée, durant l'échange des alliances et du baiser, même si je ne connaissais pas ces gens avant ce jour. Au moins, je n'étais pas la seule à me laisser gagner par l'émotion. Margarita avait les larmes aux yeux. Millie sanglotait quasiment.

– C'est tellement beau, a-t-elle murmuré.

Je me suis interdit de regarder Jake et Mack. Mais c'était plus fort que moi. Ils se tenaient sur l'estrade avec leurs instruments – chacun me lançant des coups d'œil à répétition. J'ai commencé à me questionner sur le sérieux de leur intérêt pour moi. Sérieux, du genre : « Et si c'était la femme de ma vie ? » Après quoi j'ai réalisé que non.

Ils observaient Millie qui sanglotait de manière incontrôlable.

Ah.

La réception.

Les mariés se sont dit « oui ». Acclamations des invités. Jeunes mariés ont ouvert le bal. Une version calypso de *Can't Help Falling in Love* d'Elvis Presley. Jake a pris le micro, un régal. Un chanteur de rêve. Puis des discours ont été prononcés, les serveurs ont apporté les plats, et tout le monde s'est assis pour se restaurer – sous le regard attentif de Machouille et Whisky qui tournaient autour du banquet comme deux requins affamés.

Jake, Mack, Lilly et Kane, les artistes actuellement connus sous le nom des Off Keys, ont donné le coup d'envoi de la soirée avec une série de tubes populaires qui donnent la bougeotte. Tout le monde s'est rué sur la piste. Lilly était prodigieuse. Non seulement elle ressemble à une jeune Whitney Houston, mais elle chante aussi comme elle. Kane, qui me fait penser à Prince, est un génie de la musique tout bouclé, qui a joué d'au moins cinq instruments différents dont le clavier, la guitare et le saxophone. Jake et Mack n'ont pas chômé eux non plus. Ils ont brillamment joué ensemble. Des harmonies et une présence sur scène exceptionnelles.

Qui l'aurait prédit ?

La plus grosse surprise, toutefois, est venue de la tonalité caribéenne que le groupe a brillamment conférée à chaque morceau. Exactement ce que voulait la mariée. On n'a rien vécu tant qu'on n'a pas entendu une version calypso de *Uptown Funk*, un riff antillais sur *Love Shack* et une interprétation reggae de *The Electric Slide*.

Les chats d'Hemingway ne savaient pas comment réagir.

Certains ont couru se planquer (Larry, Curly et Moe), d'autres ont trouvé un discret poste d'observation (Nessie, Pawpa et Kilimandjaro), quelques-uns ont essayé de participer (Tournillon, Boxeur, Matador et bien entendu Machouille et Whisky). Au moins, les semeurs de trouble m'ont fourni la parfaite excuse quand un convive alcoolisé m'a invitée à danser. « Désolée, j'ai du travail. Faut bien que quelqu'un garde ces chats ! »

Au beau milieu de ce bazar, les traiteurs ont entrepris de dresser les auvents au-dessus du bar et des tables du buffet. Sur le moment, je n'ai pas compris pourquoi. Jusqu'à ce que je lève les yeux vers le ciel.

Houlà.

D'énormes nuages gris se précipitaient vers nous comme un troupeau de bestiaux lâché dans les rues. Je ne les avais pas remarqués jusqu'alors, sans doute parce que le ciel s'assombrissait en même temps que le soleil déclinait et que les guirlandes s'allumaient. Tandis que j'examinais la voûte orageuse, j'ai remarqué que les palmiers tanguaient, leur feuillage vert ondulant dans le vent qui gagnait en force. C'était incroyablement menaçant.

Qu'avait annoncé Shelly, la déesse de la météo, à propos de l'ouragan Sally ?

« Préparez-vous à des vents violents et des pluies torrentielles ces prochains jours. »

– Ne fais pas ça, Sally, ai-je murmuré au ciel. Ne gâche pas ce mariage, s'il te plaît.

Soudain, la musique s'est tue. En me retournant vers le podium, j'ai vu Jake s'emparer du micro.

– Et maintenant, j'aimerais convier notre invitée d'honneur à venir chanter sur scène. La seule… et l'unique… Margarita Bouffet !

Tout le monde a applaudi. Surtout moi. J'ignorais que Margarita savait chanter !

J'ai regardé ma directrice monter sur scène et s'emparer du micro. Elle a promené son regard étincelant sur la foule.

– Merci, a-t-elle dit. Au nom de la maison « Ernest Hemingway », j'aimerais dédier cette chanson à nos magnifiques jeunes mariés, et à tous ceux qui ont un jour couru après leur rêve et ont eu la chance de le voir se réaliser… enfin… *At Last.*

Elle a baissé les yeux vers le sol dès que le groupe a fait résonner les premières notes du standard immortel d'Etta James, *At Last.* Le couple de mariés s'est levé d'un bond et s'est dirigé vers le centre de la piste. Margarita a attendu le moment opportun pour relever lentement les yeux et se mettre à chanter.

Elle était fantastique.

Sa voix était tellement grave, riche et chargée d'émotion qu'elle m'a coupé le souffle. Bien vite, d'autres couples ont entouré les jeunes mariés, étroitement enlacés dans une danse romantique, la musique s'amplifiant en belles envolées. D'autres, comme moi, étaient trop captivés pour faire quoi que ce soit d'autre qu'écouter sans bouger, emportés par la chanson, les paroles et la personne qui leur donnait vie. Au fil de la mélodie, un détail m'a interpellée : le regard de Margarita restait focalisé sur un point dans le lointain, quelque part derrière mon épaule. Je me suis retournée en direction de son regard.

C'était Rooster McCloud.

Adossé au mur de la bâtisse, le gardien du phare à la beauté sauvage contemplait Margarita de loin, ses yeux bleus si expressifs que j'ai ressenti un petit pincement au cœur.

Puis j'ai senti autre chose : Pawpa Hemingway se frottait contre ma jambe !

Les bras m'en tombent, comme dirait Rooster. Pawpa avait cessé de me suivre partout depuis notre aventure en voilier, sans pour autant se montrer ouvertement amical avec moi. Cela marquait un tournant décisif dans notre relation.

Je me suis baissée pour le caresser.

Et il ne s'est pas rebiffé !

Nul doute que ce moment était mon préféré du mariage : caresser Pawpa Hemingway en écoutant Margarita Bouffet chanter Etta James à Rooster McCloud.

Quel était mon moment *le moins* préféré ?

Tout ce qui s'est déroulé par la suite.

Cela a commencé par un coup de tonnerre retentissant. Puis une violente bourrasque a secoué le jardin, envoyé valser les fleurs et les nappes et même des chaises en travers de la propriété. Après quoi des trombes d'eau se sont abattues sur nous, moyennant quoi tout le monde a détalé en hurlant pour se réfugier dans la maison d'Hemingway.

Après cela, tout a dégénéré.

Après cela…

Tout le monde était trempé et affligé. Les invités du mariage étaient trempés et affligés. Les traiteurs étaient trempés et affligés. Les chats étaient trempés et affligés.

Les pluies torrentielles émettaient certes des hurlements au-dehors, mais la mariée hurlait encore plus fort dans la grande salle. Soulevant et traînant sa robe dégoulinante toute fripée sur le carrelage, elle a fendu la masse d'invités trempés et affligés qui jacassaient, jusqu'à l'escalier. Elle s'est laissée choir sur les marches et a fondu en larmes, jurant et gémissant :

– Pourquoi ?!!! Pourquoi moi ?!!! Pourquoi maintenant ?!!!

Le jeune marié a redoublé d'efforts pour la consoler.

Peine perdue.

Entretemps, les chats venus s'abriter de la tempête commençaient à se sécher dans les espaces interdits d'accès de la maison. Ils galopaient, gambadaient et roulaient joyeusement sur eux-mêmes – au grand plaisir des invités détrempés. Là encore, Boxeur et Matador se sont adonnés à un combat sous la table de la salle à manger. Là encore, le public les a encouragés.

– Celui-ci a un sacré crochet du gauche, a commenté le père de la mariée.

Suis partie inspecter les autres pièces. Ai vu Margarita et Millie s'entretenir avec l'organisateur du mariage. Vu Rooster aussi, qui observait, un peu à l'écart. N'ai pas vu Jake ni Mack ni aucun musicien. Me suis faufilée dans la foule pour regarder par la fenêtre. Dehors, j'ai vu deux silhouettes au bout du jardin sur l'estrade. C'était Jake et Mack. Ils s'acharnaient à essayer de dérouler une large bâche en plastique sur le matériel du groupe, mais le vent la repoussait à chaque fois.

Ils semblaient se hurler dessus.

Margarita s'est rapprochée dans mon dos.

– Laura, trésor, penses-tu pouvoir aller chercher des balais à frange dans la buanderie ? a-t-elle demandé. Toutes ces traînées d'eau un peu partout, je crains qu'elles ne détériorent les sols. Ou pire, que quelqu'un glisse.

– Sans problème. Ai-je répondu. Puis j'ai lancé un regard à l'extérieur. L'averse semblait faiblir légèrement. J'apercevais l'estrade bien plus nettement à présent. La bâche en plastique paraissait solidement attachée.

Mais pas de Jake ni de Mack.

Je me suis rendue à l'arrière de la demeure, je suis passée devant la mariée en larmes, les invités qui s'égouttaient et les chats qui s'ébattaient. J'avais atteint la porte de derrière quand j'ai senti quelque chose effleurer ma jambe.

– Nessie ! Te voilà ! Je savais que tu étais assez futée pour échapper au déluge.

Je frottai au passage sa tête chaude, duveteuse, mais encore trempée.

– Hélas, je dois retourner dehors. Souhaite-moi bonne chance !

Sur une profonde respiration (et déplorant de ne pas avoir pris le parapluie de Mama Marley), j'ai rentré la tête dans les épaules avant de me lancer dans le jardin. En me dirigeant vers l'arrière du bâtiment, j'ai vu Jake et Mack debout à côté de la piscine.

Ils se disputaient. Sous une pluie battante. À propos de moi.

– Tu l'as embrassée ? a braillé Jake. Tu l'as embrassée !

– Tu l'as embrassée aussi ! a vociféré Mack.

– Nous avions un accord !

– Et tu ne l'as pas respecté !

– Toi non plus !

Je n'en croyais pas mes oreilles. *Ils avaient un accord ?* J'avais à peine eu le temps de le digérer que les deux meilleurs amis ont commencé à se bousculer à tour de rôle. Jake a poussé Mack en premier. Puis Mack l'a poussé en retour. Après s'être poussés vigoureusement, ils se sont retrouvés bloqués à se battre en se tenant par les bras. Comme Boxeur et Matador, mais en nettement moins mignon. C'était même affreux à voir.

– Assez ! ai-je crié. Qu'est-ce qui cloche avec vous deux ?!

Ils m'ont ignorée et ont continué à se bagarrer, se repoussant et se heurtant de plus en plus brutalement.

Jusqu'à ce qu'ils plongent dans la piscine.

Trop c'est trop. J'en avais assez vu. Sous le choc – et un brin dégoûtée –, j'ai laissé les garçons régler entre eux leur rivalité débile de machos. Je suis partie chercher des serpillières pour Margarita.

Jake et Mack pouvaient parfaitement nettoyer leur bazar sans moi.

Chapitre 10

Quand le cyclone Harry rencontre l'ouragan Sally

Tous les ans, au pic de la saison des ouragans, un étrange phénomène touche les habitants de la pointe méridionale de l'État de Floride.

Les météorologues nomment cela l'Amnésie des Ouragans.

Clairement, le plus singulier avec l'Amnésie des Ouragans est qu'elle frappe massivement les personnes les plus avisées, à savoir les résidents implantés de longue date dans ces régions, qui ont déjà essuyé de terribles tempêtes, mais semblent oublier avec quelle violence elles ravagent tout.

Les éventuels effets secondaires incluent : un sentiment de sécurité démesuré, un extraordinaire déni du danger, et un optimisme indécrottable poussant à croire que tout ira pour le mieux.

Autrement dit : ils ne prennent pas les ouragans au sérieux.

Cela se vérifie en particulier dans les Keys de Floride.

Nombre de résidents de Key West, notamment, s'étaient habitués aux interminables salves d'alertes aux tempêtes tropicales, aux surveillances des ouragans et aux mesures de prévention des inondations côtières au point qu'elles fassent partie de leur routine. Ces fiers résidents de Key West aimaient se croire préparés à tout. Ils avaient déjà tout vu. Le plus souvent, cela n'était d'aucune utilité.

La faute incombait en grande partie aux équipes de « journalistes de terrain », prêts à tout pour faire grimper l'audimat, surtout aux accès de panique de toute dernière minute complètement excessifs. Dans leurs reportages en direct d'une plage, vêtus de cirés de marque, sous une averse modérée, ces « personnalités » de la télé locale prétendaient refiler quelques tuyaux au Gamin qui Criait au Loup.

À la longue, les gens ont cessé d'écouter.

Cette année s'était avérée particulièrement maudite. Selon la chaîne d'infos que l'on écoutait à la radio, les chances qu'une tempête touche terre se multipliaient à chaque instant, faiblissaient doucement, ou fluctuaient d'heure en heure. « Nous vous tiendrons informés, restez à l'écoute ! » Même le Service météorologique national, une source fiable d'informations, modifiait fréquemment ses avertissements, ses surveillances et ses recommandations en cours de journée. Du fait de cette masse de bulletins contradictoires, la population ne savait plus qui croire ni quoi penser.

Le problème était Harry et Sally.

Ils étaient, pour citer Sally de WKEY Radio, « affreusement capricieux ».

Hier encore, le Centre national des ouragans (CNO) avait rétrogradé le cyclone Harry à la catégorie deux après qu'il a dépassé les îles Turks-et-Caïcos et pris la direction nord-est vers l'Atlantique – pour changer de direction le lendemain. En même temps, le CNO avait déclassé l'ouragan Sally en dépression tropicale, du fait qu'elle dérivait vers l'ouest et le golfe du Mexique. Elle aussi se ravisa – et fut ensuite reclassée – quand elle s'en retourna en Floride.

Les spécialistes météo faisaient leur possible pour suivre. Ils surclassaient les orages, émettaient des alertes et finissaient par exhorter le gouverneur de Floride à ordonner une évacuation. Mais pour une partie des résidents de Key West – surtout les fameux chats d'Hemingway –, abandonner l'île n'était pas envisageable.

Quand le cyclone Harry rencontra l'ouragan Sally, ils n'eurent pas d'autre choix que se mettre aux abris pour l'affronter.

Contre vents et marées.

Quand Mama Marley rencontra Lucky Leo Trout au *Green Parrot Bar* (cinq jours avant qu'Harry ne rencontre Sally), ils pensaient que le pire était derrière eux.

– Cesse de te tracasser pour Harry et Sally, dit Leo, en avançant une chaise pour Mama. Ils ne toucheront pas nos îles. Crois-moi, j'en sais long sur les tempêtes. J'ai enduré deux ouragans de catégorie cinq, et tellement de tornades que j'ai perdu le compte. Dans le Kansas, une tornade a littéralement soulevé ma maison, l'a retournée plusieurs fois avant de la lâcher comme une patate chaude. Toutes les fenêtres ont volé en éclats.

Mama sourit.

– Tu as de la chance d'être toujours en vie, Leo.

– Pour sûr, dit-il avec le sourire. Je suis un vrai chanceux. Chanceux d'être ici, vivant, avec toi.

Son sourire ne faiblissant pas, Mama commanda le cocktail spécial happy hour – un mélange de rhum épicé et d'ananas baptisé le parrot punch – et s'efforça de ne pas trop cogiter sur les histoires librement amplifiées de Leo. Certes, elles étaient divertissantes. Mais non, elle n'y croyait pas. Pourquoi ressentait-il le besoin de raconter des salades... De toute façon, Mama n'était pas prête à plonger les yeux fermés. Pas encore, du moins. Pas au troisième rendez-vous.

– Je valide ta nouvelle chemise, observa-t-elle pour réorienter la discussion. Elle fait magnifiquement ressortir le vert de tes yeux. Tu es beau comme tout.

Leo piqua un fard.

– Je ne l'aurais pas achetée si tu ne me l'avais pas montrée, certifia-t-il. Tu as un goût sûr.

– En matière de chemises ou d'hommes ?

Leo vira à l'écarlate.

Mama songea que c'était adorable que Leo tienne compte de son opinion.

Le soir où il l'avait raccompagnée chez elle, au terme de leur second rendez-vous – après la Soirée Ukulele au Green Parrot –, ils étaient passés devant un magasin de vêtements pour hommes. Mama avait profité de l'occasion pour s'enthousiasmer devant des chemises en vitrine, en espérant que Leo saisisse l'allusion. Dès le lendemain, il était apparu devant la maison d'Hemingway avec l'une des chemises qu'elle appréciait. Cela avait impressionné Mama. Fortement. La plupart de ses anciens petits amis se cramponnaient à leurs manies. Ils s'habillaient invariablement de la même façon, dînaient invariablement dans les mêmes restaurants et encore pire commandaient invariablement le même repas ; pas une fois ils ne cédaient à l'attrait de la nouveauté.

Leo était à part.

– Euh... Mama ? Je peux... te poser une question ?

– Bien sûr que tu peux, Leo. Pose ta question.

Leo semblait nerveux.

– C'est, euh… Bon, ton nom. Ça me fait un peu… bizarre… de t'appeler Mama. C'est comme ça que j'appelais ma mère.

– Oh, mince.

– Tu l'as dit. Du coup, je me demandais si, éventuellement… as-tu un autre nom par lequel je pourrais t'appeler ?

– Mon prénom officiel, tu veux dire ? fit Mama avec un sourire espiègle. Mon vrai prénom est secret. Je ne donne jamais à personne mon vrai prénom. Mais pour toi ? Je vais faire une exception. Mon vrai prénom est… Marla.

– Marla ? reprit-il en esquissant un sourire. Marla. Quel beau nom ! Je l'adore. Marla.

– C'est mon prénom, ne va pas l'user.

Au même instant, le concert débuta. C'était un groupe local, The Kool Kats. Leur musique pouvait être décrite comme de la country de bar *honky tonk* à la façon du Sud, relevée d'un zeste de key lime. Ils étaient terriblement bruyants et chahuteurs, une invitation à danser.

– Envie de remuer du popotin, Marla ?

Leo lui tendit la main.

Mama ne répondit pas tout de suite. La tête inclinée sur le côté, elle écoutait les premières notes de la version accélérée de *Dixie Chicken* des Little Feat. Elle examina Leo en souriant.

– Avec plaisir. Faisons ça.

Cinq chansons plus tard…

Mama et Leo continuaient de danser à en perdre haleine. Le mélange tapageur des genres musicaux leur inspirait des mouvements d'autant plus créatifs. Mama exécutait les rotations et Leo les plongeons, chacun parfaitement synchronisés avec les pas suivants de l'autre comme s'ils dansaient en binôme depuis des années. Quelques personnes dans la foule se mirent à les encourager, leur libérant de l'espace sur la piste pour leur permettre de se donner à fond. Un moment de détente mémorable.

Jusqu'à ce que ça ne le soit plus.

Quand Leo s'écarta pour attraper sa bière, une brute baraquée affublée d'un chapeau de cow-boy vint se coller à Mama Marley, frottant ses hanches contre les siennes. Elle le repoussa sans ménagement. Ensuite, ça partit en vrille. Le cow-boy attrapa Mama par le bras. Elle lui flanqua un coup de pied dans les valseuses. Après quoi Leo surgit en jouant des poings.

Ils s'emballèrent au quart de tour.

Et la fête s'acheva tout aussi vite.

Leo assénait un coup puissant dans la mâchoire du cow-boy quand le videur sorti de nulle part saisit Leo aux épaules, le traîna vers la sortie et le jeta dehors sous la pluie. Mama Marley le rattrapa au pas de course. Elle aida Leo à se relever du trottoir détrempé et déplia son parapluie pour le protéger de la saucée.

– Je ne sors jamais sans un parapluie de secours. Suis-moi, Leo. Mon carrosse est garé à l'angle.

Sitôt qu'ils furent en sécurité dans la voiture de Mama Marley à dix pâtés de maisons du bar, du videur et de la brute, ils explosèrent de rire.

– Ça, alors ! Pas croyable. C'était *sensationnel*, Leo !

Mama s'esclaffa et siffla, tapant à deux mains sur le volant. Leo se retenait tant bien que mal de rire, car il tenait à s'excuser d'avoir provoqué une scène (et de les avoir fait éjecter du bar), mais Mama n'en démordait pas.

– Tu veux rire ? C'était *grandiose*, Leo. Tu es un homme, un vrai ! Défendre mon honneur comme tu l'as fait ? Je n'ai qu'un mot à dire : ouah ! Ce type était *balèse* ! Tu as de la chance qu'il ne t'ait pas pulvérisé !

Leo eut un petit rire nasal.

– Je t'avais bien dit que j'étais chanceux !

– Oh non, tu es plus que chanceux. Tu es mon héros. Tu lui en as collé une bonne ! *Pour moi !* Dorénavant, je t'appellerai « Leo Crochet du Gauche » !

Ils continuaient de se gondoler de rire quand Mama démarra et remonta la célèbre jetée rouge à la pointe sud de l'île. Le mauvais temps aidant, ils étaient parfaitement seuls. Sans touristes. Pas de photographes amateurs. Pas de marchands ambulants de souvenirs. Juste Marla, Leo et la pluie se jetant dans les flots outremer.

– Oui, m'sieur, tu es vraiment spécial, Leo, dit-elle et coupant le moteur. Je parie que tu ne t'attendais pas à te bagarrer dans un bar ce soir. Tu t'étais déjà battu dans un bar avant ce soir ?

– Évidemment, fit Leo en s'adossant. Des dizaines de fois. J'ai été impliqué dans tellement de rixes de comptoir que je ne les compte plus. Je m'entraînais avec des boxers pros, autrefois, tu sais.

Oh, non. Il ne va pas me remettre ça, songea Mama.

– Vraiment, Leo ? Voilà qui est intéressant.

Elle tritura les boutons de la radio et localisa une chanson de reggae langoureuse.

– Mais pour tout te dire, je ne suis pas fan de boxe. Parlons d'autre chose.

– De quoi, par exemple ?

– Par exemple, explique-moi comment tu fais pour travailler du matin au soir au milieu de tous ces chats ?

– Tu n'aimes pas les chats ?

– Ils me fichent la trouille. Ces poulets sauvages me font peur aussi. Tous les animaux, en fait. Je les évite autant que possible. Je suis comme ça depuis toute petite.

– Où as-tu grandi ?

Mama tourna son regard vers la mer, silencieuse. Puis elle reporta son attention sur Leo.

– Toi d'abord. Dis-moi quelque chose sur ton passé. Sur ton ex-femme, peut-être. Parle-moi d'elle.

Leo émit un rire mitigé.

– Oh, pas sûr que ce soit une bonne idée. À la télé, les émissions de rencontres recommandent toutes de ne jamais, *au grand jamais*, évoquer ses relations passées lors d'un rendez-vous.

– Cela ne s'applique qu'au premier rendez-vous. Nous en sommes au troisième.

Mama se pencha vers lui, s'appuyant sur son bras.

– Tout peut arriver à partir du troisième rendez-vous, Leo. Tout et n'importe quoi. Les règles sont levées.

Leo gloussa nerveusement.

– Oh ? Est-ce bien vrai ?

Il enroula son bras autour d'elle.

– Véridique.

Elle posa la tête sur son épaule, le visage enfoui dans son cou.

– En ce cas, se lança Leo, serais-tu prête à prendre un dernier verre chez moi ?

– Avec joie. D'autres questions ?

– Ouais. Pourquoi tes parents t'ont-ils baptisée Marla Marley ?

– Tu sais, ce n'est pas mon vrai nom de famille.

Le jour où Foster Lee Jackson avait rendez-vous avec Millie Graham au *Hot Tin Roof Restaurant* – quatre jours avant qu'Harry ne rencontre Sally –, l'île était passée en alerte cyclonique.

Millie estimait plus sage d'annuler leurs plans et de reporter le dîner à la semaine suivante. Or Foster ne l'entendait pas de cette oreille.

– Pas question que je laisse un petit passage nuageux me priver de la compagnie d'une superbe femme, avait-il objecté au téléphone. Surtout une femme solaire comme vous l'êtes.

– Oh, c'est si touchant, gloussa-t-elle à la façon d'une jeune fille. Mais êtes-vous sûr ? La météo a prévenu que l'ouragan Sally reviendrait de notre côté.

– Soit. Miss Sally devra attendre que j'aie invité Miss Millie à dîner. De toute façon, j'ai déjà réservé une table.

À leur arrivée au restaurant, l'hôtesse les informa que la terrasse couverte était fermée en raison du risque de pluie et de vent fort. En dépit de quoi Foster persista à exiger une table en terrasse.

– Quel est l'intérêt d'inviter une dame dans cet établissement raffiné si nous sommes privés de la vue sur le port de Key West, et d'un verre de rosé devant le coucher de soleil ? Si vous me faisiez la gentillesse d'y remédier, je vous en serais éternellement reconnaissant. Et apportez-moi la carte des vins, je vous prie.

L'hôtesse s'exécuta de mauvaise grâce.

Pendant que Foster étudiait la sélection de vins, Millie observait le personnel du restaurant, qui s'affairait pour dresser une table sous la véranda. La salle principale semblait surchargée de chaises, sans doute à cause des avis de tempêtes, toutefois elle demeurait extraordinairement chic et élégante. Millie se serait fait une joie de dîner à l'intérieur. Mais dès qu'elle découvrit la vue de la terrasse sur le front de mer, elle se réjouit que Foster ait convaincu l'hôtesse de les installer de ce côté-ci. Le panorama, spectaculaire, était follement romantique, malgré les nuages qui obstruaient le soleil.

– Cet endroit est bigrement sophistiqué, murmura-t-elle à Foster dès que la serveuse les conduisit à leur table. Depuis le temps que je rêve de dîner ici. À ce qu'il paraît, la nourriture est succulente.

Foster acquiesça de la tête.

– C'est peu dire. Le *Hot Tin Roof* est mon restaurant préféré sur l'île. Admirez cette vue !

Millie dirigea son regard au large du port, sur les monstrueux nuages bleus et aubergine amassés à l'horizon.

– Divin. Mais…

– Mais, quoi ?

– Ces nuages sont inquiétants. Et ces remous, au loin ? On dirait une marmite de ragoût en train de mijoter sur le feu, à deux doigts de déborder. Le vent marin doit souffler fort.

Foster s'appliqua à la rassurer.

– Ce n'est rien. Une petite averse, tout au plus. L'ouragan Sally stagne à plus de cent soixante kilomètres de nous en ce moment. Pas de quoi se tracasser.

– Et le cyclone Harry, alors ?

– Harry ? Il se trouve quelque part au milieu de l'océan.

– Ce n'est pas ce que Shelly a annoncé ce matin.

– Shelly ? La dame météo de Rooster McCloud ? Elle n'est pas météorologue.

– Non, mais elle connaît son domaine. Elle a expliqué que le cyclone Harry avait modifié son itinéraire hier soir et réservé un vol pour les Bahamas. Il a de surcroît monté d'un cran. Il est passé en catégorie trois et dérive vers l'ouest. Shelly craint qu'ensuite, il ne veuille s'approvisionner en cigares cubains. Elle a dit que s'il le faisait, nous partirions tous en fumée !

Foster rit aux éclats.

– Ah, cette Shelly. Elle a une imagination débordante, je l'avoue. Pour ma part ? J'ai une faim de loup, dit-il en dépliant la carte. Je commande pour nous deux si vous n'y voyez pas d'inconvénient.

– Hmm, pourquoi pas. Après tout, vous savez ce qui est bon ici, pas vrai ? Je peux vous faire confiance ?

– Bien sûr que vous pouvez me faire confiance. Je choisissais systématiquement à la place de mon ex-femme.

Foster héla le serveur et entreprit d'énumérer des éléments du menu – bruschetta aux champignons des bois, salade de poulpe, pétoncles grillés et crevettes roses de Key West, filet mignon et homard de Floride – pendant que Millie, en face de lui, songeait à l'ex-femme de Foster.

– Comment était-elle ? le questionna Millie sitôt le serveur éclipsé, ce qui laissa Foster désorienté. Votre ex-femme, précisa-t-elle. Je ne l'ai rencontrée qu'une seule fois, il y a belle lurette. Quel genre de femme était-elle ?

– Oh ! Une vraie dame de la haute société. L'une de ces beautés du Sud, distinguée, issue d'une famille éminente de Savannah. Une nature calme, réservée, assurément arrangeante. Elle pourvoyait à chacun de mes besoins. Jusqu'à ce qu'elle prenne la clé des champs. Même le chat est parti.

– Elle a embarqué votre chat ?

– Non, soupira Foster. Le chat s'est échappé après que ma femme s'est volatilisée. Vraisemblablement, le chat ne m'appréciait pas plus qu'elle. À ce jour, je n'ai aucune idée de l'endroit où ils se trouvent, l'un comme l'autre.

Millie s'apprêtait à embrayer avec une autre question quand la pluie se mit à tomber, quelque chose d'impressionnant. Fort heureusement, la terrasse était couverte. Puis le vent se leva. Millie porta son regard à l'extrémité de la baie, sur la digue aménagée en espace de restauration, munie de tables, de parasols jaune paille et de lampions. Quelques agents municipaux se démenaient pour replier les parasols au plus vite, mais, à chaque tentative, la rafale suivante renversait les parasols.

– Oh, mince, lâcha-t-elle en écartant sa chaise de la rambarde. Je ne veux pas me mouiller les cheveux. Ma voisine Connie, qui est coiffeuse, me les arrange spécialement pour sortir ce soir.

– C'est ravissant, la complimenta Foster.

Il enroula la main autour de la bougie pour la protéger du vent.

– Connie m'a aussi prêté cette robe, poursuivit Millie. Elle possède une montagne de vêtements de marque dans lesquels elle ne rentre plus depuis qu'elle a grossi.

– Extrêmement élégante.

– Merci, Foster… Oh, regardez !

Millie tendit le doigt vers le large.

Les lampions sur le quai clignotaient dans le vent et la pluie qui redoublaient de force. Les parasols jaune paille firent des tonneaux en travers de la jetée et basculèrent par-dessus bord avant de s'enfoncer dans les flots. L'équipe d'agents d'entretien dégoulinant de pluie renonça à les rattraper. Les employés partirent en flèche se mettre à l'abri du vent qui envoyait dinguer les nappes et la vaisselle. Non loin de la véranda, un immense arbre tropical chancelait tous azimuts d'avant en arrière. Quelques-unes de ses feuilles atterrirent dans la nouvelle coiffure de Millie.

Soudain, les lumières du restaurant s'éteignirent.

Avant que les clients n'aient pu réagir, un coup de vent fouetta la terrasse. Il balaya la serviette sur les genoux de Millie, les couverts sur la table…

Et le postiche sur la tête de Foster.

Le coup de vent fut si véloce que Foster ne réalisa même pas qu'il était découvert. Ou pas avant que Millie n'attire l'attention sur son crâne chauve.

– Foster, vos cheveux ! Ils ont été emportés ! Par le vent !

Ils mirent cinq minutes à localiser le toupet envolé, qui s'était accroché à une branche de l'arbre tropical ; plus cinq minutes supplémentaires à attendre une accalmie pour piquer un sprint jusqu'à la BMW de Foster. Le dîner était annulé, le courant n'étant pas rétabli dans le restaurant. La panne d'électricité semblait toucher tout le quartier. Ce ne fut qu'après avoir parcouru plusieurs pâtés de maisons qu'ils virent de la lumière dans les logis.

– Au moins, je vous ai raccompagnée en un seul morceau, dit-il en parvenant devant le domicile de Millie. À part ça, je crains que la soirée ne soit un fiasco. J'en suis navré.

– Ne dites pas de sottises, contesta Millie en détachant sa ceinture pour s'orienter face à lui. Nous avons partagé une petite aventure, voilà tout. C'est en fait plutôt amusant, si tu y réfléchis. Ces parasols qui tombent à l'eau. La moumoute coincée dans l'arbre…

Foster grogna :

– Inutile de me le rappeler. Je me suis senti complètement humilié. Je ne pense pas avoir jamais éprouvé un tel embarras…

– Pourquoi ? À cause du toupet ? C'est absurde. Il ne faut pas se sentir gêné. C'est un excellent postiche, Foster. De qualité supérieure.

– Millie, s'il vous plaît, vous n'êtes pas obligée de…

– Non, je le pense. Vraiment. Je ne savais même pas que vous portiez un toupet. Et je sais tout sur tout le monde dans cette ville. Je ne m'en serais jamais doutée. Ces cheveux ont l'air tout à fait naturels. De toute manière, vous êtes bel homme. Avec ou sans moumoute.

Sans un mot, Foster considérait les allers-retours des essuie-glaces.

– Je vous invite à entrer ? hasarda-t-elle en se penchant vers lui. J'ai un cubi de Chardonnay au frigo. Un chili facile à réchauffer. Soirée Netflix et chili ?

Foster la scruta, sourit et partit d'un rire.

– Un programme épatant, approuva-t-il.

Quand Rooster retrouva Margarita au musée du phare, trois jours avant qu'Harry ne rencontre Sally, les bulletins météo prenaient un ton solennel.

Solennel, du genre catégorie quatre.

Tôt dans la matinée, la météo nationale avait surclassé le cyclone Harry après qu'il avait mis le cap sur le sud-est, en direction de Cuba. La vitesse du vent pointait à deux cent quarante kilomètres-heure, les vagues s'élevant à plus de dix mètres. Cela, ajouté à trente centimètres de pluie, engendrait des inondations catastrophiques le long de la côte nord de Cuba. Les ravages étaient incommensurables et loin d'être terminés.

Cela n'augurait rien de bon pour les Keys.

En réaction au regain d'activité d'Harry, le gouverneur de Floride avait déclaré l'état d'urgence. Les résidents du sud de la Floride, dont les Keys, furent invités à évacuer sur-le-champ, si possible. Tous les péages étaient suspendus, tous les établissements scolaires fermés et cinq cents troupes de la Garde nationale de Floride étaient déployées pour contribuer aux mesures de prévention.

Comment les habitants de Key West avaient-ils réagi aux décisions du gouverneur ?

Par des réactions diverses et variées, eux aussi.

D'aucuns paniquaient. Ils se hâtèrent d'empaqueter leurs affaires dès qu'Harry avait commencé à frapper Cuba. D'autres ne savaient plus s'ils devaient rester ou partir. Ils sollicitaient l'avis de leurs amis et de leur famille par téléphone – en espérant que l'un d'eux propose de les héberger jusqu'au retour du beau temps. Puis, naturellement, venaient les locaux de longue date sujets à l'Amnésie des Ouragans. Ils étaient persuadés que *cette* tempête-ci ne pouvait en aucun cas être plus dramatique que la *précédente*. Pas question qu'ils bougent. Tant qu'ils disposaient de leur réserve de bougies, de piles, de papier toilette et de spaghettis en boîte, tout irait pour le mieux.

Puis il y avait Rooster McCloud.

Rooster n'était pas homme à minimiser une tornade. Il ne savait que trop bien les dangers d'une forte tempête. Mais, en qualité de gardien du phare de Key West, il avait le sentiment qu'il était de son devoir de rester entretenir la flamme. Au sens propre, sinon au sens figuré.

Il reçut en outre un SMS de Margarita :

J'ai besoin de ton aide ! Es-tu au musée ?

Il répondit d'un émoji pouce levé, auquel elle répliqua :

J'arrive !

Rooster éteignit son téléphone et promena son regard sur les vitrines visiblement négligées autour de lui. Officiellement, le phare et le musée de Key West étaient ouverts aujourd'hui, mais, de toute la journée, les uniques visiteurs étaient une jeune famille de Virginie. Ils avaient traversé le musée et grimpé au sommet du phare en cinq minutes chrono.

– Nous voulons quitter Key West avant que la tempête n'éclate, avait expliqué la mère.

– Sage décision, avait accordé Rooster. Soyez prudents au volant. Ces routes sont glissantes quand elles sont mouillées.

Voir la voiture familiale s'éloigner à toute vitesse sous la pluie l'avait rendu un peu nerveux.

Recevoir un SMS de Margarita requérant son aide le rendait autrement plus nerveux.

Qu'est-ce qu'il lui arrive ? se tracassait-il.

Il retourna dans l'entrée du musée et scruta l'extérieur. À travers les trombes d'eau, il parvint à discerner un parapluie rouge vermillon descendant Whitehead Street.

Margarita.

– Quoi de neuf, Pussycat ! l'interpela-t-elle en pressant le pas sur le trottoir.

Rooster lui tint la porte ouverte et l'escorta à l'accueil.

– Tu n'as rien ? Est-ce que tout va bien ? Que puis-je faire pour toi ?

Margarita replia son parapluie et chassa les gouttes d'eau sur ses bras.

– Je me porte comme un charme, Rooster, assura-t-elle. Juste un peu essoufflée.

– De quoi s'agit-il ? Quel est le problème ?

– Oh, flûte. Je mets de l'eau partout.

Elle indiqua le bas de sa robe à fleurs. Trempé, il s'égouttait sur le sol.

– Mes chaussures de cha-cha-cha aussi sont imbibées, se lamenta-t-elle.

– Margarita, je me fais de la bile. Tu m'as appelé à l'aide.

Margarita inspira profondément.

– D'accord. Pour faire court, j'ai renvoyé les employés chez eux ce matin dès que j'ai su pour le cyclone Harry. Seul problème, j'ai oublié les fenêtres.

– Les fenêtres ?

– Nous barricadons les fenêtres de la maison d'Hemingway avec des planches à chaque avis de tempête de catégorie deux ou plus. J'aurais dû m'en occuper hier, mais l'ouragan Sally s'annonçait modéré et le cyclone Harry progressait vers l'est. Par chance, Jake est resté pour nourrir les chats. Il remonte les planches de la cave en ce moment même. Mack est-il dans les parages ? Il serait d'un grand secours pour Jake.

Rooster hocha la tête.

– Mack est dans le phare. Je le contacte.

Il ralluma son téléphone et contacta son neveu par SMS. Puis il regarda Margarita.

– Tu sais, les garçons sont brouillés en ce moment. À cause d'une bagarre, semble-t-il.

– Une bagarre ? À quel propos ?

– La nouvelle fille.

– Laura ?

– Laura. Elle leur plaît à l'un et à l'autre, et ils l'ont embrassée tous les deux.

– Ah. Zut.

– Ils se sont évités toute la semaine. Ça fait de la peine.

– C'est ridicule, affirma Margarita. Ces deux-là sont les meilleurs amis du monde depuis l'école primaire. Je me rappelle quand ils venaient à la maison jouer avec les chats. Ils étaient inséparables.

– Eh bien, maintenant ils sont séparables.

Rooster soupira et secoua la tête.

Ils laissèrent le silence se prolonger. Plantés là, ils écoutaient l'écho de la pluie au-dehors. Finalement, Margarita rompit le silence :

– Tu sais, Rooster. J'ai la drôle impression que tu m'évites, toi aussi. Depuis que nous avons dansé, à la fête.

Rooster s'agita nerveusement.

– J'ai été débordé, rien de plus. Entre la station de radio, le musée, les poulets à nourrir...

Margarita leva les yeux au ciel.

– Ta routine habituelle, en somme ? Je te parle de ton attitude avec moi. Tu n'es plus comme avant. Tu sembles, je ne sais pas, distant. Même un tantinet timide. Ce qui est bizarre, considérant ton audace à mon égard sur la piste de danse. C'est que... *Dios mío.*

Elle s'éventa avec la main, comme pour apaiser une bouffée de chaleur.

– Tu m'as bel et bien stupéfaite, Rooster. Tu m'as fait tourner la tête !

Rooster devint rouge comme une tomate.

– Vraiment ?

– Vraiment ! Je ne m'étais pas autant amusée en dansant depuis des lustres. Où as-tu acquis une telle maîtrise du paso doble ?

– J'ai vécu un an en Espagne, après mes études. J'avais le béguin pour une fille de Pampelune qui adorait danser. Elle m'a appris les pas.

– Et même fort bien ! agréa Margarita, souriante. Comment se fait-il que je te connaisse depuis toutes ces années, mais que je n'en entende parler qu'aujourd'hui ?

Plongeant les yeux dans les siens, Rooster prit une longue inspiration, sans se presser.

– Il y a une foule de choses que tu ignores à propos de moi, Margarita.

La tonalité suave de sa voix prit Margarita de court. Ce ton lui conférait un air… quoi ? Grave ? Pas exactement. Il y avait quelque chose d'autre dans sa voix, quelque chose de touchant, de triste et d'inattendu…

Il y avait de la tendresse.

Margarita relâcha un petit soupir.

– Eh bien, il faudra que tu me parles davantage de toi à l'avenir, Rooster. J'aimerais énormément entendre les petites histoires de ta vie. Passons plus de temps ensemble. En fait, j'espérais que tu t'inscrirais à notre club de danse.

Rooster ne masqua pas son amusement.

– Moi ? Le paso doble est l'unique danse que je connaisse !

– Je te montrerai ! Ce sera amusant ! En quelques leçons succinctes avec Señorita Margarita, tu danseras comme un pro. Nous répéterons le cha-cha-cha… la rumba… le fox-trot… la valse…

Elle exécutait une démonstration de chaque danse qu'elle citait, secouant les hanches, tournoyant et glissant d'un bout à l'autre du musée, ses bras noués autour d'un partenaire imaginaire.

Amusé, Rooster secoua la tête.

– Tu es timbrée, Margarita. Je suis incapable de remuer les hanches comme toi.

– Attends un peu que je pose les mains sur tes hanches, ronronna-t-elle, et après un clin d'œil, elle enchaîna sur une samba. Je sais comment amener un homme à faire des choses qui font tourner la tête aux femmes. Le fantôme d'Elvis Presley jalousera ton déhanché.

Rooster rit de plus belle. Margarita saisit sa main et se fit virevolter entre ses bras, chaloupant contre lui qui se balançait avec elle.

Comme la porte s'ouvrit d'un coup, ils s'immobilisèrent.

C'était Mack, souriant jusqu'aux oreilles.

– Pardon de casser l'ambiance… Tu voulais me voir ?

– Mack ! Trésor ! s'exclama Margarita en quittant les bras de Rooster. J'ai un service à te demander.

Mack eut l'air perplexe.

– Sans problème. Ce que vous voulez. De quoi s'agit-il ?

– Prends ton imperméable et tes gants, recommanda Rooster. Nous avons du pain sur la planche.

– Ah oui ? fit Mack en examinant le musée déserté. Sois plus précis.

– Pas ici. À la maison d'Hemingway. Jake a besoin d'un coup de main pour clouer des planches aux fenêtres.

Mack se décomposa.

– Oh. Il y a un petit inconvénient. C'est tendu entre Jake et moi, ces temps-ci.

Rooster souffla d'un air moqueur.

– Eh bien, faut vous détendre, et fissa, parce qu'Harry et Sally vont débarquer. Et franchement, mon cher, ils s'en contrefichent.

Quand Nessie vint à la rencontre de Laura devant l'entrée de la maison d'Hemingway, deux jours avant qu'Harry ne rencontre Sally, le reste des cinquante-quatre chats restaient introuvables.

Ils savaient qu'un drame couvait.

Ce n'était guère inhabituel que des félins sentent une tempête approcher avant les humains. Durant des siècles, les gens pensaient que les chats détenaient des pouvoirs surnaturels. Certains croyaient même qu'ils déclenchaient des orages au moyen de dons de magie stockés dans leurs queues. Ce n'était pas vrai, évidemment. Aux dires des zoologues modernes, les chats étaient par nature finement accordés à leur environnement, donc sensibles aux variations de la pression atmosphérique. Ils réagissaient aux changements de temps de manière prompte et instinctive, souvent en rassemblant leurs petits, en se mettant en quête d'un abri fermé, et parfois en patounant leurs minois pour relâcher la pression. Cette aptitude à « prédire » un orage était l'une des raisons qui avait conduit les marins et les pêcheurs du dix-huitième siècle à embrigader des chats en tant que compagnons de bord.

Ils auraient raffolé de Nessie.

Nessie anticipait le danger bien avant ses congénères. Elle l'avait senti dans ses os des semaines plus tôt. Quand le vent avait brisé une branche sur le toit de la boutique de souvenirs et que Laura s'était pointée à la maison avec ses sacs, Nessie savait à quoi s'attendre. Et ce serait cataclysmique.

Pas en totalité, cependant.

Nessie pressentait que du positif en ressortirait aussi – et qu'elle en bénéficierait par l'intermédiaire de Laura. Elle l'avait senti le jour où elle avait fait la connaissance de cette fille, voilà bien des années. C'est pourquoi Nessie l'attendait sous le porche de la maison d'Hemingway plutôt que courir s'abriter comme les autres chats.

– Nessie ! Que fais-tu dehors ?

Le chat leva les yeux sur une personne en pantalon, bottes noires et veste cirée à capuche enveloppante, qui franchissait le portail. À sa voix, Nessie détermina qu'il s'agissait de Laura. En temps normal, elle identifiait les individus à l'aide de son odorat. Toutefois, aujourd'hui, avec ce déchaînement de pluie et de vent, Nessie reconnut difficilement sa vieille amie.

Son accoutrement saugrenu l'avait quelque peu induite en erreur.

– Hé, Nessie ! Comment tu vas, minette ? s'enquit Laura en montant les marches pour se mettre au sec. J'aimerais te caresser, mais je risque de te mouiller. Je sais à quel point tu détestes l'eau.

Nessie tendit son regard vers elle et remua la queue.

– Je suis surprise de te voir dehors, continua Laura. Est-ce que tu m'attendais ? Tu sais, la maison d'Hemingway est fermée. Le gouverneur recommande d'évacuer l'île. Même si ce n'est pas obligatoire, je pars avec les sœurs Crabb demain matin. Elles ont des cousines dans le Nord, prêtes à nous accueillir. Mack nous y conduira avec son van.

Nessie ne comprenait pas le sens de son propos, néanmoins elle lui accordait toute son attention.

– Les Crabb refusent de laisser leurs animaux ici, nous les emmenons Ce qui me fait penser aux chats d'Hemingway et à toi. Je me fais du souci pour toi, Nessie !

Laura se tut et regarda autour d'elle.

La propriété était délaissée. Il n'y avait personne dans le jardin (ni humain, ni félin, ni quoi que ce soit d'autre), rien que les plantes imbibées de pluie, leurs feuillages tombant au ras du sol et les hauts palmiers qui oscillaient en bruissant dans le vent. La demeure paraissait abandonnée. Toutes ses fenêtres calfeutrées au moyen de larges contreplaqués.

– Coucou ? cria Laura. Il y a quelqu'un ?

Laura tenta d'ouvrir la porte d'entrée. Qu'elle trouva ouverte. Elle se glissa à l'intérieur. Nessie la suivit de près, contournant sur la pointe des pattes les traces déposées par les bottes humides de Laura.

– Bonjour ? Margarita ? Jake ?

Nessie reconnut les noms. Elle savait que « Margarita » était la Première Dame, et « Jake », Monsieur Nourriture. Des humains d'une importance capitale en ce qui concernait Nessie. Laura semblait partager son point de vue. Nessie la regardait souvent s'alimenter avec Monsieur Nourriture dans la pièce dotée de la machine à produire du liquide marron chaud. Ils mangeaient ensemble presque tous les jours.

Jusqu'à récemment.

Cela remontait à la semaine précédente. Nessie avait alors remarqué un changement. Laura semblait esquiver Monsieur Nourriture. Elle se restaurait seule sur un banc du jardin avec Nessie. Ce qui n'était pas pour déplaire à Nessie. Elle aimait accaparer l'attention de Laura. Mais elle aimait également voir Laura et Jake ensemble. Ils avaient le rire facile quand ils se retrouvaient tous les deux. Nettement moins ces jours-ci.

– Hello ! Il y a quelqu'un ?

Laura pénétra dans la grande salle et scruta l'espace. À première vue, la pièce semblait vide. Puis, à mesure qu'elle parcourait les différentes pièces, elle repéra des groupes de boules de poils, des chats rassemblés dans toute la maison.

Matador et Boxeur étaient pelotonnés l'un contre l'autre sous la table de la salle à manger. Les rivaux à grosses pattes avaient enfin conclu une trêve, manifestement.

Machouille et Whisky étaient blottis sous la vitrine en verre renfermant les souvenirs de pêche d'Hemingway. Sans doute l'avaient-ils confondue avec un buffet. Ou un bar à cocktails.

Larry, Curly et Moe piquaient un somme dans un fauteuil. Les petites andouilles étaient enchevêtrées dans une boule de bras, de jambes et de queues de chatons, dans laquelle il était impossible de savoir ce qui appartenait à qui. Ils ne semblaient pas le savoir non plus. Ils continuaient de se pétrir mutuellement la bouille pour se défouler.

Tournillon était en planque dans l'évier de la cuisine. Plutôt, elle dérapait dans la cuve plus qu'elle ne s'y cachait. Le minuscule chaton aux pattes démesurées donnait l'impression de pousser une balle glissante autour de la vasque en céramique. Elle se baissa pour se cacher au moment où Laura fit irruption dans la pièce.

– Ah-ah, je t'ai trouvée, chatounette.

Au premier étage, Lady Bratt Ashley se prélassait à sa place habituelle, l'infiniment convoité lit d'Hemingway. Pour une fois, elle était entourée de Jackie Chan, Bette Davis et Joan Crawford. Peut-être se figurait-elle qu'une barricade de chats la protégerait de la tempête.

De son côté, Kilimandjaro surveillait l'ensemble depuis son perchoir, à côté de la sculpture de Picasso. Avec sa fourrure blanc neige et ses yeux verts impénétrables, elle paraissait encore plus énigmatique que l'art abstrait de Picasso. Laura ne se serait pas risquée à lire dans ses pensées.

– Il y a quelqu'un là-haut ?

C'était Margarita qui criait dans l'escalier depuis la salle principale.

– Oui ! C'est moi : Laura ! Je descends !

Laura souleva Nessie et descendit l'escalier à toute allure. Elle s'arrêta sur la dernière marche en s'apercevant que Margarita n'était pas seule. Derrière elle se trouvaient Lucky Leo, Millie, Rooster et Jake. Tous en manteaux de pluie – et arborant une mine maussade.

– Que se passe-t-il ? s'enquit Laura. Il y a un problème ?

Margarita prit une inspiration.

– C'est le cyclone Harry. Il a été reclassé en catégorie cinq. D'après les prévisions, il s'abattra sur nous, ici, dans deux jours.

– Ce n'est pas tout, renchérit Millie. L'ouragan Sally arrive vers nous par l'autre côté.

Lucky Leo brandit son téléphone.

– Le gouverneur vient d'émettre un ordre d'évacuation. Ils exhortent la population à quitter l'île avant demain.

Laura crut recevoir un uppercut en plein ventre. Elle étreignit Nessie plus étroitement.

– Et les chats ? Pouvons-nous les évacuer, eux aussi ?

Jake secoua la tête.

– Il n'y a aucun moyen d'évacuer cinquante-quatre chats. C'est tout bonnement irréalisable.

– Que faire, alors ?

Jake regarda Laura dans les yeux.

– Je reste ici avec eux.

– Moi aussi, dit Rooster.

– Nous restons tous, déclara Margarita. Leo et Millie également.

Millie opina avec vigueur.

– Ces chats sont un peu notre famille. Nous ne pouvons tout simplement pas les abandonner. N'est-ce pas, Leo ?

Ce dernier opina à son tour.

Laura observa ses collègues. Elle discerna de la passion et de la détermination dans leurs yeux, de même que l'appréhension sur le visage de Jake. Il savait quelle idée germait dans sa tête.

– Tu devrais partir avec Mack et les sœurs Crabb, Laura, dit-il. J'aurai le cœur plus léger de te savoir en sécurité avec eux dans le Nord.

– Mais…

– C'est pour le mieux, assura Rooster. La situation pourrait mal tourner ici.

– Oui, ma chère, c'est dangereux, renchérit Margarita. Et le gouverneur a ordonné d'évacuer. C'est inévitable.

Laura sentit Nessie respirer contre sa poitrine. Elle entraperçut Pawpa Hemingway au fond du couloir qui l'observait dans l'embrasure d'une porte. Le vieux chat gris à barbe blanche lui parut différent, d'une manière ou d'une autre. Pas bougon, ni agacé ni méfiant, comme la plupart du temps. Non.

Pawpa paraissait terrorisé.

Cela suffit à convaincre Laura.

– Je reste aussi, annonça-t-elle. Je n'en ai cure des ordres du gouverneur. Peu m'importe que ce soit dangereux. Je reste ici avec vous tous…

Elle se tut et jeta un coup d'œil à Pawpa.

– … et les chats d'Hemingway.

Les Chats d'Hemingway

Quand le cyclone Harry rencontrerait l'ouragan Sally, quarante-huit heures plus tard, les célèbres chats à six doigts de la maison d'Hemingway seraient entourés des humains qui les aimaient.

Mais alors, tout tourna mal, les chats n'étaient pas tirés d'affaire.

Chapitre 11

Une tempête à ronronner de bonheur

Avant que midi ne sonne, le lendemain, la situation des chats d'Hemingway était diffusée à l'échelle nationale.

La population se faisait un sang d'encre.

Cela commença quand un journaliste de la télévision locale eut vent de la décision de Margarita d'outrepasser l'ordre d'évacuer. Une équipe de tournage dépêchée « au cœur de l'action » se pointa à la maison d'Hemingway pour interviewer la responsable et son personnel – et éventuellement pour filmer d'adorables séquences de chats. Margarita déclara au reporter :

– Nous aimons trop ces chats pour les laisser là. Nous nous en sortirons ensemble.

Jake expliqua pourquoi ils ne pouvaient pas tous les évacuer :

– Rassembler un cheptel de poulets n'est déjà pas aisé. Alors imaginez devoir rameuter cinquante-quatre chats élevés en plein air dans un espace aussi vaste. C'est tout bonnement infaisable.

Lucky Leo indiqua les uniques éléments résistants aux intempéries de la résidence.

– Ces murs sont tous constitués de blocs de roche calcaire de quarante-cinq centimètres d'épaisseur. Ils ont résisté à une floppée d'ouragans au fil des années, même au plus colossal en 1919. Ce bijou a été bâti pour durer. Il se situe sur le point le plus élevé de l'île, nous ne craignons pas d'être inondés. Tout se passera pour le mieux.

Le reste du monde ne partageait pas sa confiance.

L'histoire fut relayée par les agences de presse et en l'espace de quelques heures, fut étalée dans les pages de *USA Today*, *The Washington Post* et *The New York Times*. Des magazines tels que *People* et *Southern Living* déterrèrent des photographies de la maison d'Hemingway et de ses célèbres occupants à six doigts pour illustrer des « articles d'intérêt félin » sur l'évolution de la situation.

Bien vite, la nation entière fut préoccupée par le bien-être des chats.

Une partie de la population pensait que c'était une erreur de ne pas les évacuer. Mariel Hemingway, actrice nominée aux Oscars et petite-fille d'Ernest Hemingway, confia au micro de TMZ que la responsable de la Maison ferait mieux de « faire monter tous les chats dans la voiture et décamper ». Une autre partie saluait le courage inouï du personnel resté sur place pour affronter la « Tornade du siècle ». Dans un cas comme dans l'autre, tous les Américains soutenaient les chats d'Hemingway.

Quant aux résidents de Key West, ils tentaient aussi de s'en sortir…

Shelly sauta du lit de bonne heure ce matin-là pour plier bagage et rejoindre Rick et Ricardo à l'*Hôtel du Phare*. Elle n'avait nul besoin d'un ordre du gouverneur pour la pousser à quitter Key West. Toute la semaine durant, elle avait suivi les trajectoires d'Harry et de Sally. Encore plus insensé que la course de ces ouragans, le nombre de personnes déterminées à rester sur l'île quand ces deux-là se tamponneraient. Shelly n'était pas dénuée de bon sens. Elle avait pris contact avec Rick et Ricardo et les avait convaincus de la conduire dans un motel dans le nord de l'État. Elle avait réservé des chambres pour toute la clique.

– Emmenez Lucy et Desi, leur dit-elle. Ils acceptent les chiens tant qu'ils sont propres.

Shelly se plaisait à se sentir préparée. Ses bagages étaient bouclés. Elle était prête à partir.

Hélas, ce n'était pas le cas de Rick et Ricardo.

– Il nous reste un dernier client à l'hôtel, se lamenta Rick. Il refuse de s'en aller.

– Nous lui avons rappelé l'obligation d'évacuer, renchérit Ricardo. À cela, il répond qu'il veut en avoir pour son argent.

Shelly leva les yeux au ciel.

– Remboursez-le. Il doit débarrasser le plancher.

– Nous avons essayé, se défendit Rick en lissant sa moustache. Il a fini par céder, mais il ne partira pas avant l'heure de libérer la chambre. À quinze heures.

Shelly consulta sa montre.

– Un peu juste.

Elle examina le ciel. Pour l'heure, la pluie avait faibli et les nuages semblaient se dissiper.

– Dommage que nous ne puissions pas prendre la route tout de suite. C'est le moment idéal.

Ricardo s'empara de Lucy, qui reniflait le derrière de Desi, et leva le regard vers la pointe du phare.

– Le ciel n'a plus l'air si menaçant, dit-il. Tu es certaine que l'ouragan ne passera pas au large ? Il zigzague constamment.

– Oh, il arrive, affirma Shelly. Harry a un rendez-vous torride avec l'ouragan Sally. Il ne le louperait pour rien au monde.

– Je pense que Sally n'est qu'une allumeuse, glosa Rick. Enfin quoi, regarde comme le temps est clément.

– Tu peux me croire, dit Shelly. C'est le calme avant la tempête.

Mama Marley conduisit les touristes à l'aéroport presque tout le week-end.

Personne ne souhaitait rester bloqué à Key West en ce moment, quand bien même leur Airbnb disposait d'essuie-mains artisanaux. L'heure était au départ, et ils n'avaient besoin ni du gouverneur, ni de Mariel Hemingway, ni de qui que ce soit pour leur signaler. Ces jours derniers, Sally avait mitonné une soupe au gombo fumante de mauvais temps tropical. Personne n'avait hâte de voir ce qu'Harry ajouterait au menu.

Mama Marley ne s'en plaignait pas. *Plus de pourboires, plus de pourboires !*

Mais, une fois qu'avait décollé le dernier avion en partance de l'aéroport international de Key West – lequel était fermé jusqu'à nouvel ordre –, elle ne savait plus comment s'occuper.

Donc elle éteignit le reggae, rentra chez elle et téléphona à Leo Trout.

– Salut, le Chanceux, fredonna-t-elle. Alors ça y est, tu as changé d'avis ?

Eh non. Leo n'avait pas revu son jugement. Il resterait à la maison d'Hemingway avec Margarita et toute la bande. *Et ces chats flippants.* Au son de la voix calme et rassurante de Leo, elle envisagea un court instant de le rejoindre. *Mais ces chats flippants.* Bah non. Hors de question. C'était au-dessus de ses forces. Elle questionna Leo sur le dernier bulletin météo. Pour conclure ces quelques minutes de bavardages, ils se rappelèrent de rester prudents, en sécurité, et qu'ils seraient libres le vendredi suivant pour la Soirée dansante. *Le rencard est pris.*

En conséquence, elle téléphona à sa sœur à Atlanta.

– Coucou, Lana Banana d'Atlanta. Ton invitation est toujours d'actualité ?

Elle l'était. Lana certifia à Marla qu'elle la logerait aussi longtemps que nécessaire.

– Merci, frangine. Les routes sont affreusement encombrées, ne m'attends pas pour te coucher. Je sais que ton sommeil réparateur est sacré.

Lana lui renvoya une prompte réplique, crue et hilarante.

Un truc de sœurs.

Tout en remplissant sa valise, Mama repensa à Leo. *Pourquoi faut-il qu'il fabule à tout bout de champ ? Qu'est-ce que ça cache ?* Cela l'amena à se tracasser pour lui. Il se mettait en grand danger en restant là. Catégorie cinq, c'était gigantesque. Dans le genre destructeur. Et mortel. *Et s'il est blessé ? Et si la maison s'effondre ? Et si… ?*

Mama s'exhorta à se taire. Relevant les yeux, elle s'aperçut dans le miroir, sur la porte de l'armoire. Elle vit les rides d'anxiété sur son visage. L'humidité dans ses yeux larmoyants.

Et si… en fait, je suis en train de tomber amoureuse de Lucky Leo Trout ?

– Y a pas moyen, se gronda-t-elle. Déguerpis, et en vitesse.

Foster Lee Jackson savait qu'il n'avait aucune chance d'amener Millie à quitter Key West avec lui.

Il se devait pourtant d'essayer. Une toute dernière fois.

– Miss Millie, me feriez-vous la gentillesse d'y réfléchir ? demanda-t-il au téléphone. L'évacuation est non seulement obligatoire, mais aussi ce qu'il y a de plus sensé. C'est de la folie pure de risquer sa vie pour… pour…

– Des chats ? dit-elle. C'est de la folie de risquer ma vie pour des chats ? Entendu, Foster. Si risquer ma vie pour des chats, c'est de la folie, alors oui, je suis folle. Folle des chats.

– Mes plus plates excuses, Millie. Je ne voulais pas vous blesser. Je sais que vous aimez ces chats. Qui n'aime pas les chats ? Quiconque est doté d'un tant soit peu de goût aime les chats. Les chats sont les bêtes domestiquées les plus civilisées et raffinées.

– Ce ne sont pas des bêtes, Foster, rectifia-t-elle. Ce sont des petites personnes à fourrure qui ont une âme. Ce n'est pas parce qu'elles n'emploient pas de grands mots sophistiqués et qu'elles sont nées avec des orteils supplémentaires que ce sont des bêtes. Ce sont mes amis. Je ne peux pas les laisser braver l'ouragan sans personne.

Foster sut qu'il avait cafouillé.

– Pardonnez-moi, Millie. Je vous en conjure. Mon intention n'était pas de dénigrer la nature divine de l'âme féline. Vous êtes une personne profondément douce et généreuse. Cela fait partie des innombrables qualités que j'admire en vous. Cela… et votre savoureux soufflé au chili et au fromage.

– Mon chili en cocotte ? Il se laisse manger, n'est-ce pas ?

– Il se laisse manger ? Il est absolument *succulent*. J'ai passé une excellente soirée avec vous… j'ai hâte de vous revoir et… en toute honnêteté, je me sens affreusement mal de partir sans vous.

– Ooh. Comme c'est chou, Foster. Mais le gouverneur l'a ordonné et il convient de suivre ses ordres, étant donné que vous travaillez à la Société historique. Vous dépendez du Gouvernement, n'est-ce pas ?

– Hmm, pas exactement…

– Peu importe. Vous êtes un personnage éminent de notre communauté. Je suis juste Millie. Je suis juste la dame qui vend les billets d'entrée d'une attraction touristique. Au risque de passer pour une fêlée, je ne fais que mon travail… et ce que je pense être correct. Pour le bien des chats. C'est juste ce que je suis.

Foster en restait baba. Il digérait lentement ses paroles.

– Eh bien, juste Millie, dit-il. Je pense que vous êtes juste épatante.

Leur conversation se conclut peu après. Foster termina d'emballer ses affaires, enfila son imperméable Burberry et porta ses bagages dans sa voiture. Un modèle classique de BMW rouge. Son bien le plus précieux. Une heure avant cela, il angoissait à l'idée de conduire sous la pluie, dans la boue et le sable.

À présent, il se tracassait pour Millie. Juste Millie.

Et peut-être pour les chats, aussi.

Le van de Mack McCloud, un vrai tas de ferraille, le transportait là où il avait besoin d'aller.

La plupart du temps.

Il avait acheté ce véhicule cinq ans plus tôt à un vieux pêcheur qui l'utilisait pour livrer tout ce qu'il capturait dans les filets de son chalutier aux vendeurs de fruits de mer des environs. Une longue année avait été nécessaire à Mack pour venir à bout des relents de poisson. En plus de désodoriser, il avait fait repeindre la fourgonnette par l'artiste qui réalisait ses tatouages. Le résultat était bluffant : une fantasmagorie de créatures des fonds marins, d'épaves de navires englouties et de forteresses de récifs coralliens ; n'empêche que c'était une vraie poubelle. Le moteur exigeait de perpétuelles réparations, et le silencieux n'étouffait quasiment plus les bruits.

L'atout du van ? Son espace intérieur. Assez vaste pour contenir les instruments du groupe, les enceintes et la sono. Assez vaste pour accueillir des tambours supplémentaires pour les mariages sur le thème de la musique calypso. Et à l'occasion, assez vaste pour des missions moins banales.

Comme évacuer des serpents.

Des araignées, des tortues, des oiseaux.

Et un iguane d'une sérénité à toute épreuve.

– Iggy Popstar va apprécier le changement de décor, dit Jolene en poussant le terrarium sur le plancher du van. On ne le devinerait pas, à le regarder, mais c'est un explorateur dans son genre.

– Cale l'aquarium à l'avant, recommanda Jilly. Pour qu'il puisse voir dehors.

Mack frotta sa barbe négligée et soupira.

– Alors je dois déplacer Rocky et Rambo, rumina-t-il en désignant le bac de la tortue derrière le siège du conducteur.

– Ne t'embête pas, dit Jolene. Ils passeront sûrement la majeure partie du voyage dans leurs carapaces.

– Sans doute, approuva Jilly. Rocky et Rambo ne sont pas aussi robustes qu'ils en ont l'air. Ils sont durs à l'extérieur, mais doux comme des chatons à l'intérieur.

– Des chatons ! Ça me fait penser, dit sa sœur, as-tu aperçu Tallulah quelque part ? Je l'ai nourrie hier soir, mais je ne l'ai pas revue depuis.

– Je vais la chercher.

Jilly fouilla le pavillon à la recherche du chat disparu, laissant Mack et Jolene finir de charger la camionnette. Ils sécurisèrent le vivarium des tarentules Antoine et Cléopâtre entre le terrarium de l'iguane et le bac du boa constrictor. Malgré leurs huit yeux chacune, les araignées velues ne semblaient pas remarquer Sammy et Delilah. Les deux serpents lovés, pressés contre la paroi en verre, les épiaient en essayant de décider si les araignées étaient comestibles ou non. Arrivèrent ensuite Roméo et Juliette. Curieusement, les inséparables amants maudits ne se querellaient pas aujourd'hui. Sans doute parce qu'ils avaient tant de choses à observer, en plus d'eux-mêmes. Dernière à bord, Polly Parton. Tandis que sa cage victorienne était hissée dans la fourgonnette, le perroquet fan de Dolly répétait en boucle les deux premières phrases de *Nine to Five*. Fort heureusement, elle arrêta quand Jolene recouvrit la cage d'une couverture.

– Terminé, annonça Jolene en souriant à Mack. Maintenant, nous pouvons commencer à charger les provisions.

– Les provisions ?

– Croquettes pour animaux, litières, ustensiles de nidification, grillons…

– Des grillons ?

– Pour Antoine et Cléopâtre. Ils en sont friands.

Quand ils retournèrent chercher le matériel dans la maison, Jilly continuait de chercher Tallulah.

– Elle n'est nulle part. J'ai vérifié tous ses coins habituels. Je ne sais pas quoi faire. Et si elle… ?

Le téléphone de Jilly bourdonna. Laura lui écrivait par SMS :

N'oublie pas Tallulah !

Ce à quoi Jilly répondit :

Elle est introuvable !

Laura répliqua :

As-tu fouillé ma penderie ? Elle s'est confectionné un nid avec mes chaussettes.

Jilly inspecta la garde-robe dans la chambre de Laura.

– Tallulah ! Te voilà !

Mack et Jolene soupirèrent d'aise. Puis ils se remirent à pied d'œuvre, chargeant toutes sortes d'équipements dans le van. Tallulah sous le bras, Jilly distribuait de la nourriture à dissolution lente dans les aquariums.

– J'aimerais tant pouvoir emmener les poissons avec nous, dit-elle aux autres.

Mack la regarda.

– Je pense que nous avons notre compte d'animaux, Jilly. C'est un van, pas une arche.

– Détends-toi, Noé, les poissons restent, dit Jolene. Dépêche-toi, Jilly. Mettons les voiles avant que notre Noé ne se change en poule mouillée.

– Les poulets ! s'écria Jilly. Que va-t-il advenir des poulets sauvages ? Ils vivent dans les rues.

– Ils s'en sortiront, la rassura Mack. Oncle Rooster m'a dit que d'autres nourriciers arpentent la ville en voiture, les rassemblent et les font monter à l'arrière de leurs voitures pour les abriter. Ils enveloppent même les poulets dans du papier journal pour les apaiser.

– Sans mentir ? fit Jilly sur un ton sceptique. Tu me jures que c'est vrai ?

Mack répondit de sa voix la plus grave.

– Ne doute jamais du Rooster.

Vingt minutes plus tard, ils étaient engagés sur la route US 1, la porte de sortie de Key West.

Et n'avançaient pas d'un pouce.

Un embouteillage bloquait la circulation jusqu'à la supérette *IHOP* de North Roosevelt Boulevard. Les voies allant vers le nord étaient surchargées de voitures, contrairement à celles du sud qui se vidaient. Un fourgon de ravitaillement vert de la Garde nationale de Floride passait de temps à autre. C'était à peu près tout.

– Regarde le ciel de ce côté, observa Jolene en indiquant la gauche.

Un gigantesque mur de nuages noirs tourbillonnants surplombait les palmiers et le toit bleu incliné de l'*IHOP*. C'était le cyclone Harry qui entrait par le sud-est.

– Je sais que cela peut sembler bizarre, mais, d'un coup, j'ai une grosse fringale de pancakes, glissa Jilly.

– Tu es bizarre. Ils sont fermés, dit Jolene. La plupart des gens ont plié bagage et pris la route hier. Sauf les retardataires. Comme nous.

– Désolé pour le retard, dit Mack, sachant qu'il était la raison de leur attente. Barricader la maison d'Hemingway a pris plus de temps que Jake et moi ne l'avions calculé.

– Vous vous êtes réconciliés, tous les deux ? questionna Jilly.

Mack soupira. Il tentait de formuler sa réponse quand une voiture de la police nationale s'arrêta à leur niveau. Mack baissa sa vitre. L'agent les informa qu'un accident s'était produit sur Stock Island.

– La circulation devrait repartir sous peu, assura-t-il.

Deux heures plus tard, ils n'avaient toujours pas bougé d'un pouce.

Et le temps se dégradait à vue d'œil. La légère bruine avait tourné à la pluie battante. Le vent soufflait à tout rompre, secouant brutalement les palmiers entourant le *IHOP*. Des feuilles, des branches et divers détritus tournoyaient dans l'air et se dispersaient sur la grand-route, frappant le flanc de la camionnette et adhérant au pare-brise.

– C'est comme si nous allions subir une attaque, commenta Jolene en enlaçant Tallulah.

Mack, penché sur le volant, scrutait les barrages de nuages titanesques de part et d'autre de la route. Ils semblaient se ruer les uns vers les autres, comme s'ils se préparaient à s'étreindre.

Les murs se refermaient sur eux.

– Ça n'augure rien de bon, maugréa Mack.

Il essaya de nouveau de régler la radio. Après quelques tours de la bande de diffusion, il parvint à capter une station d'informations dédiée aux urgences. Une voix masculine grésilla dans les haut-parleurs :

– Je reçois à l'instant la confirmation que l'US 1 est inondée à au moins cinq endroits dans les Keys. L'évacuation n'est plus possible à l'heure où je vous parle. Les résidents sont priés de se tourner instamment vers les refuges les plus proches. Je répète, l'US 1 est inondée...

Mack coupa le son et enclencha les essuie-glaces. Loin devant, à peine visibles à travers les trombes d'eau, il distingua plusieurs voitures qui se détachaient de la file pour rebrousser chemin. Sans doute avaient-ils entendu l'appel. « L'évacuation n'est plus possible à l'heure où je vous parle... »

– Qu'allons-nous faire ? s'inquiéta Jilly, assise sur le plancher à côté du bac d'Iggy.

– Je ne sais pas, mais nous ne pouvons pas rester là.

Il remit le contact et laissa passer quelques voitures. Après quoi, il délaissa la grand-route au profit du parking de l'*IHOP*.

– Où allons-nous ? demanda Jolene. Nous rentrons à la maison ? Pas sûre que ce soit une bonne idée. Cette vieille cabane est branlante, même par beau temps.

– Nous allons à la maison d'Hemingway, décréta Mack en opérant un demi-tour. Elle est bâtie en hauteur. Nous y serons en sécurité.

Il rejoignait la chaussée quand le silencieux laissa échapper une salve de détonations. De la fumée commença à s'amasser de part et d'autre du capot. Le moteur crachotait et toussait.

Alors il rendit l'âme.

Mama Marley n'entendit pas les alertes diffusées à la radio (elle écoutait du reggae), mais il ne lui fallut que peu de temps pour comprendre que la seule voie permettant de sortir de Key West était sous les eaux.

Elle le constata par elle-même.

Après avoir été immobilisée deux heures sur l'artère nord de l'US 1, elle envisagea de repartir en sens inverse et de retrouver Lucky Leo à la maison d'Hemingway. Elle tenta de lui téléphoner, sans succès. Aussi resta-t-elle assise dans son taxi, à regarder les vagues de l'autre côté de la route qui venaient de Salt Pond Keys. Plus le temps se dégradait, plus les vagues montaient haut. Bien vite, elles se fracassèrent sur la digue basse de béton et aspergèrent les voies allant vers le sud.

– Pince-moi, je rêve, marmonna-t-elle.

Incrédule, elle vit une vague gigantesque enfler avant de se briser sur la route. L'eau écumante se déversa sur la chaussée et tapa les pneus du taxi de Mama.

– Oh, bon sang, pas ça ! s'exclama-t-elle.

Cramponnée au volant, pied au plancher, elle bifurqua vers la bande d'arrêt d'urgence. Après un demi-tour précipité, elle fila à contresens en direction du sud. Elle tentait de repérer un embranchement dans le rétroviseur quand elle se rendit compte que plusieurs voitures derrière elle suivaient son exemple.

Un *IHOP* se profila sur sa gauche.

– Formidable, je peux sortir là.

C'est alors qu'elle avisa la camionnette en panne sur le parking. Elle la reconnut à ses peintures personnalisées, truffées d'immondes monstres marins, avant même de discerner Mack McCloud le nez sous le capot. De la fumée s'échappait du moteur.

Mama se gara près de lui et abaissa sa vitre.

– Besoin d'un coup de main ? proposa-t-elle.

– Mama ! cria Mack joyeusement, en essuyant la pluie sur ses yeux. Quelle chance de tomber sur toi ! Tu peux nous déposer à la maison d'Hemingway ?

– C'est justement là que je vais, dit-elle. Qui est-ce, *nous* ?

D'un bond, Jilly et Jolene Crabb émergèrent du van et accoururent dans le taxi.

– Mama Marley ! s'écrièrent-elles. Hallelujah !

– Nous sommes dans le pétrin ! cria Jolene pour couvrir le vent. Il faut mettre ces animaux en sécurité !

– Des animaux ? Quels animaux ?

Mama jeta un regard anxieux vers le van.

Les jumelles se retournèrent et ouvrirent les portières arrière pour lui montrer les terrariums et les cages.

– C'est une blague.

Le véhicule était rempli d'oiseaux et de tortues, d'araignées et de serpents, un long lézard vert, sans omettre le chat à grosses pattes sur le siège passager.

– Ne comptez pas sur moi.

Foster Lee Jackson était immobilisé sur la nationale, trois voitures derrière Mama Marley, quand les premières vagues s'abattirent sur les voies sud de l'US 1. Soixante secondes plus tard, un animateur confirma à la radio que la grand-route était noyée. L'évacuation n'était plus à l'ordre du jour.

Foster s'efforça de rester optimiste. *Je peux retrouver Millie à la maison d'Hemingway maintenant.*

Il lui restait cependant à savoir comment procéder. La file de voitures s'étirait à l'infini en direction du nord et personne ne bougeait. Il espérait que les forces de l'ordre ou les gardes nationaux soient occupés à réorienter la circulation en tête de file. En attendant, Foster tenterait de contacter Millie. Il avait encore du réseau sur son téléphone. Pourtant, quand il composa son numéro, il bascula vers la messagerie.

– Ma chère Miss Millie, articula-t-il. Il semblerait que les routes soient fermées, et que je ne sois pas en mesure d'évacuer. Sans vouloir vous importuner, ce serait un privilège et un plaisir de trouver refuge auprès de vous et de vos créatures adorées avant que l'ouragan n'éclate. D'ailleurs, on dirait qu'il est déjà là…

La connexion fut coupée.

Foster soupira. D'un coup d'œil sur sa droite, il vit le taxi rose de Mama Marley le doubler à grande vitesse. Sur la bande d'arrêt d'urgence. À contresens.

Tiens donc ! Voilà une solution pour s'extirper de cette route. Mais si tous les conducteurs l'imitaient, ce serait la pagaille.

Il estima plus prudent d'attendre que les voitures recommencent à avancer de façon disciplinée. Aussi diffusa-t-il de la musique classique, confortablement installé. Il fermait les yeux quand une énorme vague se brisa sur la route – et aspergea le côté de sa BMW.

Oh, et puis zut. Je me tire d'ici.

Obliquant vers la bande d'arrêt d'urgence, il opéra un demi-tour serré et s'enfuit vers le sud. Retour à la maison – et vers Millie. En un sens, Foster se réjouissait de la tournure des événements. Quand Millie avait refusé de partir, il aurait dû exiger de rester avec elle. *C'est ce que ferait un homme courtois.* Il s'agrippa solidement au volant, s'appliquant à se concentrer sur la route à travers le pare-brise détrempé. La tempête se renforçait à chaque instant. Le cyclone Harry paraissait déterminé à dégommer les palmiers aux abords de l'*IHOP*.

C'est alors que Foster distingua le taxi de Mama Marley ainsi que le van de Mack McCloud. Les sœurs Crabb aidaient Mack à transbahuter des affaires de l'arrière du van au coffre du taxi de Mama. Ils passaient visiblement un sale quart d'heure, courbés pour résister aux poussées du vent. Foster joua avec l'idée de leur prêter main-forte.

Bien sûr qu'il le faudrait. *C'est ce que ferait un homme courtois.*

Il bifurqua vers le parking de l'*IHOP*, avança jusqu'au fourgon de Mack et cria par sa fenêtre.

– Bonjour à vous, amis voyageurs ! Puis-je vous être d'une quelconque utilité ?

Dix minutes plus tard, le coffre de Foster était surchargé de fournitures pour animaux de compagnie et sa banquette protégée par un plaid pour recevoir le vivarium du serpent et le bac de l'iguane. Mack prit place à ses côtés, sur le siège passager, le terrarium des tarentules sur ses genoux.

Ce faisant, Mama Marley s'interdisait de piquer une crise.

– Ne peux-tu pas faire taire ces piafs ? demanda-t-elle à Jilly, sur la banquette arrière de son taxi. Entre ces satanés inséparables et ce fichu perroquet, et cette foutue chanson de Dolly Parton, j'ai les nerfs à fleur de peau. Comment suis-je censée me concentrer sur la conduite ?

– Pardon, Mama, dit Jilly en étalant les draps sur les cages des volatiles. Je voulais juste les laisser un peu respirer.

– Au moins, ce ne sont pas des araignées et des serpents, tempéra Jolene, assise à l'avant avec Tallulah sur ses genoux.

– C'est là que je fixe la limite, dit Mama. Pas d'araignées ni de serpents dans le taxi. Les chats et les oiseaux, c'est largement suffisant. Veille à ce que le monstre à queue velue reste sur tes genoux.

Jolene pouffa.

– Ne te tracasse pas. Tallulah est une bonne pâte. Elle aime tout le monde.

– À moins d'être une souris, nuança Jilly.

– Je le savais ! gronda Mama. C'est une tueuse. Je le vois dans ses yeux. Regardez-la ! Elle n'arrête pas de me fixer ! Elle se prépare sûrement à me lacérer le visage. Elle a des griffes en trop, aussi, comme les chats d'Hemingway. Je ne me sens pas tranquille.

Les sœurs Crabb s'esclaffèrent et firent leur possible pour la rassurer, mais Mama restait focalisée sur la route. La pluie tombait dru à présent et le vent était offensif. Les feuilles et les détritus, poussés par les rafales, traversaient la route, le plus volumineux du lot contraignant Mama à faire une embardée. À l'instant où elle négociait le virage de Whitehead Street, un arbuste déraciné surgit de nulle part dans les airs. Il s'écrasa au milieu de la route, pile sur la trajectoire du taxi. Les sœurs hurlèrent, les oiseaux piaillèrent et le chat sursauta.

Mama pila.

Elles restèrent un long moment tétanisées, à reprendre leur souffle. Personne ne soufflait mot. Finalement, Mama s'exprima calmement, d'une voix basse.

– Bon. Nous sommes indemnes. À présent, que quelqu'un enlève ce foutu chat de mes genoux.

Laura aida Jake à descendre les derniers bacs de litière au sous-sol de la maison d'Hemingway, en prenant soin de ne pas trébucher sur les chats qui piquaient des sprints dans l'escalier. Ces dernières vingt-quatre heures, les chats ne la lâchaient pas d'une semelle, fascinés par tous les différents préparatifs – et mettant le nez strictement partout.

Laura s'essuya les mains sur son imperméable tout mouillé et consulta Jake du regard.

– Fini ? Avons-nous enfin droit à une pause ? Une vraie pause, pas l'un de ces temps morts où je dois tester des piles en avalant mon déjeuner.

Un sourire aux lèvres, Jake hocha la tête.

– Tout est là. Bon boulot, Laura. Tu m'as été d'un grand secours.

Laura exhala un souffle et assise sur une marche du sous-sol ferma les yeux.

Elle était vannée tant elle avait transbahuté de matériel sous une pluie diluvienne, déchargé des caisses de lampes torches, de lanternes et de bougies, déballé des sachets alimentaires et des bidons d'eau (pour les chats *et* les humains) et rechargé à la manivelle les radios dynamo jusqu'à ce que son bras lui fasse mal.

Cela avait au moins eu le mérite de divertir les chats.

Larry, Curly et Moe, le trio de trublions, n'avaient de cesse de lui attraper la main occupée à actionner la poignée de la radio. Ils prenaient cela pour un jeu. Auquel cas, Laura perdait la partie. Elle dut distraire les chatons en agitant un sac en plastique vide afin de remonter la manivelle en paix. Machouille et Whisky étaient, sans surprise, attirés par la pitance et les boissons. Ils s'enfuyaient régulièrement avec des sachets de chips individuels, si bien que Laura devait rattraper les chats avant qu'ils ne dissimulent les chips quelque part, là où on ne les retrouverait jamais. Boxeur et Matador avaient jeté leur dévolu sur les piles. Ils n'arrêtaient pas de les faire tomber des tables, pour les faire rouler d'un bout à l'autre de l'espace, pour le fun. Tournillon, la pauvre petite minette, se coinçait dans tous les cartons et les sacs où elle parvenait à se faufiler. Après quoi elle gémissait pour qu'on la libère. Même la distante Kilimandjaro descendit de son perchoir pour examiner la scène de plus près. Les chats, omniprésents, s'immisçaient un peu partout.

Jake fit remarquer qu'ils avaient matière à monter leur propre émission de téléréalité : *Chats emportés par le vent* ou *Les chats font leur numéro.*

À côté de ça, il y avait Nessie.

L'amie à poils roux de Laura grimpa sur ses genoux sitôt qu'elle se posa sur les marches du sous-sol. Elle la sentait anxieuse.

– Tout ira bien, Ness.

Elle gratouilla les oreilles du chat puis regarda Jake.

– Ce qu'elle est pot de colle aujourd'hui. À croire qu'elle craint que je ne l'abandonne. Ou qu'un malheur ne m'arrive. C'est curieux. Elle est tellement zen d'habitude.

– Peut-être qu'elle comprend le danger qui plane sur nos têtes, dit Jake. J'ai toujours senti que Nessie était le chat le plus judicieux de la troupe. Le plus sensible aussi. Comme si elle captait des choses qui nous échappent à tous...

Nessie se redressa soudain sur son séant, fixa le plafond et arrondit le dos. Peu après, trois *boum* retentirent en rafale à l'étage.

Quelqu'un frappait à la porte.

Laura regarda Jake.

– Qui ça peut bien être ?

– Aucune idée.

Après quelques bruits de pas, la porte s'ouvrit, suivie par les hurlements du vent mêlés au déluge et un échange de mots. Ils se précipitèrent à l'étage, curieux de voir de quoi il retournait.

– Naturellement, vous pouvez rester ici ! s'exclamait Margarita. Vous y serez plus en sécurité qu'à l'hôtel.

Dans l'embrasure de la porte, Rick et Ricardo tenaient Lucy et Desi dans leurs bras, accompagnés par la déesse de la météo préférée de Key West, Shelly. Les chihuahuas étaient calmes, un fait rarissime à la connaissance de Laura. Probablement parce qu'ils étudiaient Larry, Curly et Moe, lesquels se dépêchèrent de soumettre à leur radar ces étranges nouveaux invités. Les chihuahuas semblaient aussi intrigués par les chats que les chats l'étaient par les chiens.

– Entrez, venez vous sécher, les pressa Margarita en les escortant dans le vestibule. Et Shelly, ma chère, n'oubliez pas de fermer la porte avant que le vent ne nous aspire. Merci, ma chère. Rooster ! Leo ! Millie ! Nous avons des invités !

Soudain, l'entrée se retrouva pleine à craquer. De gens. De chats. De chiens, à présent. Rick et Ricardo posèrent les chihuahuas sur le sol, le temps d'ôter leurs parkas. Laura s'attendait à ce que les chiens se mettent à aboyer d'un instant à l'autre, mais ils n'en firent rien. Sans doute en raison du modeste gang de chats curieux qui les encerclaient.

Ils se trouvaient en territoire ennemi.

Shelly commença par livrer un point météo à l'assemblée, pendant que Margarita les guidait dans la pièce attenante.

– Le cyclone Harry est arrivé plus tôt que prévu. Je suppose qu'il trépignait d'impatience de rencontrer l'ouragan Sally. Elle pourrait toutefois l'épater, lui couper le souffle, pourquoi pas ? C'est ce que j'espère. Une chic fille exerce parfois un pouvoir apaisant sur un homme, vous savez. J'ai fréquenté un garçon à une époque qui…

À propos de pouvoir apaisant, Laura s'émerveillait que les chiens restent aussi tranquilles au milieu d'une foule de chats. Même quand Boxeur et Matador tournèrent autour d'eux, tel un tandem de catcheurs jaugeant leurs adversaires. Lucy et Desi, à leur décharge, s'abstenaient d'aboyer et de bouger. Elles restaient médusées, bien que les deux chats, nettement plus costauds qu'elles, s'approchaient pour mener l'enquête. Boxeur posa son museau contre celui de Lucy. Puis Matador leva l'une de ses pattes démesurées et poussa l'épaule de Desi. Celle-ci le gratifia d'un coup de langue. Pour une obscure raison, cela dénoua notoirement la tension. Boxeur et Matador regagnèrent paisiblement leur place sous la table de la salle à manger. Sous le regard stupéfait de Laura, Lucy et Desi les suivirent ! Et se couchèrent à côté d'eux ! Puis se blottirent contre eux !

– Regarde, murmura Jake à l'oreille de Laura. N'est-ce pas prodigieux que deux espèces différentes s'entendent aussi bien ?

– Certainement mieux que deux meilleurs amis ne le peuvent.

Laura se retournait pour guetter la réaction de Jake, quand une silhouette de grande taille, sombre et trempée attira son attention dans le fond de l'entrée.

C'était Rooster McCloud en gabardine mouchetée de boue. Un authentique gardien de phare à l'ancienne, tout droit sorti d'une agence de casting. Ou d'un épisode de *Scooby-Doo*.

– Jake, tu nous files un coup de main ? Avec Mack, nous devons renforcer les plaques à l'arrière. Elles se sont desserrées avec le vent.

– Sans problème, Rooster.

Jake tourna vers Laura un regard meurtri, puis emboîta le pas à Rooster.

Ce qui laissa Laura seule avec les chats. Elle n'avait pas pris le temps d'enlever son vêtement de pluie. Son téléphone vibrait dans sa poche – probablement le cinq centième SMS de sa mère en proie à la panique. Mais, au lieu d'ôter son caban ou de consulter son téléphone, elle écouta le vent siffler dans les arbres, la pluie marteler les fenêtres barricadées. Elle contempla les chats autour d'elle : Bette Davis et Joan Crawford se chipotaient pour un bout d'adhésif, Jackie Chan se contorsionnait pour déloger un sachet de chips sous une vitrine où Machouille l'avait secrètement entreposé, Lady Bratt Ashley étirait ses pattes après une longue sieste sur le lit d'Hemingway. Tous en grande forme, impeccablement protégés contre l'ouragan. Puis elle tiqua. Quelque chose faisait défaut.

Où sont les chatons ?

Larry, Curly et Moe manquaient à l'appel. Laura partit à leur recherche, criant leurs noms de pièce en pièce. Elle les avait pourtant aperçus à peine quelques minutes plus tôt. Dans le hall d'entrée. Près de la porte. Quand le dernier groupe était entré.

Et que la porte était ouverte.

Le cœur de Laura s'emballa. Elle retourna d'un pas hâtif dans l'entrée. Là, assis par terre, un vieux chat gris barbu reniflait et grattait à la porte.

Pawpa Hemingway.

– Pawpa ? Qu'est-ce que tu trafiques ?

Pawpa l'enveloppa de ses grands yeux bleus. Il battit des paupières, se retourna, recommença à gratter à la porte, puis revint face à Laura.

– Qu'est-ce qu'il y a dehors, Pawpa ? Les chatons ? As-tu vu les chatons sortir ?

Pawpa se tourna face à la porte et miaula.

Pour insensé que ce soit, son intuition lui susurrait que le vieux matou tâchait bel et bien de lui indiquer où ils se trouvaient. Elle s'approcha, saisit la poignée, sa jambe positionnée dans l'entrebâillement pour empêcher Pawpa de détaler. Lentement, avec grand soin, elle ouvrit la porte et jeta un œil au dehors.

La tempête faisait rage à présent. Le ciel, quasi noir, était saturé de nuages. Des rideaux de pluie s'en échappaient. Le vent sévissait comme une sorte de monstre invisible non identifié, éventrant les palmiers et les plantes, disséminant les feuilles et les branches arrachées à travers le jardin.

Sur une profonde inspiration, Laura sortit.

– Larry ! Curly ! Moe !

Elle s'apprêtait à refermer la porte derrière elle, lorsque Pawpa bondit sous le porche.

– Pawpa ! Non !

Trop tard. Avant qu'elle n'ait pu s'emparer de lui, Pawpa déguerpit sur la terrasse et plongea sous un buisson. Laura ne savait pas quoi faire, sinon partir en quête des chatons disparus. Et de Pawpa, par la même occasion.

– Larry ! Curly ! Moe !

Elle fureta de tous côtés, essayant de localiser un recoin susceptible de leur procurer un refuge. Rabattant la capuche sur sa tête, elle s'élança sous la pluie et inspecta sous les marches, sous les pots de fleurs et sous les bancs – toute cachette qui lui venait à l'esprit. Elle envisageait de solliciter l'assistance de Jake et des autres, quand elle repéra Pawpa.

Le vieux matou gris émergea d'un arbrisseau trapu, tenant Larry par la peau du cou.

– Pawpa ! Tu as retrouvé Larry !

Elle courut vers lui et se pencha.

– Les autres sont aussi là-dessous ?

Elle souleva des branches feuillues et vit Curly pelotonné contre le tronc noueux de l'arbuste. Le bras tendu, elle le délogea délicatement.

– Curly, c'est bon ! Maintenant, où est passé Moe ?

Pawpa emmena Larry devant la porte d'entrée. Laura les suivit au pas de course, Curly serré contre sa poitrine. Elle ouvrit la porte, laissa Pawpa déposer Larry à l'intérieur, et plaça Curly à côté d'eux. La porte refermée, elle retourna inspecter la propriété en quête de Moe. Elle eut beau fouiller chaque plante dans sa proximité immédiate, il n'était nulle part. Alors son regard remonta l'allée du jardin en direction de l'entrée.

– Moe ! Ne bouge pas.

Le minuscule chaton touffu était recroquevillé contre la porte de la billetterie, grelottant sous la pluie. Tête baissée, Laura se propulsa vers lui. Cependant, à mi-chemin, un coup de tonnerre assourdissant vibra dans l'air, fichant une telle frousse à Moe qu'il s'enfuit par le portail, traversa le trottoir et déboula sur la route.

– Moe ! Non !

Laura vit le chaton courir se cacher sous la vieille Buick de Rooster, devant l'*Hôtel du Phare.*

– Reste là où tu es, Moe ! Je viens te chercher !

Elle déboula dans la rue à toute vitesse, trop pressée pour voir la voiture arriver.

Crissements de pneus !

Le conducteur écrasa la pédale de frein, se débrouillant pour piler quelques petits centimètres avant de la percuter. Sous le choc, Laura restait aussi immobile qu'une statue. Le cœur battant, elle tourna lentement la tête vers les faisceaux aveuglants des phares de la voiture. Sur le moment, elle crut qu'elle voyait double, étant donné qu'elle comptait deux paires de phares.

Puis elle réalisa qu'elle avait devant elle deux voitures distinctes.

Un taxi rose et une BMW rouge.

Après s'être agité comme un beau diable pour décharger les voitures au plus vite – quelques minutes à peine avant que l'ouragan ne touche les côtes –, tout le monde était en sécurité au sein de la maison d'Hemingway. Cela incluait douze personnes, deux chihuahuas, deux boas constrictors, deux tortues boîtes, deux tarentules, deux inséparables, un perroquet, un iguane et selon le dernier recensement, cinquante-quatre chats.

Une drôle de soirée pyjama. Dans un zoo.

Rooster et Margarita déroulèrent des sacs de couchage dans le salon, Jake et Mack apportaient des en-cas et des bouteilles d'eau.

Shelly jouait avec les commandes d'une radio à manivelle, dans l'espoir de suivre la progression des tempêtes. Sans succès. Elle finit par capituler et la laissa branchée sur la seule émission qu'elle réussit à intercepter : une compilation enregistrée par Mack, diffusée en mode automatique sur WKEY Radio, depuis le garage de Rooster. Une sélection des plus grands tubes de la Motown.

Assise par terre, Laura frottait les chatons avec des serviettes au point de rendre leur fourrure pour le moins cotonneuse. Larry, Curly et Moe en raffolaient. Même Pawpa Hemingway ne se rebiffa pas quand elle l'enveloppa dans une serviette et le sécha de la barbe à la queue. À point nommé, la radio diffusa *Papa Was a Rolling Stone*.

Millie Graham et Foster Lee Jackson s'arrangèrent un petit coin confortable, près des trophées de pêche d'Hemingway. Millie ne pouvait pas cacher qu'elle jubilait de voir Foster. Sans se départir de son plus large sourire, elle n'arrêtait pas de triturer son bouffant blond, espérant et priant pour que sa coiffure résiste au mauvais temps. Elle avait apporté sa bombe de laque, par prudence. De son côté, Foster s'était lui aussi muni de ses indispensables : deux bouteilles de son vin préféré. Il en déboucha une, remplit deux gobelets en plastique rouges et porta un toast.

– À la courageuse, resplendissante et généreuse Millie Graham, scanda-t-il en la regardant dans les yeux.

Il s'aperçut au même instant que Whisky et Machouille reniflaient la bouteille entamée.

– Et aux chats d'Hemingway ! rajouta-t-il.

Lucky Leo partageait un paquet de chips avec Mama Marley du côté opposé de la pièce. Il partit d'un fou rire quand elle se lança dans la description des embûches qu'elle avait rencontrées pour accéder à la maison d'Hemingway en compagnie des jumelles Crabb.

– Et j'étais là, à essayer de piloter mon petit taxi rose sous le plus gros déluge depuis Noé, derrière mon pare-brise qui avait l'air englouti par un raz-de-marée. Aucune visibilité. Obligée de plisser les yeux pour essayer d'y voir à un mètre, et je cramponne tellement fort le volant que le sang quitte mes phalanges. Tout ça avec un perroquet qui chante Dolly Parton sur la banquette arrière, sans oublier les deux inséparables qui braillent continûment et ne peuvent manifestement pas se sentir. J'ai vu des couples plus heureux en audience de divorce. Le pire dans tout ça ? Le mastoc sur le siège avant. Cette chatte a des pattes énormes comme je n'en avais jamais vu, avec plus de griffes qu'il n'en faut. Sûrement une polydactyle ou ptérodactyle ou j'sais pas quoi. Bref. Elle me reluque comme si j'étais une boîte de Menu Gourmet. Puis, accroche-toi bien, un énorme palmier s'écrase au beau milieu de la route, du coup, je pile et ce chat me saute dessus ! Elle m'escalade et me frotte le visage. J'ai du bol d'être en vie. Enfin, peut-être pas tant que ça. C'était un chat noir.

Laura arrêta de caresser Nessie et leva les yeux vers Mama.

– Où est Tallulah, d'ailleurs ? demanda-t-elle. Je n'ai vu personne entrer avec elle.

Elle s'apprêtait à questionner les sœurs Crabb quand elle se rappela qu'elles étaient montées disposer les aquariums et les cages dans la salle de bains d'Hemingway, pour éviter que les chats ne les enquiquinent.

– Que je réfléchisse, fit Mama Marley. Nous avons pris les cages en premier, puis déchargé les fournitures du coffre plein et… oh, punaise. Nous avons oublié le chat dans le taxi.

– Pauvre chou ! déplora Laura qui se releva aussi sec. Je vais la chercher. Puis-je avoir les clés, Mama ?

– C'est ouvert.

– Pas sûr que ce soit prudent de sortir dans l'immédiat, dit Leo. Vous entendez ce vent ? Je crois que la tempête frôle son point culminant.

Laura s'empara de son manteau de pluie.

– Il ne peut rien m'arriver. La voiture est garée juste devant. Je n'en ai que pour une poignée de secondes. Je ne peux pas laisser la pauvre Tallulah dehors. Elle est sûrement effrayée.

Leo en convint.

– Entendu, mais je te surveille de l'entrée. On ne sait jamais.

Ils gagnèrent le vestibule. Nessie leur emboîta le pas jusqu'à la porte d'entrée. Ses grands yeux verts remontèrent sur Laura.

– T'en fais pas, Ness, la rassura celle-ci, baissée pour lui gratouiller les oreilles. Je reviens vite. Avec une toute nouvelle copine pour toi ! Je pense qu'elle va te plaire.

Elle se redressa à l'instant où Leo ouvrait la porte. Une violente rafale de vent imbibée de pluie s'engouffra dans la maison, dispersant des feuilles mortes et des brindilles. Laura s'arma de courage, donna son feu vert à Leo, puis sortit en trombe. Leo referma la porte, ménageant un infime entrebâillement pour l'observer.

Dehors, c'était pire que ce que Laura avait imaginé.

En fait, la fin du monde semblait proche.

Le ciel ne ressemblait plus du tout à un ciel. Ce n'était plus qu'une masse tourbillonnante de bleu, de gris et de marron. De même, la pluie ne tombait pas comme une pluie traditionnelle. Elle tranchait l'air en oblique, cinglant le jardin dans toutes les directions. Quant au vent, il était sans commune mesure. Il soufflait en rafales, mugissait, ses bourrasques imprévisibles et déchaînées rappelant à Laura les puissantes vagues qui avaient été près de les emporter au large, avec Mack. Elle le sentait s'acharner à la renverser, dans l'allée qui la menait à l'entrée principale.

Elle localisa aussitôt le taxi de Mama. Sa joyeuse carrosserie rose tranchait dans la grisaille de la tempête. La main sur la poignée du taxi effectivement déverrouillée, Laura souffla de soulagement avant de se précipiter à l'intérieur et de claquer la portière.

– Tallulah ? Es-tu là ? Où te caches-tu ?

Un court instant, elle craignit que le chat ait filé en douce pendant qu'ils déchargeaient la voiture. Mais, alors, elle entendit un *miaou* étouffé sous le siège du conducteur.

– Tallulah !

La grande chatte noire rampa pour s'extraire de sous le siège et sauta sur les genoux de Laura.

– Pauvre minette, dit-elle en la caressant. Tu as sûrement cru qu'on t'avait abandonnée. Ne te fais pas de souci, ma fille. Je vais t'emmener au sec, bien au chaud. J'aimerais te présenter une copine.

Écartant les pans de son manteau, Laura installa Tallulah contre sa poitrine. Après quoi, tenant soigneusement le chat, elle remonta la fermeture.

– Boucle ta ceinture, minette, murmura-t-elle. La soirée s'annonce mouvementée.

Elle poussa la portière, prit une belle inspiration et s'éjecta sous la pluie.

Le retour s'avéra plus éprouvant que l'aller.

Le vent, encore plus vigoureux, faisait trébucher et dévier Laura, qui se démenait pour garder l'équilibre. Elle pouvait sentir Tallulah angoisser sous son manteau, ses griffes plantées dans sa peau. Laura fit abstraction de la douleur et garda le cap en se canalisant sur le mince rai de lumière le long de la porte d'entrée. À peine eut-elle posé le pied sous le porche que Leo s'empressa d'ouvrir en grand. Elle se rua à l'intérieur et l'entendit la refermer d'un coup sec derrière elle.

– Laura ! T'es dingue ?

Relevant la tête, elle vit Jake, Mack et quelques autres alignés dans le vestibule. Tous mortifiés.

– Pourquoi es-tu sortie ? se fâcha Jake. Tu aurais dû demander à l'un de nous de s'en charger.

– C'est vrai, où as-tu la tête ? renchérit Mack. Nous sommes là pour ça. Nous risquons moins d'être poussés par le vent. Nous pesons plus lourd que toi.

– Moi, en tout cas, intervint Jake.

– Je suis plus grand, nuança Mack.

Laura poussa un soupir.

– Écoutez, je sais que nous sommes dans la maison d'Hemingway, mais, les gars, faut vous calmer avec vos inepties machistes. Je suis entière. C'est fait. Mission accomplie.

Elle dégrafa son imperméable et baissa les yeux vers Nessie, tranquillement assise près de la porte.

– Nessie, je te présente ma coloc occasionnelle, Tallulah. Tallulah, ma vieille amie Nessie.

Elle posa la chatte noire sur le carrelage, devant la chatte rousse.

Tout d'abord, elles se bornèrent à se fixer sans ciller. Puis, elles redressèrent lentement la tête et se penchèrent en avant au même instant. Elles semblaient rejouer le classique numéro du miroir, quand Lucille Ball et Harpo Marx reproduisent leurs mouvements respectifs. Nessie rapprocha son nez de celui de Tallulah. Tallulah fit de même. Elles se reniflèrent deux ou trois fois. Puis recommencèrent. Suite à quoi elles se dressèrent sur les pattes arrière, pattes antérieures levées, et se précipitèrent l'une vers l'autre. Après s'être percutées, elles retombèrent sur le sol. Au bout d'un petit moment, Laura se rendit compte qu'elles ne se bagarraient pas – elles s'enlaçaient. Et se câlinaient. Roulaient gaiement sur elles-mêmes comme sous l'emprise de l'herbe à chat.

– Ouah, regardez-les, s'enthousiasma Millie. Elles s'embrassent !

Plus exactement, elles se léchaient, quoique personne ne rectifiât.

– Tallulah ! Dieu soit béni, tu n'as rien, souffla Jolene qui surgit dans l'escalier avec sa sœur. J'étais justement en train de demander à Jilly : « Où est Tallulah ? », à quoi elle a répondu : « Je ne sais pas, tu ne l'as pas emmenée à l'intérieur ? »

– Elle était restée dans le taxi, l'informa Laura. Je suis allée la récupérer.

– Merci, merci, merci, répéta Jilly en traversant vivement l'entrée, avant de se pencher au-dessus des chats. Sauras-tu nous pardonner, Tallulah ? Ce n'était pas notre intention de… Oh, c'est fou. Tu ne t'es pas trompée, Laura. Ces chats ont une ribambelle de points communs.

– Carrément, approuva Jolene en rejoignant sa sœur. Mêmes queues, mêmes pattes, mêmes rayures blanches. Juste le pelage qui est de couleur différente.

Elles prodiguaient des caresses aux félins presque identiques, quand elles entendirent quelqu'un s'éclaircir la voix derrière elles.

– Pardonnez-moi, mesdames, dit Foster Lee Jackson. Mais je suis certain que ce chat m'appartient.

Tous se retournèrent pour le regarder.

Et furent plongés dans le noir le plus total.

Chapitre 12

Chats sortis du chapeau

Chacun resta à sa place – dans l'obscurité la plus complète – durant un temps étonnamment long avant que quiconque ne dise ou ne fasse quoi que ce soit. Peut-être que la soudaineté de la coupure de courant les avait interloqués. Ou peut-être qu'ils étaient abasourdis par la revendication troublante de Foster qui prétendait être le maître du chat. Possible aussi qu'ils se laissent un brin déstabiliser par les tubes de la Motown que la radio à dynamo continuait de retransmettre.

Standing in the Shadows of Love résonnait à présent.

Mack prit finalement la parole.

– Ne bougez pas. J'ai posé une lampe torche dans le coin… ici ? Non, une seconde… elle est là, quelque part.

Mack partit farfouiller dans la pièce voisine, un petit rire secoua Foster.

– Qu'est-ce qu'il y a d'amusant ? s'étonna Millie.

– Je suis confus, je vous dois à tous des excuses, gloussa Foster. Je n'avais pas l'intention de donner ce ton dramatique à ma dernière phrase. Si nous étions dans un roman policier, les lumières se rallumeraient et je serais mort. Vous autres devriez élucider le meurtre.

– Ce n'est pas drôle, se renfrogna Millie. Personne ne veut vous assassiner, Foster.

– Parlez-en à mon ex-femme.

– Le devrais-je ?

– Non, pas vraiment.

Une voix résonna dans la salle adjacente :

– Alléluia ! Que la lumière soit !

Mack reparut avec deux lampes de poche activées. Il éclaira le chemin à tous les autres, qui purent ainsi se réunir dans la salle principale d'un pas traînant. Rooster, Leo et Jake allumèrent les lampes à pile qu'ils avaient réparties dans la maison, pendant que Margarita apportait la jarre de margarita frappée qu'elle avait préparée.

– Avec la panne d'électricité, autant finir avant que ça ne fonde !

Quelques instants plus tard, chacun était installé avec son rafraîchissement de prédilection. Ils avaient pris place sur les sacs de couchage étalés sur le sol, disposés en cercle autour d'un feu de camp de fortune – en réalité, une lampe « avec effet flamme vacillante » que Millie avait commandée sur Internet. Alors même que le cyclone faisait rage à l'extérieur, ils se sentaient apaisés, en lieu sûr et sécurisé, tous agglutinés à l'intérieur. Des binômes s'étaient constitués, comme Mama et Leo, Foster et Millie, Rooster et Margarita, Rick et Ricardo, sans pour autant que cela entrave l'intégration des autres au cercle. Même les chats étaient attirés par ce petit rassemblement chaleureux. Bien vite, pas moins de vingt-quatre félins rôdaient dans leur périmètre, à l'affût de coins où se prélasser et piquer un somme, d'autres se blottissant à côté d'un humain.

– N'est-ce pas confortable ? se réjouit Margarita. Maintenant que nous sommes tous en place, Foster pourrait éventuellement nous en dire davantage sur le chat dont il affirme être le maître ?

– Ouais, approuva Jilly. Vous prétendez que Tallulah est votre chat. Or, elle vit avec nous depuis des années.

Foster souffla :

– C'est une longue histoire dont je ne suis pas fier.

– Nous avons tout notre temps, l'encouragea Jolene.

Foster coula un regard vers Millie, puis vers le chat noir pelotonné contre Nessie. Il prit une longue inspiration.

– Soit. Autant vous confesser mon crime. Il pèse sur ma conscience depuis trop longtemps. La vérité est que votre chat Tallulah, que j'appelais autrefois Queenie, fait partie des chats d'Hemingway.

Tout le monde en resta comme deux ronds de flan.

– Je le savais, grommela Laura.

Margarita regarda Foster de travers.

– Si elle est l'un des chats d'Hemingway, comment a-t-elle atterri chez vous ? Ne me dites pas que vous l'avez volée…

– S'il vous plaît, laissez-moi vous expliquer, la pria Foster en prenant son mouchoir dans sa poche pour se tamponner le front. Ma femme, mon *ex*-femme, était une jeune personne sensible quoique exigeante. J'ai fait mon possible pour la rendre heureuse. Je lui offrais les vêtements les plus élégants, l'emmenais dans les restaurants les plus cossus, l'escortais dans les mondanités de la haute société. Tout cela en pure perte. Elle s'ennuyait, tout la décevait : moi, sa garde-robe, les repas, les galas. Mais principalement moi. Un jour, elle a décrété qu'un enfant était ce dont elle avait besoin pour combler le vide dans son cœur. À mon grand regret, j'étais physiquement incapable de l'exaucer.

Millie tiqua.

– Si je vous suis, vous ne pouvez pas…

– Oh que si, je peux, la coupa prestement Foster. Bien entendu, je peux. Je présente simplement une faible numération de spermatozoïdes.

Il marqua une pause, le visage écarlate.

– Toujours est-il que nous avons tenté toutes sortes de traitements médicaux, jusqu'au point où il a fallu renoncer. Ma femme était désemparée et plus déprimée que jamais. Je ne savais plus quoi faire. Un soir, j'ai assisté à une réception ici, à la maison d'Hemingway. Un dîner de remise de prix pour les associations historiques de la région. Avant le dîner, un gardien m'a montré la dernière portée de chatons. Ils étaient irrésistibles. À la fin du repas, je me suis attardé au bar, redoutant de rentrer chez moi auprès de ma femme démoralisée. Après mon sixième ou septième verre, j'ai eu envie d'une cigarette, donc je suis sorti en douce par la porte de derrière pour fumer…

– Vous fumez ? demanda Millie.

– J'ai arrêté, répondit Foster. Donc… Dehors, j'ai vu deux des minuscules chatons de la portée qui faisaient les fous non loin de la piscine. Un noir et un roux.

– Tallulah et Nessie, souffla Laura.

Foster acquiesça de la tête et poursuivit :

– Je savourais ma cigarette en assistant aux culbutes des chatons. L'anxiété me gagnait à mesure qu'ils se rapprochaient du bord du bassin. J'ai décidé de les attraper avant qu'ils ne tombent à l'eau. Je n'ai pas été assez rapide. Ils sont passés par-dessus bord.

Il les tenait tous en haleine.

– Je ne l'oublierai jamais. L'image de ces minuscules chatons se débattant dans l'eau… n'a jamais cessé de me hanter.

– Qu'avez-vous fait ? le pressa Millie.

– J'ai tenté de les secourir, bien sûr. Et j'ai réussi. Mais ça n'a pas été simple. Le noir, j'ai pu le repêcher relativement vite. En revanche, je n'avais pas le bras assez long pour empoigner le roux. Il se débattait, éclaboussait et s'enfonçait dans l'eau, j'étais sûr qu'il allait se noyer.

– Pauvre Nessie, murmura Laura en tournant les yeux vers son amie félidé. Pas étonnant que tu détestes autant la piscine.

– Pile au moment où je croyais l'avoir perdu, continua Foster, le chaton a tendu la patte hors de l'eau, ce qui m'a permis de la saisir. Je l'ai extirpée de la piscine et couchée à côté de sa sœur. Elle a crachoté un peu d'eau, mais elle semblait indemne. Toutefois, en les essuyant, je me suis mis à gamberger. Peut-être, seulement peut-être, que ma femme serait plus heureuse avec un chaton dont elle pourrait s'occuper. Un bébé chat tout mignon…

Margarita soupira.

– Donc vous avez décidé de dérober un chat d'Hemingway.

– Vous devez comprendre que j'étais éméché. Et désespéré. Si cela peut vous consoler, le chat ne m'a jamais apprécié de toute façon.

– Probablement parce que vous l'avez arraché à son foyer, dit Margarita. Et à sa sœur.

– Je sais, je sais ! admit Foster. La culpabilité me ronge depuis ce jour. Pour couronner le tout, le chat s'est enfui après que ma femme m'a quitté. D'abord, je vole un chat, ensuite, je le perds. Je suis une personne abominable qui a fait une chose abominable, et j'en éprouve une profonde honte.

Il baissa la tête et poussa un long soupir tremblotant.

À son corps défendant, Margarita commençait à compatir.

– D'accord, Foster. Je peux vous pardonner. Mais, je veux savoir, par pure curiosité : pourquoi avoir emmené le chat noir et pas le roux ?

Le visage de Foster tourna à l'écarlate.

– Je sais que cela peut sembler monstrueux, répondit-il d'une voix hésitante, j'ai pris le chat noir… parce qu'il était assorti à la décoration de notre demeure.

Sa réponse souleva du sarcasme et des railleries parmi toutes les personnes présentes.

– Ce n'est pas grave, Foster, je comprends, tempéra Millie en lui tapotant le dos. Je salue le courage avec lequel vous avez confessé vos secrets devant nous. En fait, j'ai moi aussi une confidence à faire.

Tout le monde lui accorda son attention.

Millie reprit son souffle.

– Ce n'est pas ma couleur de cheveux naturelle.

Margarita leva un sourcil.

– Oh, vraiment ? Tu n'es pas naturellement blond platine ? Je suis effarée.

Chacun s'efforça de réprimer son hilarité, la radio émettant les premières notes d'un titre de la Motown : *I heard It Through the Grapevine.*

Jully rebondit sur ses pieds.

– Cette chanson ! s'exclama-t-elle. Elle vient de m'inspirer l'idée d'un jeu auquel nous pouvons jouer. Histoire de passer le temps. *J'ai entendu dire…*

Jolene considéra sa sœur.

– En quoi consiste ce jeu ?

– Une sorte d'action ou vérité. Sans la partie action.

– Ce jeu aurait-il un nom ?

– Évidemment. C'est, hmmm… *I heard It Through the Grapevine* ! Enfin… « J'ai entendu dire » !

– Viens-tu de l'inventer ?

– J'avoue, et il est trop chouette. Vous rappelez-vous quand nous avons emmené Laura prendre un verre, son premier soir à Key West ? Vous savez, quand nous lui avons rapporté les rumeurs les plus folles qui circulent sur tout le monde sur l'île ? Eh bien, n'aimeriez-vous pas savoir si ces rumeurs renferment une part de vérité ?

Margarita releva les yeux de son cocktail.

– Ce jeu me tente moyennement. Sortons plutôt les jeux de plateau de la réserve.

– Oh, allons, Margarita. Nous sommes entre amis. Préférez-vous laisser les gens croire à tous ces étranges ragots peu reluisants ?

Sans piper mot, Margarita jeta un coup d'œil angoissé à Rooster.

– Regardez ce que Foster a fait ce soir, reprit Jilly. Il a révélé son secret le plus enfoui et le plus sombre devant nous tous.

– Tout comme moi, glissa Millie.

– Exactement ! Et Millie aussi. Tout est étalé au grand jour à présent, et tout va pour le mieux. Essayons, d'accord ? Je commence.

Jilly contourna le cercle, faisant halte devant chacun pour finalement s'immobiliser devant Rick et Ricardo.

Cessant de cajoler Lucy et Desi, les directeurs d'hôtel moustachus adressèrent un regard timide à Jilly.

– Nous ? firent-ils.

– Oui, vous. Je me lance, dit-elle sur une inspiration. J'ai entendu dire que vous aviez gagné l'*Hôtel du Phare* à une partie de poker contre des gangsters de Las Vegas.

Dans un geste synchronisé, ils restèrent mâchoire tombante.

– C'est absurde, protesta Rick. Nous l'avons gagné à Reno. Et pas contre des gangsters.

Roulant des yeux, Ricardo eut un rire de gorge.

– Ces types étaient des gangsters.

– Je t'assure que non. Ils travaillaient dans la collecte de déchets.

– Des gangsters. Leurs « assistants » portaient une arme. Je les ai vus.

– Mais leurs femmes les accompagnaient.

– Maîtresses.

– Ils ne nous ont pas éliminés quand nous avons tout raflé.

– Et ? Ce sont de gentils gangsters.

Rick s'avoua vaincu.

– Je me rends. Les rumeurs sont avérées.

– Vous voyez ? Ce n'est pas si compliqué, pas vrai ?

– Non, admit Ricardo. Je suis surtout étonné que tout le monde soit au courant.

– C'est une petite ville. Les gens parlent, dit Jilly. Bon, à ton tour.

– Génial, se ragaillardit Ricardo, qui se frotta les mains en examinant l'assemblée.

Son regard se fixa sur un chauffeur de taxi à dreadlocks.

– Mama Marley. J'ai entendu dire que tu étais une mégastar de reggae en Jamaïque, mais ta carrière a foncé dans le mur quand tes fans ont su que tu faisais du play-back sur la voix d'une autre chanteuse. Vrai ?

Mama Marley fusilla Ricardo du regard pendant un moment atrocement long, avec une expression glacée qui mit tout le monde mal à l'aise – y compris les chats.

Puis, un infime sourire se dessina sur son visage, peu avant qu'elle n'éclate de rire.

– Bon Dieu de bois, c'est *bidonnant* ! Je veux dire, *sérieux* ? C'est ce que les gens racontent ? C'est du grand n'importe quoi ! Sans rire, *du play-back* ? Moi ? Pas une seule fois..., gloussa-t-elle en secouant la tête. C'est comme le jeu du téléphone. Vous savez, ce jeu de gosses ? Quand un gamin murmure une phrase à son copain qui le murmure à un troisième et, le temps de faire le tour, elle est tellement déformée qu'elle ne dit plus du tout la même chose ? Pareil avec moi. Évidemment, il y a un chouia de vérité dans la rumeur. Mais ce n'est pas la véritable histoire. Loin de là.

– Alors, quelle est la véritable histoire ? demanda Ricardo.

Mama ferma les yeux et soupira.

– OK. Mieux vaut que je crache le morceau. Mama Marley n'est pas mon vrai nom. C'est Marla Jones. Je l'ai changé parce que j'en avais ma claque qu'on me dise à tout bout de champ : « Marla Jones ? De la famille Jones de Jamaïque ? Que sont-ils devenus, à propos ? » Voyez-vous, ma sœur et moi sommes devenues des célébrités locales à un très jeune âge. J'avais dix ans, elle onze, et nous habitions Chicago avec nos parents, notre grand-mère jamaïquaine et notre oncle Bob. Oncle Bob était un mordu de musique qui entassait une montagne d'équipements dans sa chambre pour enregistrer et mixer le son. Il composait des chansons de reggae et jouait la musique pour qu'on chante dessus, ma sœur Lana et moi.

Nous, on trouvait ça tordant de les chanter avec l'accent jamaïquain pour imiter nos grands-mères.

– L'accent que tu emploies pour gonfler tes pourboires, tu veux dire ? la taquina Lucky Leo en la poussant du coude.

– Bien sûr, pourquoi pas ? Faut bien se nourrir, se défendit-elle. Bon, alors, les chansons rendaient sacrément bien. Oncle Bob a décidé de nous programmer des concerts, dans des kermesses, des fêtes de quartier, même dans des églises et des mariages. Nous nous faisions appeler les Jamaica Joneses. Un beau jour, nous avons reçu un coup de fil du *Chicago Sun-Times*. Un journaliste, qui avait entendu parler de nous, voulait monter un reportage avec des photos en couleur et tout le tralala. Lana et moi étions emballées. Nous nous sommes pomponnées et, d'un bout à l'autre de l'interview, nous avons répondu avec l'accent jamaïcain. Le pire, ce sont les bobards que nous avons débités sur notre soi-disant enfance de sans-abri, dans les rues de la Jamaïque, notre arrivée en Amérique en passagers clandestins à bord d'un chalutier. Nous avons même prétendu être jumelles, ce que nous ne sommes pas. Ouais, nous l'avons régalé de bons gros mensonges. Mais nous n'étions que des gamines. Tout cela n'était qu'un jeu pour nous, vous comprenez ? Nous trouvions cela désopilant. Mentir, ça nous éclatait.

Elle lança un coup d'œil à Lucky Leo avant de poursuivre.

– Ensuite, quand le journal a publié le reportage, nos parents ont pété un câble. Ils n'en revenaient pas de la quantité de craques que nous avions inventées, si bien qu'ils étaient prêts à nous priver de sortie à vie. À ceci près que les propositions se sont mises à pleuvoir. Les programmations dans des salles de concert. Les apparitions dans les télés locales. Les Jamaica Joneses sont devenues un phénomène du jour au lendemain. Le groupe le plus en vue. Les plus grosses maisons de disques nous ont rapidement approchées, ce qui a donné lieu à une guerre des enchères. Au final, nous avons signé un contrat d'un million de dollars ! À nous, la belle vie ! Sauf qu'avant même d'enregistrer une seule chanson, tout est parti en fumée.

Elle laissa passer un silence pour accentuer la tension dramatique. Chacun se pencha vers elle. Même Nessie et Tallulah interrompirent leurs jeux pour scruter Mama Marley.

– Alors ? la pressa Laura. Qu'est-il advenu ?

Mama poussa un soupir.

– La maison de disques a découvert le pot aux roses. Ils ont dit que nos débuts en Jamaïque faisaient partie de notre image, que nous les avions mystifiés. Ils ont qualifié cela de rupture de contrat ou je ne sais quoi. Tout ce que je sais, c'est qu'ils ont invalidé le contrat et que je me suis retrouvée à conduire un taxi à Key West, en Floride, conclut-elle sur un haussement d'épaules. Au moins, je peux continuer de prendre l'accent de ma grand-mère. Les touristes en redemandent. Vous savez tout. À mon tour, à présent ?

Leo la regarda en souriant.

– Tu l'as bien mérité. Ton histoire n'est pas banale, Marla. Je suppose que, dorénavant, je peux t'appeler par ton vrai prénom. En public.

Elle lui retourna son sourire. Puis, ses mains pressées entre les siennes, elle sonda son regard.

– Lucky Leo Trout, lança-t-elle d'une voix empreinte de douceur. J'ai entendu dire que tu aimais déformer la vérité, et que toutes ces catastrophes auxquelles tu as eu la chance de réchapper après avoir frôlé la mort ne s'étaient pas véritablement produites. Tu peux nous expliquer ?

Leo parut abasourdi et embarrassé au plus haut point.

– Eh bien, mmm, je ne sais pas. Vous savez ce que c'est.

Il poussa un léger soupir.

– Je crois que tout a commencé quand j'ai intégré l'armée. J'ai grandi dans une bourgade morne de l'Ohio. Tout y était médiocre. Les gens étaient ordinaires, les maisons étaient ordinaires, mes parents étaient ordinaires. J'étais ordinaire aussi. Un physique ordinaire, des notes moyennes, une intelligence dans la norme. Il n'y avait pas plus moyen que moi. Et, dans mes dernières semaines de lycée, voilà que je m'engage dans l'armée et d'un coup, *paf*, je me détache du lot. Les filles s'intéressent soudain à moi, à mon lieu d'affectation, ce genre de trucs. J'appréciais l'attention que l'on m'accordait. Je n'avais plus l'impression d'être invisible. Par la suite, j'ai suivi l'entraînement de base, j'ai été muté en Europe. J'ai commencé à raconter à mon entourage, en Amérique, les aventures que je vivais là-bas. Je me suis rapidement aperçu que si je bidouillais un brin l'anecdote, que si je rajoutais une touche de drame et de suspense, on appréciait un peu plus mon histoire. On *m*'appréciait davantage. Les années passant, ma vie est devenue plus intéressante – et mes histoires, plus abracadabrantes. J'ai compris que les gens les aiment plus si, disons, il est question d'un accident d'avion plutôt que d'un atterrissage mouvementé. Ou d'une tornade, à la place d'un coup de vent. Que personne ne gobe mes histoires m'est bien égal. Ça me fait vibrer de les partager – plus elles sont insensées, mieux c'est. Aussi d'observer les réactions. Comme toi, Marla, ça m'éclate de mentir.

Mama Marley eut un petit gloussement.

– Ouais, sans doute que je suis mal placée pour faire la leçon, pas vrai ? Toute ma vie, j'ai fabulé. C'est mon modèle commercial ! Eh oui, j'admets que c'est marrant. Mais, Leo, tu dois savoir que certaines de tes histoires sont tellement extravagantes, tellement barrées et outrées qu'elles sont tout bonnement burlesques.

Elle marqua une pause et sourit.

– J'ai un faible pour celles-ci.

– Tu vois ? C'est pourquoi je pense que nous sommes faits pour nous entendre. Nous apprécions tout ce qui est outrancier, qu'importe que la réalité soit déformée. Attention, écoute bien ce que je vais te dire, Marla, et ce n'est pas une galéjade, l'avertit Leo en pressant sa main sur les siennes. Pour tout ce qui a de l'importance, tout ce qui compte réellement, à l'avenir, je resterai authentique avec toi.

Mama était manifestement émue. Les yeux brillants, elle le regardait avec tendresse.

– Ouah. Merci, Leo. Je suis sensible à tes paroles. Profondément, même. Sans mentir ! Et sans mentir également, je te promets à mon tour de rester authentique.

Elle se pencha et l'embrassa.

Tous concoururent au soupir collectif qui résonna dans la pièce.

Quelques-uns le firent suivre d'un *Oooooh.*

Cette soirée se révélait fort palpitante pour les cinquante-quatre chats de la maison d'Hemingway. (cinquante-cinq en comptant Tallulah).

D'une part, une terrifiante super tempête faisait rage au-dehors.

D'autre part, un rassemblement sympathique avait lieu au chaud.

Pour autant que les chats puissent en juger, l'intérieur l'emportait sur l'extérieur haut la patte. Entre les bourdonnements lénifiants des voix humaines si familières et l'agréable musique entraînante, il était facile d'occulter le rugissement estompé du vent et de la pluie au-dehors. Le cercle d'humains blottis dans la chaleur leur procurait, en prime des corps contre lesquels se pelotonner, des genoux sur lesquels s'allonger et des mains pour se faire caresser. Même les chats les plus réservés ne pouvaient résister à l'attrait réconfortant du groupe – ou à « l'effet flamme vacillante » de la lampe de Millie.

Pawpa Hemingway, notamment, était roulé en boule contre Laura, sa « camarade de bord ». Elle caressait avec nonchalance le dos du matou dont le regard ensommeillé flottait sur la source lumineuse, au centre de la pièce. Machouille et Whisky avaient établi leur base avec Foster et Millie, paresseusement étendus entre les emballages de fromage de choix et les bouchons de liège. Foster devait en convenir, les chats à la robe smoking noir et blanc qui se prélassaient à côté de ses vins d'exception avaient de la classe. Larry, Curly et Moe, lovés auprès des pieds de Mack, pensaient clairement que ses lacets de chaussures étaient des jouets pour chats. Puis venaient Boxeur et Matador, qui avaient apparemment mis fin à la fois à la pratique de la boxe et de la corrida, du moins pour la soirée. Ils enveloppaient dans leurs grosses pattes leurs nouvelles petites amies, Lucy et Desi, tous en place pour un long somme collectif.

Parmi les associations non dénuées d'intérêt : Bette Davis et Joan Crawford, qui se disputaient l'endroit le plus confortable sur les genoux de Rooster ; Lady Bratt Ashley, qui faisait du charme à Jake de manière éhontée ; le réservé Kilimandjaro qui, chose rare, s'acharnait à accomplir l'ascension de la pauvre Shelly jusqu'au sommet. Probablement du fait de ses cheveux blancs.

Cependant, de tous les chats de la maisonnée, aucun n'était aussi bienheureux qu'Ernestine Hemingway – plus connue sous le nom de Nessie.

Couchée à côté de Tallulah, sa sœur longuement perdue de vue, Nessie baignait dans un intense sentiment de paix et de calme, tel qu'elle n'en connaissait guère depuis qu'elle n'était plus chaton. Fatalement, étant un chat, elle ne se souvenait pas distinctement d'avoir été un chaton ou d'avoir eu une sœur. C'était plus une impression, ou l'instinct, quelque chose qu'elle sentait jusqu'à la moelle.

Dès l'instant où elle avait vu Tallulah, elle avait su qu'elle la connaissait. Nessie avait eu le même déclic avec Laura. Quand elle avait débarqué avec ses valises, ce fameux matin orageux. Nessie avait su d'emblée.

Elles étaient liées.

Et, désormais, elles étaient connectées à Tallulah.

Cela comblait Nessie de bonheur. Elle frotta son museau dans le cou de Tallulah et leva les yeux sur Laura, assise à deux petits mètres d'elle. Nessie se sentait en sécurité au sein de ce cercle d'humains. Protégée et heureuse. Elle tourna la tête et promena son regard autour de la pièce, inspectant le visage de chaque humain. Elle s'attarda sur Margarita, la « Première Dame de la Maison ». Sa vieille amie paraissait tourmentée. Quelque chose la tracassait. Nessie aurait voulu savoir quoi.

Elle s'étira en bâillant. Après une si longue journée, une petite sieste aurait été bienvenue.

Toutefois, avec tout ce qui se passait ce soir, Nessie tenait à rester éveillée.

Il était exclu qu'elle en loupe une seule miette.

C'était au tour de Leo à présent.

Il jeta un coup d'œil à sa directrice, Margarita Buffet, assise en face lui dans le cercle. Consciente d'être dans son viseur, cette dernière s'empara diligemment du pichet de margarita frappée. Leo la sentait nerveuse. Il se demanda s'il ne serait pas préférable de défier quelqu'un d'autre. Mais, ensuite, il songea : *foutu pour foutu*… Ce serait libérateur de dissiper les doutes semés par les rumeurs nocives répandues à la ronde.

– Margarita, l'apostropha-t-il en s'éclaircissant la gorge. Ça m'ennuie de te faire ce coup-là. Je pense néanmoins qu'il serait bon que tu saches ce qui se dit derrière ton dos.

Margarita le dévisagea et remplit son verre.

– Personnellement, je n'en crois pas un mot, continua-t-il. Je te connais depuis pas mal d'années, tu es selon moi une personne merveilleuse, une supérieure formidable et une grande dame à tout point de vue. Je sais que le qu'en-dira-t-on se méprend. Si tu veux que je la boucle et que je le garde pour moi, tu n'as qu'un mot à dire.

Margarita soupira.

– Ne te tourmente pas, Leo. Tout le monde ici l'a probablement entendu par ailleurs.

Elle but lentement une rasade de margarita glacée, puis reporta sur Leo un regard froid comme la banquise.

– Qu'on en finisse.

Leo prit une longue respiration.

– Fort bien. Margarita. J'ai entendu dire que tu étais arrivée de Cuba sur une bouée gonflable en forme de flamant rose pour échapper à ton premier mari, un homme violent. Tu t'es dirigée vers les complexes hôteliers les plus huppés de Miami, où tu as séduit, épousé et assassiné trois hommes d'un âge avancé et richissimes, coup sur coup. Tu les as empoisonnés, tu as hérité de leurs fortunes et changé plusieurs fois de nom. La seule raison pour laquelle tu restes à Key West et travailles dans une maison truffée de chats, c'est que tu apparais sur la liste des ennemis publics du FBI. Tu ne peux ni voyager ni dépenser un seul centime sans te faire pincer. Je ne crois rien de tout cela, bien entendu, mais ce sont les bruits qui courent.

Une fois qu'il eut tout déballé, Leo se rassit. Tous guettaient la réaction de Margarita. Or, ses yeux demeuraient sombres et distants, son visage impassible. Elle se décida à s'exprimer.

– Ceci est incroyablement difficile pour moi. Vous êtes tous ma famille, en quelque sorte, chacun d'entre vous, et je ne sais vraiment pas quoi dire à cet instant précis.

Elle se tut.

– Parce que tout est vrai.

Un cri muet s'éleva du groupe.

– Si l'on omet la partie sur le flamant rose pneumatique. Et les meurtres. *Vous vous moquez de moi ?*

Tous explosèrent de rire.

– Je le savais ! s'écria Leo. Je savais que tout était faux !

– Évidemment que c'est faux ! Moi ? Une meurtrière ? De toute ma vie, je n'ai rien tué d'autre qu'une plante araignée dans les années 1990 et je continue de me sentir coupable.

Margarita rit et goûta un peu de cocktail.

– Si je suis aussi secrète à propos de mes défunts maris, c'est parce que nos mariages étaient illégaux. Je demeure mariée à mon premier mari, à Cuba.

Les rires s'éteignirent.

– Un instant, intervint Millie. Donc vous êtes bigame ?

Margarita hocha la tête.

– Bigame, trigame, quelque chose dans cet esprit-là. En revanche, je ne suis pas une seule seconde une meurtrière. Soyons clairs sur ce point. Je ne me suis jamais mariée par intérêt, uniquement par amour. Contrairement à la rumeur, mes chers défunts maris n'étaient ni très âgés ni très riches. Ils étaient d'âge mûr et à l'abri du besoin. Je ne les ai pas épousés coup sur coup. Ces relations se sont étalées sur plusieurs décennies. Et ils n'ont pas davantage succombé à un empoisonnement, ni rien d'aussi suspect. J'ai effectivement changé de nom à plusieurs reprises, mais c'est parce que j'ai eu plusieurs maris, dont j'ai pris les patronymes.

– Vous avez dit que vous n'étiez pas mariée légalement, protesta Millie. Pourquoi ne pas avoir divorcé de votre premier mari ?

– Parce que c'était un monstre. Il a menacé de m'occire si j'essayais de le quitter. Je savais que ce n'étaient pas des paroles en l'air. D'où mon évasion. Je suis sortie en catimini pendant son sommeil, et je suis arrivée en Amérique par le biais de l'exode de Mariel, pas d'un flamant rose gonflable. C'était en 1980. Quelques mois plus tard, j'ai rencontré mon deuxième mari dans un dancing à Miami. Nous sommes tombés éperdument amoureux, il m'a fait sa demande en mariage. J'ai accepté, sans avouer que j'étais toujours mariée. Nous avons eu une charmante cérémonie sur la plage, vécu dans un appartement somptueux, et nous pensions que cela durerait éternellement. Hélas, il a trouvé la mort dans un accident de voiture. Sa famille aux doigts crochus s'est empressée de faire main basse sur l'appartement et, pour y parvenir, a missionné un avocat d'enquêter sur mon passé. L'avocat, ayant découvert que je n'avais pas divorcé de mon premier mari, a menacé de me faire incarcérer pour bigamie si je refusais de leur céder le titre de propriété et tous ses investissements. J'étais tellement terrifiée que j'ai plié. Je n'en ai jamais parlé à personne, même pas à mes troisième et quatrième maris. À leur mort, j'ai laissé les familles tout prendre tellement je redoutais d'être découverte.

Rooster – d'un calme étrange depuis le début de la soirée – regarda Margarita.

– Il existe forcément une procédure légale pour annuler ton premier mariage.

– Possible. Je ne sais pas. Ce serait agréable de savoir que je pourrais me remarier sans finir derrière les barreaux, dit-elle en souriant à Rooster avant de s'adresser à l'assemblée. Si personne n'y voit d'objection, j'aimerais prendre mon tour à présent. Je souhaite savoir ce qui se trame entre Jake et Mack. J'ai entendu dire que vous vous étiez castagnés, les garçons, que vous étiez brouillés. Quel est le problème ?

Laura arrêta de caresser Pawpa et releva les yeux. Son regard allait de Jake à Mack qui, assis à deux points opposés du cercle, semblaient pétris d'embarras.

Jake soupira.

– Vas-y, Mack, dit-il. Raconte-leur.

Mack se renfrogna.

– Je pense que c'est à toi de leur dire, Jake. C'était ton idée.

Jake glissa un regard vers Laura, puis se tourna vers Margarita.

– Je ne sais pas trop comment l'expliquer, mais je vais essayer. Voyez-vous, Mack et moi sommes les meilleurs amis du monde, et l'une des règles du Code des Garçons veut que si une fille plaît à l'un de nous, l'autre s'efface. Quand Laura a été engagée ici, nous l'avons tout de suite bien aimée. C'est pourquoi Mack et moi avons passé une sorte de pacte.

– Un pacte ? s'étonna Laura. Pourquoi pas tirer à pile ou face pour décider lequel de vous deux, les Néandertaliens, gagne le droit de m'assommer d'un coup de massue pour me ramener dans sa grotte ?

– Tu n'y es pas du tout, Laura. Nous souhaitons que ce soit toi qui choisisses celui qui te plaît. Peut-être l'un de nous, peut-être aucun de nous deux. Peut-être Lucky Leo.

– Bas les pattes, gamine, grogna Mama Marley. Il est pris.

Jake continua :

– Le fait est que Mack et moi sommes tombés d'accord pour te laisser tranquillement t'installer dans ta nouvelle maison, ton nouvel emploi, ta nouvelle vie, te familiariser avec l'île, et les gens – avec nous aussi – avant de tenter quoi que ce soit. Nous avons convenu de la jouer décontracté, de nous en remettre à toi.

Jake fit une pause et se tourna vers Margarita.

– Seulement, Mack a embrassé Laura lors de la balade en mer.

– Et Jake a embrassé Laura pendant un rencard, riposta Mack.

Jake répliqua du tac au tac :

– Tu l'as invitée à prendre un verre au *Sloppy Joe* !

Mack s'opposa.

– Tu la draguais tous les jours pendant la pause déjeuner !

Margarita se frappa le genou, tel un juge tapant son marteau.

– Les garçons ! Les garçons ! Du calme ! De mon point de vue, il semblerait que vous ayez toux deux enfreint le Code des Garçons. Je pense que vous vous devez réciproquement des excuses. Vous avez tous les deux poussé le bouchon. Admettez-le, tout bonnement. Présentez vos excuses à Laura, par la même occasion. Elle n'est pas un animal en peluche remporté au lancer d'anneaux dans une fête foraine.

Foster leva la main.

– Excusez-moi, mais quel est ce Code des Garçons dont il est question ? Est-ce un manuel ? Où puis-je trouver un exemplaire ?

Millie lui intima de se taire.

Après un silence embarrassé, Mack regarda Jake.

– Elle a raison. Nous avons déraillé. Je suis désolé, Jake. Et je suis désolé, Laura. Sincèrement. Je regrette.

Jake soupira.

– Moi aussi, je suis désolé, Mack. Je veux juste que nous redevenions amis. Notre amitié est trop ancienne pour s'arrêter maintenant. Surtout que les Off Keys donnent un concert la semaine prochaine. Comment être en harmonie si nous nous faisons la tête ?

Il se tourna vers Laura.

– Je te dois aussi des excuses, Laura. Margarita a raison. Tu n'es pas un lot dans une foire, pour lequel nous devrions rivaliser ; tu es une personne douée de libre arbitre. Je suis navré que tu aies assisté à notre empoignade de primitifs au bord de la piscine. C'est inexcusable. Je le redis, je suis désolé.

Laura regarda Jake, puis Mack. Elle respira un bon coup.

– C'est oublié. Excuses acceptées. L'essentiel est que vous vous rabibochiez. Et si Jilly n'y voit pas d'inconvénient, j'aimerais être la prochaine à jouer.

Jilly inclina la tête, pensive.

– Je ne sais pas. Cela va à l'encontre du règlement.

– Le règlement ? Tu as improvisé ce jeu il y a vingt minutes, protesta Jolene. Joue, Laura.

– Je te remercie. Il te concerne, Jolene. Ainsi que Jilly. J'ai entendu dire que vous sortiez avec Jake et Mack au lycée. Chaque fois que j'essaie d'en apprendre un peu plus, qui était avec qui et pourquoi ça s'est terminé, je n'obtiens pas de réponse claire. Pourquoi ? Dites-moi tout.

À leurs expressions, il était clair que les jumelles étaient pour le moins incommodées par la question. Laura étudia Mack et Jake et nota un embarras similaire.

Jolene inspira profondément.

– Ça a commencé au collège, pour être précise. Nous étions très jeunes et très écervelés. Ce sera notre unique excuse. J'ai fait passer un petit mot à Mack en classe, disant que Jake plaisait à Jilly. Mack l'a montré à Jake, qui a dit à Mack qu'il avait une préférence pour moi. Mack a retourné un petit mot disant « Jack t'aime bien » à propos de moi, Jolene. Sauf que, ayant des difficultés à nous différencier, il l'a accidentellement transmis à Jilly. Ma sœur était anéantie. Et deux ans plus tard, au lycée, Jake a invité Jilly à sortir. Elle a sauté de joie. De mon côté, je fréquentais Mack, qui m'a dit que je plaisais toujours à Jake, mais qu'il sortait avec Jilly parce qu'elle était le meilleur second choix. J'en ai informé Jilly, qui s'est mise dans tous ses états. Alors nous avons décidé de jouer un tour à Jake et Mack et d'échanger nos rôles durant un rendez-vous pour voir s'ils s'en apercevraient. Si Jake n'a pas remarqué que c'était moi, Mack avait conscience d'être avec Jilly… et il s'est avéré qu'il préférait Jilly à moi ! Mais Jilly pensait que Mack avait toujours un faible pour moi, et je pensais que Jake avait des sentiments pour Jilly. Cela s'est poursuivi tout l'été. Nous avons continué de troquer nos copains et de changer d'avis jusqu'au jour où nous avons dit stop, et décidé de rester bons amis. Cela répond à ta question ?

– J'ai le tournis, murmura Millie à Foster. C'est le vin, d'après vous ?

– Le vin n'est pas en cause, certifia Foster.

– Alors, Laura, intervint Jolene, maintenant, j'en ai une pour toi. J'ai entendu dire que tu as un copain, resté à Syracuse. Est-ce vrai ?

Laura en resta bouche bée.

– Comment le sais-tu ?

– Pas par le téléphone arabe, j'avoue. Je l'ai lu dans tes SMS. Ils déferlaient sous mes yeux un jour où tu avais oublié ton téléphone sur la table de la cuisine. Qui est ce Devin ?

Laura soupira.

– Devin Ferrari. Mon voisin. Et petit copain au lycée. Et à la fac. Un type génial, ultrabrillant, sinon que j'avais l'impression d'être passée à autre chose. Mon diplôme en poche, je n'aspirais qu'à m'éloigner de Syracuse, rencontrer de nouvelles têtes, élargir mes horizons. Mais je n'avais pas le cœur de l'annoncer à Devin. Nous avons passé la moitié de notre vie ensemble, il commençait à faire allusion au mariage. Mon seul désir était de changer d'air. Quand j'ai décroché le poste, ici à Key West, je ne l'ai prévenu qu'à la dernière minute. J'ai fait « coucou Devin, je te plaque et je pars vivre en Floride, ciao ». Je sais, c'est moche. À ma décharge, je savais qu'il s'acharnerait à m'en dissuader. Alors j'ai tranché net, et mis les voiles.

– Ses SMS laissent entendre qu'il renonce difficilement à toi, contesta Jolene.

– Je sais, soupira Laura, avant de tourner la tête vers Mack et Jake. Le truc, c'est que je suis venue ici pour repartir de zéro. J'ai besoin de me trouver, de décider quoi faire de ma vie. Peut-être que je ne sais pas ce qui me correspond à long terme, je vis dans l'instant, j'y travaille. Un jour après l'autre. Mack, Jake, je vous aime, les garçons. Mais, conformément à ce que vous avez entendu dire, je sors tout juste d'une relation *excessivement* durable. J'ai besoin de souffler, de me retrouver. Je ne suis pas prête à me lancer dans une nouvelle histoire, alors c'est une bonne chose que vous ayez décidé de « la jouer décontracté » et de ne rien tenter. Je ne suis ici que depuis quelques semaines. J'apprends encore à vous connaître, tous les deux, comme tout le monde ici présent. Je suis impatiente de passer plus de temps avec vous tous et j'ai trop hâte de savoir ce qui adviendra. Voilà tout. C'est tout ce que j'ai à déclarer. Je me tais à présent.

Elle se remit à caresser Pawpa Hemingway, et le calme enveloppa la pièce. La plupart des chats dormaient. Le pichet de margarita glacée était quasi vide. Et la dernière chanson de l'assortiment musical de Mack touchait à sa fin : *You Can't Hurry Love*.

Cependant, le jeu n'était pas tout à fait terminé.

Millie leva la main.

– Cela n'ennuie personne si je prends la main ? Il y a ce commérage qui me tarabuste depuis des années. Je suis curieuse de savoir si c'est vrai.

Tout le monde haussa les épaules et lui laissa la parole. Millie se tourna vers Rooster en souriant.

– Monsieur Rooster McCloud, mon DJ préféré. J'ai entendu dire que vous êtes l'inventeur de l'iPad et que vous avez vendu l'idée à Apple plusieurs millions de dollars. Est-ce vrai et, si oui, pouvez-vous m'obtenir un rabais sur un prochain achat ?

Rooster s'adossa, lissa sa moustache et éclata de rire.

– Des millions de dollars, hein ? reprit-il, le regard animé. Oh, Millie. Si je détenais des millions de dollars, je vous offrirais cent iPad ! Et je financerais un van neuf pour le groupe de Mack, et une école de vétérinaire pour Jake, et une station météorologique pour Shelly. Bon sang, ce que ça me botterait ! Mais, désolé, non, je n'ai pas inventé l'iPad. J'ai tout de même créé un nom de domaine virtuel que j'ai vendu à une grosse entreprise high-tech – dont je ne peux divulguer le nom – pour une somme qui a été injectée dans le matériel radiophonique. Donc, la rumeur, malheureusement, est inexacte.

Millie ne cacha pas sa déception.

– Néanmoins, j'ai une autre info à partager publiquement, dit-il. Et, croyez-moi, c'est bigrement plus croustillant que tous les potins.

Un silence de plomb se fit dans la maison.

Rooster se leva et se dirigea au centre du cercle. Tous les yeux se focalisèrent sur lui. Il émanait de son beau visage buriné une intensité qui les fit tous se redresser, et qui canalisa l'attention. Même les chats semblaient sentir qu'il s'apprêtait à partager une information décisive.

– J'ai un secret, murmura-t-il avec douceur. Un secret que je garde depuis un temps infini. Mais voilà le plus étrange avec ce secret. Je ne l'ai pas juste caché à tout mon entourage. Je me suis aussi caché ce secret à moi-même. Cependant, au fond de moi, au plus profond de mon cœur, j'ai toujours su que c'était la réalité.

Il se retourna lentement face à sa vieille amie.

– Margarita Bouffet...

Elle leva les yeux vers lui.

– Je suis amoureux de toi.

Il attendit une réaction. Quelque chose, n'importe quoi dans ses yeux qui lui montre qu'il commettait une énorme erreur. De toute façon, il ne pouvait pas en rester là.

– J'étais mort de trouille, Margarita. J'avais peur de tout gâcher en le révélant. Notre amitié compte plus que tout pour moi. J'ai même essayé de m'en dissuader, de me convaincre que je ne t'aimais pas réellement. Mais je n'ai tout bonnement pas pu. Parce que ce n'est pas la vérité, Margarita. Je t'aime pour de bon. Cela fait des années que je suis amoureux de toi. J'avais juste trop peur de l'admettre, à moi-même, et à toi.

Margarita retint sa respiration du début à la fin de son discours. Cela fait, elle exhala lentement et, les yeux dans les yeux, tendit sa main droite.

– Aide-moi à me relever, dit-elle. Je suis trop rouillée pour rester assise par terre.

Gloussant, Rooster l'aida à se redresser. Une fois qu'elle fut debout, il se décontracta à la vue d'un sourire sur ses lèvres vermillon. Elle ajusta son chemisier, regonfla ses cheveux, puis le regarda droit dans les yeux.

– Rooster, en es-tu bien sûr ?

– Sûr que je suis amoureux de toi ? Plutôt, oui.

– Plutôt sûr ?

– Absolument sûr. Je suis absolument sûr que je suis amoureux de toi.

– Sûr, à quel degré ? Donne un chiffre approximatif.

– Si je possédais des millions et des millions de dollars, je te ferais cadeau d'une bague sertie d'un bon gros diamant.

Margarita rit.

– Ne brûlons pas les étapes. Peut-être que nous devrions commencer par un dîner suivi d'un film, ou d'une promenade sur les quais, ou… oh, je sais ! Inscris-toi à mon club de danse ! *Une-deux cha-cha-cha…*

Elle saisit les mains de Rooster et chaloupa à son propre rythme.

– Dommage qu'il n'y ait plus de musique, dit Mack. Ma compil est arrivée au bout, à la radio.

– J'ai sûrement du Justin Bieber dans mon téléphone, dit Jilly.

– Oh, ce ne sera pas nécessaire, l'arrêta Margarita. J'ai une meilleure idée. Chantons ! Et dansons ! Hop, tout le monde debout. Je vais vous enseigner la valse. Remuez-vous, Foster. Pareil pour vous, les garçons.

En peu de temps, elle constitua des binômes : Foster et Millie, Leo et Marla, Jake et Jolene, Mack et Jilly, Rooster et elle-même. Ce qui laissa Laura et Shelly. Laura se porta volontaire pour faire l'homme du couple. Après une révision sommaire des pas basiques de la valse, Margarita les déclara prêts à se lancer.

– Nous sommes censés chanter aussi, dit Jilly. Quelle valse chantée serait sympa ?

– Je pensais à *The Rainbow Connection.*

– La chanson du film des Muppets ? Celle qu'interprète Kermit la Grenouille ?

– Précisément. Tu la connais ?

– Bien sûr, tout le monde connaît *The Rainbow Connection.*

– Sensationnel, dit Margarita. En place, tout le monde ! Je marque le rythme, nous pouvons commencer. Et *un deux trois, un deux trois, un deux trois…*

Tous les chats de la maison d'Hemingway se rassemblèrent autour d'eux pour voir Margarita Bouffet et sa bien-aimée famille d'amis, les anciens comme les récents, commencer à chanter et danser tout autour de la salle. Les couples virevoltaient et tourbillonnaient, trébuchaient et riaient, tout cela en déclamant à pleins poumons les paroles douces-amères de *The Rainbow Connection* (ou fredonnaient, pour ceux qui ne connaissaient pas les paroles). Ce faisant, dehors, le cyclone Harry et l'ouragan Sally s'adonnaient à une danse envoûtante qui leur était propre. Il fulminait et mugissait. Elle pivotait et se déportait. Il lui faisait tourner la tête. Les vents contraires s'opposaient et les nuages se percutaient, à mesure que deux cyclones fusionnaient en une féroce embrassade. Ils renversaient des arbres, inondaient les rues et soulevaient les toits des maisons en dessous.

Quand le cyclone Harry rencontra l'ouragan Sally, ce fut une soirée assurément mémorable.

Rooster n'était pas près de l'oublier, aucun doute là-dessus.

Danser avec Margarita lui procurait l'impression de rêver. Il lui était difficile de croire qu'il avait franchi le pas, qu'il lui avait réellement révélé la nature de ses sentiments. Et elle n'avait pas pété un câble ! Du moins est-ce ce qu'elle affirma lorsqu'il lui demanda :

– Es-tu au bord de la panique ?

Margarita lui avait assuré qu'elle ne paniquait pas, ajoutant :

– J'ai sérieusement craqué pour toi il y a des années, Rooster. Je pensais que tu savais. Mais comme je n'étais pas certaine que tu pensais à *moi* de cette façon, je me suis interdit de penser à *toi* de cette façon. Puis tu as déboulé à la Soirée dansante, dans ce costume-cravate, avec ce visage de vedette de cinéma si unique et, *tac*, j'ai craqué comme autrefois.

Rooster rit et l'étreignit. Puis il l'embrassa. Et… oh, là, là. Margarita pressa ses lèvres contre son oreille.

– Plus tard dans la soirée, nous pourrions nous échapper là-haut, dans la chambre d'Hemingway.

– Oh, la coquine. Je vais le dire à la directrice.

Au petit matin, des coups donnés à la porte d'entrée résonnèrent dans la résidence et firent bondir les endormis hors de leurs sacs de couchage. Laura, se frottant les yeux, se releva en rampant, suivie par la clique d'humains et de chats somnolents. Parvenue dans le vestibule, elle vit Margarita et Rooster s'entretenir avec deux représentants de la Garde nationale de Floride.

– Nous passons juste pour vérifier que tout va bien. La terre entière nous surveille, vous savez. Tout le monde se fait du souci pour les chats d'Hemingway !

Après leur départ, Laura souleva Nessie et se pencha audehors pour vérifier la situation. Le temps demeurait orageux, mais le vent et la pluie s'étaient grandement apaisés, au point qu'une trouée lumineuse se dessinait dans le ciel. Des feuilles, des branches et divers détritus étaient éparpillés un peu partout. Un arbre déraciné avait brisé une fenêtre de l'*Hôtel du Phare* sur le trottoir d'en face.

– Qu'en dis-tu, Nessie ? consulta-t-elle le chat. Pas très joyeux, hein ? Au moins, le phare est toujours debout. Comme la maison d'Hemingway. Nous avons survécu !

Mack, Jake et les sœurs Crabb s'attroupèrent derrière elle pour constater les dégâts. Jake tenait Tallulah comme un bébé et lui chatouillait le ventre.

– Dis donc, quel chantier, siffla Mack. La pauvre billetterie de Millie n'avait aucune chance de résister.

– Je me demande si notre maison a tenu le coup, dit Jolene.

– Je me demande si nos poissons se portent bien, dit Jilly.

– Hé, vous saviez que Tallulah attendait des petits ? glissa Jake.

– Non ? Super ! se ragaillardit Jilly.

– Félicitations, Tallulah ! la flatta Jolene. Tu prends ton pied en cachette. Pas étonnant qu'elle fasse aussi souvent le mur.

Laura se plaça à côté de Jake en tenant Nessie devant Tallulah.

– Félicite ta sœur, Nessie. Elle va devenir maman ! Et tu vas devenir tata !

Margarita, Rooster et le reste du groupe sortirent sous la véranda pour s'enquérir de la raison de leur agitation. Tout le monde fut enchanté par la nouvelle.

– Hé, regardez ! Quelqu'un a dû nous entendre chanter hier soir, commenta Jilly en montrant le ciel. Il est fin et pas facile à distinguer, mais il est juste là, au-dessus du phare.

– Oh, ouah ! N'est-ce pas hypercool ? dit Jolene.

– Magnifique ! s'exclama Margarita.

– Incontestablement, approuva Rooster.

Laura avait beau scruter le ciel, elle était dans le flou. Tout ce qu'elle voyait, c'était un amas de gros nuages gris. Cela dit, après avoir détourné l'attention des nuages, elle réussit enfin à distinguer l'arc-en-ciel.

Chapitre 13

« Qu'est-ce qui a six doigts et neuf vies ? »

Durant les jours et les semaines qui suivirent, de grands changements chamboulèrent l'île située à l'extrême sud des Keys, en Floride. Tout d'abord, la célébrité des fameux chats à six doigts d'Hemingway s'accrut.

Rien de surprenant à cela.

Après le battage médiatique autour de « la tempête du siècle » et le drame irrésistible des intrépides félins à fourrure défiant les ordres d'évacuation pour rester à leur domicile, l'histoire était semblable à de l'herbe à chat pour un large échantillon d'observateurs météorologiques, d'amis des animaux et de lecteurs de la presse généraliste. Le temps que les dépressions se dissipent, aux quatre coins du globe, on brûlait de savoir : *Les chats sont-ils sains et saufs ?*

Par chance, ils en réchappèrent sans une égratignure.

L'aventure connut un heureux dénouement, et les médias bénéficièrent d'un jour faste. *The New York Times*, *The Washington Post* et *USA Today* taillèrent dans le vif avec des gros titres aussi directs que « Les chats d'Hemingway ont survécu », divulguant la réponse tant attendue aux lecteurs qui se demandaient : *Les chats sont-ils sains et saufs ?*

D'autres organes de presse se livrèrent à des variations de « Les chats survivants de la tempête » ou « Maison et chats épargnés ». Néanmoins, la palme de la meilleure formule revint aux rédacteurs de la revue *Southern Living :*

« Qu'est-ce qui a six doigts et neuf vies ? »

Pendant ce temps-là, à la maison d'Hemingway, les chats les plus célèbres et glorifiés de la planète n'avaient pas conscience de cet emballement. Même quand les admirateurs, les photographes et les équipes de tournage affluèrent, les chats n'en furent guère déconcertés. Vivre au sein d'une attraction touristique les avait habitués à ce qu'un large public les observe, les photographie et se baisse pour les caresser. C'était la routine pour eux.

Pas pour les humains employés de la maison d'Hemingway.

Margarita Bouffet – étant la responsable qui avait pris la décision de rester avec les chats – bénéficia plus que nul autre de l'attention médiatique. Elle se délecta de chaque minute. Surtout des interviews télévisées.

– Je pense que nous, les humains, avons beaucoup à apprendre des chats, avait-elle déclaré. Pour citer Hemingway, les chats ont une « honnêteté émotionnelle absolue », contrairement aux êtres humains qui dissimulent leurs sentiments. Laissez-moi vous dire ceci : quand nous étions barricadés avec ces chats, c'était juste… magique. Nous avons commencé à nous ouvrir et partager nos secrets, à baisser la garde et à révéler nos sentiments les plus authentiques. Certains d'entre nous sont tombés amoureux cette nuit-là. En tout cas, cela s'applique à moi.

Pour conclure, elle avait adressé un clin d'œil à la caméra.

Lucky Leo savourait l'attention presque autant que Margarita. Il guidait les cameramen et les journalistes lors de sa visite coutumière des caractéristiques de la maison résistant à la tempête, mais en ajoutant des digressions personnelles tellement extravagantes et exagérées que les réalisateurs devaient crier : « Coupez ! » Comme celle-ci :

– Les briques de cette maison sont taillées dans un calcaire brut. Il faut savoir que le calcaire est une roche incroyablement dense, résistante et lourde. Je le sais mieux que quiconque, mon père possédait une carrière de calcaire et il me taillait des blocs miniatures pour que je joue avec. Sauf qu'un jour, je les ai empilés et la tour s'est renversée sur moi. Le poids des pierres a suffi à expulser l'air de ma tête. Raison pour laquelle je suis chauve.

– *Coupez !*

Jake Jacobs profita de longues minutes à l'antenne en raison de ses connaissances approfondies sur l'histoire et la nature des félins polydactyles. En outre, il passait fort bien à l'écran et les journalistes de sexe féminin n'étaient pas insensibles à son physique. Les séquences de ses interactions avec les chats devinrent extraordinairement populaires, totalisant des millions de vues sur YouTube. Dans l'une de ces vidéos, il présentait le plus âgé de même que le plus jeune des membres de la maisonnée :

– Lui c'est Pawpa Hemingway, ça s'écrit P.A.W., baptisé en hommage à Ernest « Papa » Hemingway en personne. Ce chat a peut-être l'air âgé et ronchon, il n'en reste pas moins un athlète actif, qui aime naviguer à l'occasion. C'est un vrai héros, de surcroît. Il a participé au sauvetage de ces trois chatons, ici présents. Voici Larry, Curly et Moe. Ils sont comme ces comédiens dans ces vieux films, *Les Trois Corniauds*, mais en plus mignons, plus drôles et plus combatifs.

Au même instant, les chatons sautèrent sur le dos de Pawpa. S'ensuivit un moment d'hilarité.

– Curly ! Moe ! Non ! Arrêtez ! *Aïe !*

Millie Graham, la responsable de la billetterie de la maison d'Hemingway, aux cheveux peroxydés, ne se vit pas proposer autant d'interviews que Jake, Leo ou Margarita. Mais elle n'en avait cure. Elle jubilait devant son guichet garanti d'époque, bien que flambant neuf grâce à Foster Lee Jackson, qui avait accéléré les démarches de validation de sa reconstruction en tirant des ficelles à la Société historique. Elle et Foster se quittaient rarement depuis la nuit de la tornade. Il lui faisait goûter les bons vins et, de son côté, elle lui montrait comment dresser sur le pouce un succulent ragoût à partir de haricots en conserve et de fromage industriel.

Néanmoins, les chats et le personnel de la maison d'Hemingway n'étaient pas les seules mégastars de la tempête.

La bien-aimée et passionnée dame météo de WKEY Radio, Shelly, devint à quatre-vingt-quatorze ans une célébrité à part entière. Elle abreuvait les agences météorologiques de données inestimables sur la collision catastrophique entre le cyclone Harry et l'ouragan Sally – un rare exemple de l'effet Fujiwhara où deux dépressions « dansent » autour d'un point central avant de fusionner. Dans un entretien accordé à La Chaîne Météo, Shelly qualifia les tornades de « chaudes comme la braise et avides de passer à l'action ». Harry voulait danser, Sally maîtrisait les pas. Tels Fred Astaire et Ginger Rogers. On pourrait s'imaginer que des deux, il est le danseur le plus endurant. N'oublions pas qu'elle exécute les mêmes pas ! À l'envers ! En talons !

La Chaîne Météo proposa un contrat d'exclusivité à Shelly.

Rooster McCloud et son neveu Mack, les fiers gardiens du phare et du musée de Key West, firent l'objet d'un article dans un supplément du dimanche sur le thème de la longue et riche histoire du fameux monument de 1848 et sa capacité à endurer des décennies d'ouragans et d'orages. Non content de paraître d'une beauté farouche sur les photos, Rooster faisait défaillir les lectrices avec ses citations follement romantiques : « Je pense à ce phare dans les mêmes termes que je pense à mon amour. Elle est la véritable lumière de ma vie, une balise flamboyante au cœur de la nuit. Quand je flanche, elle me redresse. Quand le brouillard approche, elle maintient le cap. Et quand je me perds en mer, elle m'indique le chemin du retour. »

Rooster reçut des montagnes d'e-mails de ses admiratrices – et un gros bisou de Margarita.

Les tatouages de Mack représentant des épaves de navires et des monstres marins suscitèrent l'intérêt de plusieurs sites de mordus du tatouage et magazines spécialisés. Il fut contacté par des rédacteurs désireux de le mettre en lumière, des photographes souhaitant l'immortaliser – et des filles qui voulaient le voir nu. Ou décrocher un rendez-vous avec lui. Ou les deux. Au mépris des conseils de son oncle, il rencontra physiquement deux de ces filles tombées en adoration pour lui. Grossière erreur. La première, qui divagua à n'en plus finir, ne ressemblait en rien à ses photos. L'autre se révéla être un septuagénaire.

Ne jamais douter du Rooster.

Tout cela peut sembler amusant. Mais, pour la plupart des résidents et des commerces de Key West, c'était tout le contraire. À la suite des tempêtes, ils s'attelèrent à la longue et pénible phase de réparation des dégâts – et à la reconstruction de leurs vies. Des domiciles étaient détruits, des commerces dévastés, des lignes électriques et des moteurs de bateaux endommagés. Les inondations et les vents violents avaient pulvérisé leurs réserves d'eau et de carburant, l'électricité et les modes de communication. Cela nécessiterait de longs travaux, de nombreuses heures de travail – et des millions et des millions de dollars – pour rendre à l'île un semblant de normalité. Au bout du compte, cet ouragan s'avéra le plus coûteux de l'histoire de la Floride.

Mais, au final, les gens de Key West savaient que tous ces efforts en valaient la peine. Pour eux, c'était davantage qu'une destination touristique. Ils étaient ici chez eux. Et le vieux dicton se vérifiait :

On n'est jamais mieux qu'à la maison.

Rick et Ricardo eurent une chance folle. Hormis quelques fenêtres brisées et les chutes d'arbres, l'*Hôtel du Phare* ne subit qu'un minimum de dégâts. Cela prit néanmoins deux semaines de déblayage et de nettoyage pour que l'hôtel redevienne opérationnel. Dans l'intervalle, ils réservèrent des moments privilégiés à Lucy et Desi – notamment pour inculquer les bases de la maîtrise de soi aux chihuahuas.

Leurs nouveaux amis, Boxeur et Matador, les aidaient à les mettre au pas.

De même, Jilly et Jolene Crabb s'estimèrent heureuses pour leur voilier, *The Jolly Crabb.* Excepté une inondation superficielle de la cabine, le bateau résistant aux intempéries était dans un parfait état. Leurs parents les avaient bien formées à préparer un bateau à quai en prévision d'un ouragan. Deux jours avant la venue des cyclones, les sœurs avaient dépouillé le voilier, démonté le mât, puis arrimé, obturé et assuré une interminable liste d'éléments. La pompe de cale fut malgré tout endommagée, aussi durent-elles solliciter l'assistance de séduisants navigateurs.

Ces derniers réglèrent leur problème ; et les sœurs furent invitées à dîner.

Ensuite, Laura Lange.

Dans les semaines suivant les turbulences, elle disposa de temps libre à ne savoir qu'en faire. La maison d'Hemingway avait peut-être surmonté la tempête sans trop de dégâts, elle n'avait pas un seul touriste à qui la faire visiter. Juste une foule de journalistes, photographes et cameramen. Elle y faisait un saut tous les jours, au cas où elle pourrait se rendre utile, mais surtout pour prendre des nouvelles de ses collaborateurs – et des chats, naturellement. Elle aimait tant ces chats, et commençait à bien connaître chacun des cinquante-quatre minets. Elle aimait que Rooster se trouve à la maison, aussi, où il passait du temps avec Margarita et répétait les mouvements de danse avec elle. Margarita annonça qu'il intégrerait le club de danse, en plus de deux autres couples : Foster et Millie, et Leo et Marla (le chauffeur de taxi anciennement connu sous le nom de Mama Marley). À cette nouvelle, Laura décida de rejoindre le club également.

À propos de nouvelles, sa mère lui fit savoir que le département d'anglais de l'université de Syracuse demandait à recevoir Laura en entretien pour le poste de chargée d'enseignement. À cela, Laura répondit merci, mais non merci. Elle était bien, là.

Son ex, Devin, téléphona peu après. Après une longue conversation affreusement embarrassante, Laura finit par le persuader que leur histoire appartenait au passé et que, désolée, mais elle ne bougera pas de sitôt. Devin lâcha dans un soupir :

– Je vois, pigé, assurant qu'il trouverait un moyen de tourner la page.

Sans faire de scène. Pourvu que ça dure.

Le lendemain matin, Laura traversait Whitehead Street en direction de la maison d'Hemingway, lorsqu'elle vit Rooster distribuer du grain aux poulets sauvages – et ça fit tilt : ils ne l'effrayaient plus. Possible que l'anecdote de Jake, sur les amis de Rooster qui enveloppaient les poulets dans du papier journal pour les apaiser et les protéger, l'avait amenée à revoir son jugement. Elle voyait les poulets sous un jour vulnérable. C'était touchant que des gens prennent soin d'eux, et elle était contente qu'ils se portent bien. Au portail de la propriété d'Hemingway, elle fut accueillie par l'allègre Millie, qui vantait avec sa gaieté inaltérable les ultimes détails de sa billetterie fraîchement bâtie. Auprès d'elle, Fooster Lee Jackson faisait office de consultant particulier. Il inclina son chapeau pour saluer Laura à son passage.

Nessie attendait Laura sous le porche d'entrée.

– Nessie ! Quoi de neuf ?

Elle s'assit à côté de son amie au pelage délicat et promena son regard sur le jardin. Tout en la caressant de la tête à la queue, Laura regardait les autres chats flâner, jouer, culbuter et somnoler dans la lumière voilée du petit jour. Laura trouvait le soleil particulièrement paresseux ce matin. Elle l'avait déjà remarqué quand Tallulah l'avait réveillée en grattant l'intérieur de sa penderie – Laura la soupçonnait d'ailleurs de l'aménager en pouponnière – mais le soleil n'était pas encore levé. Elle avait allumé la lampe pirate, regarda l'heure et se demanda pourquoi il faisait encore nuit. Un peu comme si le soleil rechignait à se lever.

– Laura ! Tu es libre ce soir ? se risqua Jake, en surgissant à l'angle de la maison avec un balai. D'après Mack, le *Sloppy Joe* a rouvert. Nous avons pensé que les jumelles et toi, vous aimeriez y faire un tour.

– Ça a l'air super. Mais je ne sais pas si c'est une bonne idée de laisser Tallulah sans surveillance. Elle semble prête à mettre bas à tout moment.

– Oh, c'est exact, dit Jake. Dans ce cas, Mack et moi pouvons apporter des bières. J'en profiterai pour un faire un point sur la santé de la future maman. Même si je ne suis pas véto – ou pas encore –, j'ai un peu d'expérience.

– Entendu, dit Laura. Le rendez-vous est pris.

– Un rendez-vous, dis-tu ?

Jake parti, Pawpa Hemingway rejoignit Laura et Nessie sur la terrasse. Il devenait chaque fois un peu plus pote avec Laura. Le reste de l'équipe n'en revenait pas. Bientôt, ils reçurent la visite de Larry, Curly et Moe qui traquaient Tournillon d'un bout à l'autre de la terrasse – jusqu'à ce que celle-ci tourne sur elle-même, provoquant un carambolage de chatons. Puis Machouille passa en courant en serrant un cookie entre ses crocs. Probablement dérobé dans la salle de repos, secondé par Whisky qui montait la garde. Bette Davis et Joan Crawford se chamaillaient sous un arbre – pour remporter l'attention de Jackie Chan. D'autres chats étaient répartis sur la propriété. Certains dormaient, d'autres se prélassaient. L'un d'eux – Kilimandjaro, bien sûr – s'était débrouillé pour escalader le toit de la nouvelle billetterie de Millie.

– Laura ! Je ne suis pas fâchée de te trouver là !

Margarita Bouffet approcha, ses chaussures de cha-cha-cha cliquetant sur le sentier. Elle comptait confier à Laura une série de tâches menues, qui ne prendraient que peu de temps, afin qu'elle puisse retourner auprès de la future maman. Laura les accomplit au plus vite, signala son départ à Margarita, Jake et le reste de l'équipe, distribuant les dernières caresses à Nessie et Pawpa. Elle ne s'était éloignée que de quelques pas quand un taxi rose ralentit à sa hauteur avant de s'immobiliser.

– Je vous dépose, mam'zelle ?

Elle écouta Mama Marley lui décrire à sa manière désopilante son dernier rendez-vous avec Lucky Leo, tout en roulant vers le pavillon rose qui, par miracle, avait résisté à la tempête. À l'intérieur, Laura trouva les sœurs Crabb dans sa chambre, accroupies devant la penderie. Tallulah avait donné naissance ! À quatre minuscules chatons ridiculement craquants ! Ils étaient ce que Laura avait vu de plus trognon de toute sa vie. Jake et Mack se pointèrent avec des bouteilles de champagne pour fêter l'heureux événement. Ils firent sauter les bouchons, remplirent puis levèrent leurs verres pour trinquer.

– Aux chats d'Hemingway ! La jeune génération !

Plus tard dans la soirée, la maisonnée s'était profondément endormie, y compris Tallulah et ses bébés, mais pas Laura qui, les yeux grands ouverts dans son lit, cogitait. Impossible de trouver le sommeil. Elle ne pouvait s'arrêter de ruminer. Sur tout ce qui était advenu depuis son premier jour sur l'île, tout ce qu'elle aimait tant dans sa nouvelle vie. Toutes ces personnes, ces lieux, ces chats, ces oiseaux et ces reptiles, tous fascinants et… une ribambelle de sujets de réflexion.

Fort heureusement, elle tenait un journal. Laura attrapa son ordinateur portable, survola ses écrits. Des pages et des pages de texte. Suffisamment pour constituer un roman. C'était un projet qu'elle nourrissait depuis des années, à ceci près qu'elle n'avait rien à partager. Sa vie était barbante.

La citation d'Hemingway lui revint à l'esprit : *« Pour écrire sur la vie, il faut d'abord la vivre. »*

Puis elle prit conscience que Laura Elizabeth Lange, originaire de Syracuse, dans l'État de New York, vivait enfin sa vie, aussi incroyable que cela puisse paraître. Elle n'était plus un chat domestique qui pétait les plombs. Elle ne perdait plus la tête à petit feu, enfermée dans une pièce. Elle était semblable aux chats d'Hemingway : lâchés en liberté, indépendants et, certes, bizarroïdes avec ces pattes à six doigts, mais prêts à braver la tempête.

Elle inspira à fond et commença à écrire :

Chaque matin, peu avant l'aube, un étrange phénomène se produit sur l'île la plus au sud des Keys, en Floride.

Le soleil refuse de se lever.

Lorsqu'elle se retrouve en télétravail, Sélina découvre
un bar à chats situé en face de chez elle.
En concluant un marché avec le patron,
elle découvre l'univers félin et une nouvelle façon
de profiter de la vie en toute légèreté.

Disponible en librairies et en version e-book

L'amour s'invite à Notting Hill,
et Claire, aidée d'un compagnon aussi inattendu que félin,
n'est pas au bout de ses surprises.

Disponible en librairies et en version e-book

Responsable éditoriale : Ambre Rouvière
Correction et Composition : Nord Compo Multimédia
Conception graphique de la couverture : Nord Compo Multimédia
Illustration de couverture : © Shutterstock/Norbert9

Tous droits réservés. Toute reproduction, même partielle, de cet ouvrage est interdite sans l'autorisation écrite de l'éditeur.
Une copie ou une reproduction par quelque procédé que ce soit constitue une contrefaçon passible des peines prévues par la loi sur la protection du droit d'auteur.

Depuis 2009, Prisma Media met en place une politique d'achat éco-responsable. Ainsi, près de 100 % du papier de nos magazines est certifié PEFC (gestion durable des forêts). La fabrication des livres des Éditions Prisma s'inscrit également dans cette démarche.

Dépôt légal : février 2022 – n° d'impression : **99348**
Achevé d'imprimer en France par Imprimerie Floch